스터디 그룹

Study Group

사랑을 통해 풀어낸 한반도 통일

주경로 소설

스터디 그룹
Study Group

1

총성이 들린다.

병풍처럼 둘린 산이 울림통이 되어 퍼지는 소리에 죽어가는 사슴의 가쁜 숨소리가 배어난다. 사냥철이 되어 거의 매일 듣는 총소리인데, 오늘따라 심장 박동이 빨라지는 느낌이 들고 늘 마시는 아침 커피에서 비릿한 피 냄새가 나는 듯하여 커피 잔을 얼른 내려놓는다.

며칠 전에 받은 전화 때문일 게다. 대사관에 근무하는 사람이라며 오늘 오전 중에 다시 연락할 것이고, 시간이 괜찮으면 농장을 방문하여 인사하고 싶다고 했다. 그는 공손하고 예의바른 목소리로 차분하게 말하고 있었지만 왠지 모를 중압감이 느껴졌고, 무슨 핑계를 대서 만나지 않으려는 생각은 하지 않는 것이 좋을 거라는 느낌이 묻어 있었다.

목소리만으로 직업을 짐작하는 것은 경솔한 일이지만 감이 잡히는 목소리였다. 같은 직업을 가진 사람들끼리 쉽게 짐작할 수 있는 느낌의 말투였다. 전화 목소리는 군인들의 말투나 정보요원들의 말투 같은 억양임에 틀림없었다. 힘 있는 자에게는 공손하고 힘없는 자에게는 얌전하게 눌러 주는 목소리였다. 그중에도 특히 기관에 근무하는 치들은 목소리에 특유의 도도함이 깔려 있었다. 혼자 말하는 것이 아니라 보이지 않는 뒷심이 같이 누르고 있음을 넌지시 풍겨 내는 그런 목소리였다.

전화를 받은 날부터 기분이 이상했다. 좀처럼 생각이 한 군데로 모아지지 않았다. 전화로 말씀드릴 내용이 아니라는 말은 뭐며, 만나서 자신을 소개하겠다는 것은 또 뭔가?

그런데 이상한 일이었다. 기분이 이상할 뿐 나쁘지 않았다. 이상하게 느껴지는 묘한 감정 속에는 잠재해 있던 내면의 뭔가를 끌어당기는 어떤 유혹 같은 것이 있었다. 전에도 이런 기분이 든 적이 있었다. 그때마다 유혹의 정체가 무엇인지 생각하고 생각해 보았지만 영웅 심리일 것이라는 막연한 생각만 들었었다.

영웅을 꿈꾸기 시작한 것은 군대에 입대해서부터일 게다. 고등학교 시절까지만 해도 대학을 마치고 돈을 번다든가, 역사학자가 되어 선생을 한다든가, 일류기업의 간부가 되어 수출역군으로 세계를 누비는 꿈을 꾸고 있었다. 그런 일은 영웅들의 일이 아니라 평범한 사람 중에 좀 똑똑한 사람이 하는 일이라고 은연중에 생각하면서.

군에 입대하고는 전혀 다른 꿈을 꾸기 시작했다. 아니, 다른 꿈을 꾸게 만들었다. 부하를 위해 수류탄을 몸으로 덮친 이야기에 가슴이 뭉클했다. 특공대 일원이 되어 평양에 투입되는 엉뚱한 꿈이나 적진에 침투하여 다리를 폭파하는 꿈에서 깨어 혼자 웃곤 했다. 알루미늄 관에 덮인 태극기의 선이 선명하게 느껴지고 그런 죽음을 흠모한 때도 있었다. 사람은 굵고 짧게 살아야지 구질구질하게 길게 사는 것이 아니라고 말하는 공수특전단 선배의 모습이 그리 멋있을 수 없었다.

한때는 북진통일을 꿈꾸며 통일에 큰 공을 세우는 영웅이 되고 싶기도 했다. 무기를 공부할 때는 세상이 깜짝 놀랄 무기를 개발하여 북한도, 일본도, 중국도, 소련도 꼼짝 못하게 하고 싶었다. 신약을 개발하여 먹게 되면 누구도 자신을 보지 못하는 투명 인간이 되어 자유롭게 휴전선을 넘어가 통일을 방해하는 자들을 없애 버리고 싶은 마음이 들 때도 있었다.

경국은 통일은 누구나 원하고 있다고 생각했다. 다들 그렇게 말하고 있었기 때문이다. 통일은 원하지만 힘이 부족해서 통일을 못하고 있다고 배웠고 그렇게 굳게 믿었다. 힘이란 곧 무력이라고만 믿었다. 통일을 위해 무력은 사용될 수 있고 그에 따른 희생은 감수하고서라도 통일은 이루어져야 하는 것이라는 말에 고개를 끄덕였다.

통일은 누구에게나 그렇게 이해되어야 하고 받아들여져야 한다고 믿었다. 이에 동조하지 않는 세력은 북한의 사주를 받은 사람들일 것이라고 생각했다. 그런 생각은 농도가 좀 흐려지긴 했어도 지금까지 쉽게 변하지 않고 있는 생각 중에 하나다.

제대를 하고 미국에 와 살게 되면서는 그런 감정은 잊고 살았다. 영웅의 삶은 아무에게나 주어지는 것이 아니라고 생각했다. 노력으로 되는 일이 아니라 시대가 만들어 내는 것이라는 말이 설득력 있게 받아들여졌다. 닭을 사육해서 생활하는 평범한 시골에서의 삶을 즐기며 시간이 있을 때 사슴사냥을 하기도 하고, 가끔 앞집에서 말을 빌려 타며 여가를 즐기는 생활은 영화 속의 한 장면으로 부족함이 없었다.

불만이 없는 일상의 틈을 비집고 걸려온 전화 한 통이 경국을 순식간에 영웅이기를 바라던 시절로 몰고 갔다. 감추어 두었던 권총을 꺼내 표적지를 놓고 방아쇠를 당겼다. 검지에 느껴지는 감촉이 예전과 다름이 없었고 총구에서 뿜어나는 화약 냄새도 여전했다. 싫지 않은 냄새였다.

집안을 깨끗이 청소하고 정리했다. 군에서 매주 토요일마다 내무

검사를 준비하듯 구석구석까지 말끔하게 치웠다. 청소를 마치고는 스스로 내무검열관이 되어 집안을 한 바퀴 둘러보았다. 제 아무리 까다로운 내무 검열관에게도 지적받지 않을 것 같았다. 경국은 왜 이렇게까지 하면서 전화의 주인공을 기다리는지 알 수 없었다. 그에게 흩어진 모습을 보이고 싶지 않아서였을까? 경국은 누구에게나 부담스럽거나 거추장스러운 존재가 아닌 모습으로 살고 싶었다. 군 후배나 선배들 앞에서는 더욱 그랬다.

전화벨이 울렸다. 평상시보다 절도 있게 전화기를 들었다. 일부러 영어로 대답했다.

"Hello, This is KyungKuk. Who's calling?"
여보세요. 경국입니다. 누구신가요?

"저 며칠 전에 전화했던 사람입니다. 오늘 찾아뵐까 합니다. 대사관에서 지금 출발하면 한 시간 반은 걸릴 것 같습니다. 혼자 계셨으면 합니다만……."

"알겠습니다. 농장에는 지금 저 혼자 있습니다. 기다리지요."

"감사합니다. 저를 기다려 주실 줄 알았습니다."

저쪽에서 먼저 전화를 끊었다. 경국은 맛있는 줄 알고 먹었다가 뒷맛이 좋지 않은 음식을 먹은 것 같은 기분이 들었다. 갑자기 끊었던 담배 생각이 났지만 주위에는 꽁초 하나가 없었다. 전화기를 손에서 놓지 못한 채 창가로 갔다. 소낙비라도 몰려오려는 것인지 하늘이 어두워지고 있었다.

저를 기다려 줄 줄 알았다는 말이 개운하지 않고 찜찜한 기분이 들게 했다. 괜히 청소를 했다는 생각이 들었다. 그는 이미 경국이 자신의 전화를 받고 어떤 행동을 취할는지 다 추리하고 있는 듯한 목소리였다. 경국은 무슨 덫에 걸려드는 것은 아닌가 하는 생각이 자꾸 들었다.

개들이 짖어댄다. 누군가 농장으로 들어오는 모양이다. 아직 전화를 한 사람이 도착할 시간이 아니다. 밖을 보니 눈에 익은 회색 픽업트럭이 집 쪽을 향해 내려오고 있다. 이웃집에 사는 킹 씨 차다. 경국은 안에서 기다리려다 괜히 안으로 들어와 세상불평을 다 늘어놓게 되면 안 될 것 같아 밖으로 나갔다.

잘 지내느냐? 닭 농사는 할 만하냐? 지난번 말이 울타리를 넘어 미안했다는 등 평상시 주고받는 인사가 오고 갔다. 무슨 일이냐는 경국의 질문에 킹은 부탁할 일이 있어 왔다고 했다. 경국 농장 소나무 숲에서 뿔이 큰 수사슴을 보았다며 흥분하고 있었다.

킹은 경국과 자기 농장 경계에 있는 떡갈나무에 사냥용 사다리와 의자를 설치하고 그 사슴을 기다렸다 쏘고 싶다고 했다. 경국의 땅에서 사냥을 해도 되겠느냐는 허락을 받으려는 거였다. 내심 그런 사슴이라면 경국이 잡고 싶었지만 그렇다고 내 땅에서는 사냥할 수 없다고 박절하게 거절할 수도 없는 처지였다. 경국은 사냥을 해도 된다고 허락하면서도 혹 경국의 눈에 띄면 먼저 쏠지도 모른다고 농담처럼 진담을 흘리며 킹 씨를 배웅했다.

킹 씨가 사냥용 의자를 설치할 큰 떡갈나무가 시야에 들어왔다. 미국에서, 이웃이란 정을 주고받는 왕래는 전혀 하지 않으면서 법적으로 문제될 소지만은 철저히 차단하며 지내는 관계였다. 크리스마스카드 한 장도 보낼 때만 답신으로 보내오는 이웃들이다.

처음 농장에 이사 와서는 주위 이웃을 초청하여 한국 음식 파티를 했다. 손이 큰 아내 덕분에 남은 음식, 특히 불고기와 잡채 등을 포장까지 해 주었다. 고맙다는 인사와 음식 솜씨가 훌륭하다는 칭찬이 입을 떠나지 않으면서도 정작 자기들 집에 초청하여 음식을 대접하는 경우가 거의 없는 이웃들이다. 초청할 때마다 이웃들이 자꾸 부담스러워한다는 인상을 받고 매년 하던 파티도 그만두었다. 경국도 이제 그들처럼 만날 때만 반가운 듯 약간의 호들갑을 떨고 돌아서면 언제 그랬느냐는 식으로 이웃을 대하는 데 익숙해져 있었다. 집 안으로 들어오는 경국의 표정이 바로 그런 익숙해진 표정이었다.

경국은 한순간을 어떻게 만나고 보내느냐가 알지 못하는 미래에 영향을 미친다는 것을 잠시 잊고 지냈다. 미래를 아는 사람은 없지만 미래는 현재의 연장선에 있는 시간이고 지금 하는 일에 따른 결과다.

현재라는 시간도 과거의 시간과 행동에 대한 결과의 시간이다.

군 생활은 이미 과거다. 그 과거가 다시 현재와 연결되고 있는 것이다. 이제 닥칠 현재는 미래에 무엇을 연결하고자 하는 것일까? 경국은 시간이 느리게 흐른다고 생각하며 자신에게 전화를 건 사람을 기다리고 있다는 사실이 어색했다.

다시 개들이 짖어댄다. 농장 입구를 바라봤다. 검정 승용차 한 대가 비포장도로 농장 길을 차체를 좌우로 흔들어 대며 서서히 내려오고 있다. 경국은 킹 씨를 맞듯이 밖으로 나갈까 하다가 그냥 노트북을 열고 뉴스를 검색하기 시작했다. 초인종이 울리면 그때야 문을 열어 주어야겠다고 마음먹는다. 그를 기다리고 있었다는 인상보다 바쁜 와중에 그를 맞이하는 것이라는 인상을 주고 싶어서였다.

딩동~, 딩동~, 딩동~.

"Yes! Who is it?"

나갑니다. 누구세요?

경국은 현관문을 열기 위해 걸어가면서 비교적 큰 소리로 말했다. 자꾸 영어로 말하려 하는 자신을 이상하게 여기면서.

현관문을 열자 방충망과 유리로 된 겉문 앞에 서 있는 건장한 사내가 보였다. 문이 열리기를 기다리던 그는 선글라스를 벗으며 가벼운 목례를 했다.

"어서 오십시오."

경국은 일부러 무겁고 까칠한 목소리로 말했다. 가볍게 보이고 싶지 않았고, 처음 만남부터 기 싸움에서 이겨야 할 것 같은 강박관념이 그렇게 만들었다.

"제가 전화 드린 사람입니다. 만나 뵐 수 있게 되어 기쁩니다. 처음 방문인데 특별히 가져올 것이 없어 술 한 병 가져왔습니다. 적적하실 때 드시라고요."

"그냥 오셔도 되는데……, 아무튼 감사합니다. 들어오시죠."

그는 덩치나 목소리에 비해 서글서글하고 붙임성이 있는 인상과 태도였다. 전화목소리로만 듣고 마음대로 부정적으로 상상하고 판단했던 순간들이 미안하게 느껴졌고 괜히 목소리에 힘을 준 것은 아닌가 하는 생각이 스쳤다. 그런 생각이 들자 이제부터라도 그에게 더 친절하게 대해야겠다는 부담이 생기기 시작했다.

"이쪽 창가로 앉으시죠. 차 한잔 대접하겠습니다. 커피하고 둥굴레차가 있습니다."

"선생님 드시는 걸로 같이 주십시오."

"다방커피도 괜찮으시겠습니까? 봉지커피 말입니다. 저는 가끔 옛날 생각을 하며 이 커피를 즐깁니다."

"저도 그 커피 좋아합니다. 다방커피로 주십시오."

그는 상대방에 따라, 분위기에 따라 무엇이든 같이 하는 일이 몸에 배어 있는 태도로 경국을 대하며 가구와 장식, 벽에 걸린 그림들을 재빠르게 휘둘러보고 있었다. 경국은 그의 행동이나 말씨에서 거부감보다는 어떤 동질감이 느껴지는 것이 부담스러웠다.

"좋은 곳에 사십니다. 저도 은퇴하면 이런 시골에서 세상일 다 덮고 그저 이렇게 살고 싶습니다. 처음 뵙는데 죄송한 말이지만 만나 뵈니 고향 선배를 만난 듯 편안합니다. 저를 편안하게 대해 주십시오. 저는 명함을 가지고 다니는 형편이 아닙니다. 용서하시고, 그냥 강이라고 불러 주십시오. 제가 강 가입니다."

"아, 예! 이해합니다. 괜찮으시면, 미스터 강이라 부르겠습니다. 저에 대해서는 이미 아시는 것 같아서……."

"감사합니다, 선생님. 차라리 선배님이라고 불러도 될는지요?"

"그렇게 하시지요. 선생님보다는 듣기가 거북하지 않군요."

"제 업무 얘기는 나중에 하고 우선 농장을 잠시 둘러보게 해주십시오. 너무 좋습니다."

경국은 커피를 타서 손에 들고 미스터 강이 원하는 대로 농장을 안내했다. 농장을 안내하면서도 '그저 이렇게 살고 싶다.'고 한 그의 말이 머리를 떠나지 않았다. 지금 하고 있는 일에 회의를 느끼고 있다는 말이거나, 다 포기하고 아는 사람 없는 곳에서 이해관계도 없이 욕심도 없이 살고 싶다는 의미로 받아들여졌다. 그러면서도 다른 한편으로는 경국의 생활이 그에게는 그저 그렇게 사는 것으로 인식하고 한 말은 아닌지 하는 생각도 들었다. 농장을 방문하는 손님 중에 가끔은 부럽다는 감정을 나타내면서도 지금 시골에서 외롭게 뭐하는 짓이냐는 투의 말들을 하는 사람도 있었기 때문이다.

"선배님, 일을 많이 하시는 것 같습니다. 어떻게 이 넓은 농장을 혼자 관리하세요?"

"트랙터 없이는 할 수 없는 일이지요. 사람과 기계가 하나 될 때 엄청난 양의 일을 할 수 있다는 생각을 가끔 일하면서 합니다."

"사람과 기계가 하나 되어도 큰일을 하겠지만, 사람과 사람이 하나 되면 더 큰일을 할 수 있습니다."

"그렇기도 하지요. 사실인지 모르지만 군인 몇이 앉아 나라를 걱정한다고 하며 혁명을 하기도 했다지요."

농장에서 가장 큰 떡갈나무 위에 지은 트리 하우스(tree house) 계단에 앉아 커피를 마시며 나누는 대화가 막 팔씨름을 시작한 사람들처럼 표정을 관리하며 말마디마다 힘을 주고 있었다.

경국은 그래도 괜히 군사정부를 비아냥하는 것 같은 느낌을 주는 말을 했다는 생각이 들었다. 경국은 군사정부 시절에 군 생활을 했기 때문에 알게 모르게 혜택을 받은 사람 중에 하나였다. 사실 혜택은 혜택이었지만 노력한 것에 비하면 대단한 것도 아니었다. 그때는 노력하지 않고도 줄을 잘 서 동료들을 제치고 좋은 보직과 진급을 하는 경우가 허다했다.

"섭섭하신 것이 많으셨던 것 같습니다."

“섭섭하거나 후회하지 않지만, 개운하지 않은 부분도 있어 가끔 떫은맛 나는 감을 씹은 것 같은 기분을 떨치지 못하고 있지요. 부당하게 대우를 받았다고 말하고 싶진 않지만 노력한 것에 비해 제대로 평가받았다고 생각되지 않아서지요.”

“그런 기분을 가진 사람이 어찌 선배님뿐이겠습니까? ‘음지에서 양지를 지향한다.’는 말에 매혹되어 저도 이렇게 지내지만 이제는 누군가는 해야 할 일이라고 생각하고 합니다. 기왕 해야 할 일이라면 최선을 다하자는 생각이고요. 음지에서 양지를 지향한다는 말은 희생을 전제로 한 이야기가 아니겠습니까?”

미스터 강은 의외로 차분하고 진지하게 경국의 말을 받았다. 경국도 말을 하다 보니 불평한 것같이 되어 버렸지만 지금까지 그런 불평을 하며 살지는 않았다. 항상 군을 생각하면 고마울 뿐이다. 군에서 대학공부도 마쳤고, 미국에 유학해 무기공학으로 석사학위도 받을 수 있었고, 대사관에 무관으로 근무하며 나름대로 국가에 공헌할 기회도 있었지 않았던가? 경국은 군사정부에 대해서는 역사가 판단할 문제이고 직업군인은 맡겨진 의무에 최선을 다해야 한다고 믿었다.

다행한 일은 군대가 정치적인 입장에서 자유롭지 못한 시기에는 해외에 근무했던가 군사유학으로 공부하는 입장에 있었다. 그 시절 정치적인 입장에 설 기회를 부여받았다면 거절했을 것 같지도 않았다. 지금에 와서 그 입장에 서지 않았었다고 경국은 백이고 그 동료들은 흑으로 몰아세울 수 있는 일은 더욱 아니었다.

경국은 아직도 국가를 위해 무엇인가 보답할 기회가 온다면 보답하고 싶었다. 미스터 강의 전화를 받은 그날부터 그런 기회가 오는 것은 아닌지 하는 생각을 떨치지 못하고 있었다. 그래도 미국 시골에 묻혀 남은 삶을 평범하게 살려는 경국에게 그런 기회가 주어질 것 같지 않았다.

"선배님이 제 업무를 좀 도와 주셔야겠습니다. 물론 제 업무이면서 나라 일입니다. 좀 더 크게 얘기하면 조국통일을 위한 일입니다."

경국은 조국통일을 위한 일이란 말을 제대로 들은 것 같지 않아 다시 미스터 강에게 '조국통일'이라고 했느냐고 물었고, 미스터 강은 멀리 흐릿하게 보이는 산 능선을 바라보며 고개를 끄덕였다.

그는 저 능선을 연해서는 교통호와 진지가 파였을 것 같고 군인들이 모습을 감추고 경계의 눈빛을 교차시키고 있을 것 같다고 했다. 경국도 강원도 산을 닮은 산등선을 볼 때마다 그런 생각을 하기도 했다. 통신용 안테나가 설치된 고지만 봐도 방공포병 부대가 그 고지에 주둔하고 있을 것 같은 착각이 들었다.

경국은 큰 주제를 던져 놓고 갑자기 전방 산천을 회상하는 그가 의외로웠다. 경국은 조국통일을 위해 자기가 할 수 있는 일이 뭐가 있겠느냐고 물어보려다가 침묵으로 그의 다음 말을 기다리고 있음을 암시하며 평상시 눈에 익은 경치를 낯설게 바라보았다. 침묵이 흐르는 순간에 야생토끼 두 마리가 숲에서 튀어나와 장난을 쳤다.

"참으로 평화롭습니다. 선배님 공부 좋아하셨던데……, 공부 한 번 더하셔야겠습니다."

"공부라니요?"

"이곳에서 남쪽으로 한 시간쯤 가면 헤리슨버그에 대학이 있습니다. 제임스메디슨대학(James Madison University) 말입니다. 알고 계시지요?"

"네, 알고 있습니다."

"그 대학 정치학과에서 다음 학기에 국제관계(International Affairs)를 전공하는 학생들을 위해 남북통일을 주제로 한 과목이 세미나 형식으로 개설된다고 합니다. 그 과목을 들어 주셔야겠습니다."

"직접 들을 수도 있을 텐데, 왜 하필 제가……."

미스터 강은 아무도 없는 농장을 고개를 좌우로 돌리며 살폈다. 남모르게 해야 할 얘기가 있을 때마다 습관적으로 하는 행동 같았다. 그는 누가 보지는 않겠지만 트리 하우스 안에 들어가서 이야기하고 싶다고 하며 먼저 일어나 안으로 들어갔다. 실내는 소나무 판자벽이어서 소나무 향으로 그윽했다. 경국에게 이 방은 혼자 있고 싶을 때마다 들러 책도 보고 묵상도 하고 잡문들을 써보며 시간을 보내는 편안한 안식처였다. 그러던 공간이 미스터 강의 입에서 떨어져 내리는 말들로 전혀 생소한 곳처럼 느껴지기 시작했다.

"그 대학 정치학과에 북한에서 온 유학생이 있습니다. 북한 고위직에 있는 사람 자녀라고만 알고 계십시오. 중국에서 온 유학생 신분으로 공부하고 있습니다. 여학생입니다. 다음 만나 뵐 때 사진을 보여 드리겠습니다. 선배님이 하실 일은 청강생으로 들어가 같이 공부를 하며 그녀의 대학생활을 관찰하여 보고해 주시면 됩니다. 선배님은 이미 미국에서 석사학위도 받으셨고, 이 지역에 살면서 남북통일문제를 다루는 과목이 있다는 소문을 듣고 관심이 있어 청강하게 된 것이라고 하면 주위에서 의심할 사람이 없을 것입니다. 청강 가능 여부는 이미 대학에 알아봤습니다. 협조해 주십시오. 선배님이 적임자입니다. 선배님만 협조해 주시면 이미 저희들은 결정을 내린 상태입니다."

2

이성구. 중학교 때 같은 반 친구 이름이 머리를 스쳤다. 중학교를 졸업한 후로는 한 번도 만나보거나 보고 싶다는 생각을 해본 적이 없는 친구 이름이 미스터 강이 다녀간 후로 생각난 것이다. 키가 작으면서도 매사에 진지하고 다부지던 그의 꿈은 자기 아버지처럼 중앙정보부요원이 되는 것이라고 담담하게 말하곤 했다. 그는 자기 아버지는 해외에 활동하는 때가 많아 만나지 못한 지가 오래 됐다는 말도 했고, 아버지가 사다준 장난감이라며 미제 모형 자동차와 트랙터를 보여주기도 했다. 지금 생각해 보니 그때 성구가 보여준 트랙터 모형과 경국이 가지고 있는 트랙터와 같은 모델이었던 같다. 존 디어(John Deer) 트랙터였고 초록색이었다.

경국은 그 친구로부터 정보기관 활동에 대해 007 영화장면 같은 이야기를 가끔 들었고, 그는 그런 이야기를 할 때마다 침을 목구멍으로 꿀꺽 넘기면서 진지하게 말해 주곤 했다. 그러면 아버지가 남한 간첩이냐고 한번 물어보자 성구는 그건 아니라고 열심히 설명했지만 경국은 정보요원과 간첩의 차이를 구별할 수 없었다.

미스터 강이 경국에게 요구하는 일이 정보활동인지 간첩활동인지 구분해 보고 싶어졌지만 차이가 있을 것 같지도 않았다. 단지 구분할 수 있다면 남한 정부가 하면 정보활동이고 북한이 하면 간첩활동이라고 구분하는 정도일 것 같았다.

미스터 강은 자기 할 말을 다 마치자 한 시간도 채 못 되어 서둘러 농장을 떠났다. 통상 농장을 방문하는 사람들과 나누는 대화 외에 자기 일을 도와 달라는 말과 그 일은 조국통일을 위한 일이 될 것이라는 말이 전부였고 경국이 적임자라는 말을 남기고 훌쩍 떠난 것이다. 경국이 협조하겠노라고 확답을 준 것도 아닌데 미스터 강은 경국이 그를 도와줄 것이라 믿고 농장을 떠나는 것 같았다.

이 세상에 모든 사물은 서로 긴밀하게 연결되어 있다고 양자물리학을 가르치던 교수는 말했다. 물리학에서는 이 연결고리를 규명하려는 것이고 어떤 성질이 이를 연결하게 하는지를 알고 싶어 하는 학문이라고 풀이해도 무리가 없다고도 했다. 통상 같은 성질을 가진 물질끼리 연결되어 무리를 이루지만 우주적 조화는 서로 다른 성질이 하나로 연결되어 존재하게 된다는 것이다.

남북한 문제는 이런 물리학적인 경향과 규명에서도 해석이 되지 않는 문제다. 동질이면서도 같이 하지 못하고 있을 뿐 아니라 이질성이 깊어 가며 더 멀어져 가는 분위기를 반세기 이상 지속하고 있는 것이다. 어떤 물질이 두 사이에 끼어야 하나 되는 동질성을 회복할 수 있을까?

미스터 강이 떠난 후로 경국은 전혀 다른 환경에 던져진 기분이었다. 미스터 강에게 그런 일을 할 자신이 없다고 전화를 걸어 말하고 싶다가도 속마음은 이미 앞으로 어떻게 할 것인가를 생각하기 시작했다. 아니, 이런 시골에 살면서 기회가 주어져 떠나온 조국의 통일을 위해 조금이라도 도움이 된다면 꼭 해야만 하는 일이라고 다짐하고 있었다.

미스터 강으로부터 경국이 적임자라는 말도 듣기 좋았고 그가 아니면 그런 일을 할 수 있는 사람이 이 지역에는 없다는 말도 싫지 않았다. 가끔 꿈에 등장한 영웅적인 활동이 다른 환경에서 다른 방법으로 경국에게 다가온 것일 수도 있다는 생각마저 들었다.

미스터 강은 그 뒤로 2주가 지나도록 소식이 없었다. 경국은 오히려 미스터 강의 연락을 기다리기 시작했다. 그런데 뜻밖에 편지가 그로부터 왔다. 발신지가 서울이다. 전화며 이메일이 발달된 요즘에 편지를 받는다는 것은 묘한 흥분마저 일으켰다. 그것도 직접 쓴 편지라니.

선배님 보세요.

저는 지금 서울로 가는 대한항공 기내에서 이 글을 씁니다. 러시아 상공입니다.

현지 시각이 오전 9시를 넘은 것 같은데 청명한 날씨에 막 아침 해가 뜬 것 같습니다.

온통 눈으로 덮인 산과 얼어붙은 강이 보일 뿐입니다.

제가 보는 광경과 선배님 농장을 비교하면, 농장은 에덴동산이라고 해도 될 것 같습니다.

기억하고 계시겠지만 얼마 전만 해도 이 상공을 나는 것은 불가능했었지요.

제 아버님은 이 상공을 비행하던 대한항공을 타고 유학길에서 귀국하시다가 소련 전투기 미사일 요격에 이 하늘 어딘가에서 산화하셨습니다.

이 상공을 비행할 때마다 아버지 생각을 하지만 누구에게도 이런 얘기를 해 보지 못했습니다. 그 당시 저희 아버지는 육군 대위로 박사학위를 받고 귀국하는 길이었습니다.

아시겠지만 가난했던 시절이라 온 가족이 유학을 가지 못하고, 다른 한편으로는 귀국하지 않을 것을 막으려고 공무원들은 혼자 유학 보내던 시기였다고 들었습니다.

몇 시간 더 비행하면 중국 상공을 거쳐 서해안으로 해서 인천 공항에 착륙하겠지요. 아버지가 날 수 없었던 항로를 저는 통과하고 있지만 남북한만은 크게 달라지지 않고 있는 것 같습니다. 많은 사람이 달라졌다고 하지만 확신할 수 있는 일일까요?

농장을 다녀온 뒤로 선배님이 형님 같기도 하고 편하게 느껴져 이런 푸념쯤은 해도 될 것 같아 이렇게 써 봅니다.

왜 직접 썼는지 궁금하시죠. 모처럼 컴퓨터 자판 대신 직접 써 보고 싶어져서입니다. 최근 들어서는 직접 몇 문장을 이어서 펜으로 글씨를 써본 적이 없었습니다. 봉투에 편지를 넣고 침을 발라 봉하고 우표를 또 침을 발라 붙이는 일이 잊혀가는 추억이 되다니요?

이 편지도 무료한 시간에 아버지 생각을 하며 적어 보지만 서울에 도착해서 보내게 될지는 잘 모르겠습니다. 혹, 이 편지를 받으시게 되면 일에 지친 후배가 아버지를 추억하며 사명감을 다시 일으켜 보겠다고 발버둥치는 것이라 생각하시고 이해해 주십시오.

지난번 농장 방문은 너무 좋았고, 저를 도와주시기로 한 것 다시 감사드립니다. 국내 출장은 그리 길지 않을 것입니다. 미국에 다시 돌아가면 연락드리겠습니다.

편지 읽고 나시면 태워 버리십시오.

러시아 상공에서 강 드림

경국은 미스터 강 편지를 읽으며 감격하기도 했다가 어린 나이부터 아버지 없이 살아 온 모습을 상상하면 가슴이 시리기도 했다가 유복자인 자신보다는 그래도 낫다는 생각을 하기도 했다. 미스터 강의 개인적이면서 진솔한 편지는 얼마나 그를 도울 수 있을지 몰라도 이왕 돕는다면 최선을 다해야겠다는 다짐을 하게 했다. 편지를 읽고 태워 버려 달라는 마지막 부탁은 그의 직업의식에서 나온 것 같았다. 알고 보면 이메일도 전화도 흔적으로 남겨질 수 있는 일이다. 미스터 강은 그런 이유에서 지금까지 연락 안 했는지 모를 일이었다.

미스터 강이 주고 간 자료를 살펴봤다. 자료라고 해야 인터넷에서 복사한 제임스메디슨대학 소개 내용과 정치학과 학사, 석사학위 과정을 소개한 내용이 전부였다. 장수로는 얼마 안 되는 분량이었지만 내용을 살펴보니 만만치 않았다. 학부과정도 학생들이 열심히 해야 4년에 마칠 수 있는 내용이고, 대학원 과정은 2년에 마치기가 벅차 보였다.

학부과정에서는 필수과목으로 다루는 내용 중에 국제관계학, 비교정치학, 국제경제학, 미국의 대외정책, 국제관계세미나, 외국어 등이 눈에 들어왔다. 선택과목에서는 인종과 국가 그리고 문화, 문화 간 소통, 지리학, 제3세계의 정치발전, 다문화권 정치 등의 과목이 흥미를 불러 일으켰다. 경국은 공학을 전공한 터여서 생소한 과목들이었지만 무엇을 가르치려는지 짐작할 수 있었다.

특히 선택과목 중에 여러 나라 역사과목들이 있었는데 '과목번호 377번 한국 역사' 과목도 있었다. 얼마 전 미주한국일보에 이 대학 교수가 한국 역사에 대한 책을 출판했다는 기사를 읽은 적이 있었는데 아마도 한국 역사를 가르치는 정치학과 교수일 것이란 생각이 들었다.

정치학과 대학원 과정은 학부에 비해 구체적이고 실질적인 내용을 중점적으로 다룬다는 느낌을 주었다. 주로 기본과목에서는 유럽을 중점적으로 다루고 특정 지역을 전공하는 학생들은 선택과목에서 해당 지역이나 국가에 대해 심도 있게 공부할 수 있도록 과목들이 편성되어 있었다.

전공과목에서는 유럽통합이론, 유럽문화와 정체성연구, 유럽연합의 정책결정 및 조직, 등의 과목과 경제, 사회, 과학정책을 실질적으로 접해보는 각종 세미나 과정들이 눈에 띄었다. 이 과정에서 남북통일에 관한 과목이 다음 학기에 한시적으로 세미나 형식으로 개설되는 것이다. 경국은 이 과정에 청강생으로 등록하여 한 학기 공부를 하며 미스터 강이 원하는 내용을 파악해서 전해 주면 되는 일이었다.

경국은 전에 미 해군대학원에 유학 와 공부하던 시절이 떠올랐다. 그때는 무기공학과정(Weapon System Engineering)의 교과과정을 여러 번 읽어도 잘 이해하지 못하고 공부를 했었다. 컴퓨터 자판 한번 두드려보지 않은 상태에서 닥치는 대로 해대던 공부였고 그래도 지나고 나니 이해되기도 하고 지식이 쌓이기도 했었다.

농장 일을 하며 힘에 부칠 때마다 군복바지에 워커를 신고 주먹을 불끈 쥐면 새 힘이 솟는 기분을 느끼듯이 그때 대학원 과정에서 공부하며 고생했던 때를 뒤돌아보니 힘이 솟구치고 의지와 열정이 꿈틀대기 시작했다. 더구나 학점을 취득할 필요도 없는 청강생인데, 자유롭게 남북통일에 대해 한 학기 생각해 보자고 마음먹으니 은근히 미스터 강이 고맙고 조만간 연락해 주었으면 하는 마음까지 생겼다.

3

하나, 둘, 셋……, 스물여섯인지 일곱인지 헷갈려 지나가는 화물열차 화차 세기를 그만두고 잠시 서 있어야만 했다. 화차를 끄는 전동차가 세량이니 제법 많은 화차를 끌고 간다 싶었다. 대학 캠퍼스 중앙 남북을 가로질러 철도가 지나가는 대학이 그 어느 곳에 또 있을까?

경국은 기차 때문에 첫날 강의부터 늦을 것 같아 초조해지기 시작했다. 옆에 서서 기차가 지나가기를 기다리는 학생들의 표정은 통상 있는 일이라는 듯 여유롭기만 했다. 그 여유로운 표정들 속에 미스터 강이 보여준 사진 속의 여학생도 섞여 있었다. 탈북자에게서 가끔 느꼈던 어두운 그림자를 전혀 찾아볼 수 없는 표정과 차림새를 하고 서 있었고 기차가 지나가는 소음 속에서도 미국 학생과 무슨 말인가를 주고받고 있었다.

경국은 묘한 기분에 감싸였다. 남북으로 연결된 철로에서 그녀를 처음 대하고 있는 것이다. 미스터 강은 사진만을 보여줬을 뿐, 이름도 나이도 그 어떤 내용도 말해 주지 않았다. 경국이 그녀에 대한 사전 지식을 갖는 것은 선입견을 가질 수도 있고, 그녀가 경국을 의심할 수도 있다는 이유에서였다.

시끄럽게 기차가 지나간다고 생각하다가 기차 바퀴가 연결된 철로를 지날 때마다 일정한 박자로 덜커덩거리고 있다는 느낌이 들자 오랜만에 듣는 귀에 익은 박자와 소리라는 생각으로 바뀌었다. 조금 전에 느꼈던 소음의 감정과 지금 느끼는 정겨운 박자 소리와는 무슨 차이가 있는 것일까? 소리에는 변함이 없었다. 소리가 문제가 아니라 그렇게 느끼는 경국 자신이 문제였다.

철도는 일정한 간격으로 두 레일이 침목에 고정되어 신경망처럼 대륙을 관통하고 있다. 경국은 그 철도망의 한 점에 불과한 위치에서 방향이란 동·서·남·북으로 이해하고 있는 자신을 새삼 발견했다. 동·서 방향은 그래도 해가 뜨고 지는 방향이라는 것으로 이해할 수 있었다. 하지만 남·북으로 이해하는 방향은 어쩐지 개운치가 않았다. 북한 사람들이 방향을 말할 때 동·서·북·남이라고 할 것 같은 생각이 들었다. 북한의 정치회담이나 정책용어에서는 남북대화라는 말보다 북남대화, 남북통일이 아닌 북남통일을 사용하고 있는 것이다.

그러면 경국의 앞을 지나는 기차를 남·북으로 달린다고 해야 하는 건지 북·남으로 달린다고 해야 하는 건지 망설여졌다. 주체가 누구냐? 시작이 어디서부터냐에 따라 인식은 정반대일 수 있다는 생각을 처음으로 했다.

경국은 매사에 구체적인 입장을 취하기 시작했다. 구체적인 생각을 하면 할수록 명확한 결론보다 흐릿해지는 경향이 더 강했다. 지금까지 배우고 경험하고 확신한 일들이 어처구니없게도 객관성이 없기도 하고 개인적인 편견에서 오는 것일 수 있다는 생각이 들자 혼란스럽기까지 했다.

객관성이나 다수가 진리일 수는 없더라도 적어도 민주주의 사회에서는 무시할 수 없는 흐름임에 틀림없었다. 진리는 다수를 지배하는 힘을 가지고 있는 법이다. 진리를 가장한 소수가 다수에 대한 도전으로 나올 때 문제가 되는 법이다. 그렇다면 같이 공유할 진리를 가지는 것이 하나 되는 길이 아닐까? 남북통일 문제도 결국은 이 공유할 수 있는 진리를 찾아가야 하는 과정이겠지.

기차가 건널목을 지나가고 차단기가 오르자, 차단기가 채 다 올라가기도 전에 고개를 숙이면서까지 양쪽에서 학생들이 서로의 몸을 비비며 각자 가야 할 방향으로 서둘러 걸어가기 시작했다. 경국은 처음 찾아가는 강의실이라 사진 속 여자의 뒤를 빠르게 따라붙었다. 작은 언덕길을 지나 오솔길처럼 좁은 큰 나무 숲을 대각선으로 가로질러 빠른 걸음으로 걸었다. 학교에서 가장 큰 잔디밭 광장을 지나 정치학과 건물에 도착했다.

강의실에 들어서자 강의실 특유의 카펫 냄새와 책 냄새가 섞여 코를 자극했다. 한때는 이 냄새를 무척 사랑하기도 했고, 이 냄새에 지쳐 강의 도중에 빠져나가 의미 없는 발걸음으로 시간을 죽이기도 했었다. 이 냄새는 향기롭거나 화려하지 않아도 가치로 평가받는 냄새였다. 이런 냄새에 오래 찌든 사람일수록 사회는 그들을 앞에 세워 주었고 이 냄새는 사회도 지배하고 우리의 영혼도 지배하고 있는 것이다.

사람이 이 냄새를 많이 맡는다고 해서 꼭 좋은 것만도 아니다. 어떤 면에서는 이 냄새에 너무 취하게 되면 독선적인 사람이 되기도 하고 폐쇄적인 사람이 되기도 한다. 교만해지는가 하면 지배의식이 생기게도 하는 그런 냄새다.

키가 큰 탓인지 어깨가 약간 앞으로 숙여진 것 같은 모습과 깔끔하게 빗지 않은 덥수룩한 은백색 머리가 어울려 보이는 교수가 강단을 향해 고개를 숙인 채 무엇인가 뒤적이며 정리하는 모습이 보였다. 경국은 20~30명으로 보이는 학생들이라고 추측해 보며 맨 뒷자리에 앉았다. 강의실 의자는 반 타원형 계단식으로 된 구조에 맞춰 안정감 있게 배치되어 있었다.

교수는 고개를 들지 않은 채 손목시계를 몇 번이고 보더니 8시 정각이 되자 고개를 들고 미소를 띠며 강의실을 둘러보았다. 그는 칠판에 큰 글씨로 자기 이름을 쓰더니 강단 앞으로 다시 와 '내 이름은 벨리 힐(Valley Hill)'이라고 또박또박 말했다. 경국은 교수가 처음 강의 때마다 하는 똑같은 행동이라 생각했다.

부르기 쉽고 기억하기 쉬운 이름이었다. 계곡과 언덕이라는 의미를 지닌 두 단어는 어색하지 않고 조화를 이룬다는 생각이 들었다. 힐 교수는 앞줄에 있는 한 학생에게 몇 장의 종이를 건네며 학생들에게 나누어 주라고 했다. 앞으로 14주 동안 진행될 강의 내용이 소상하게 설명된 강의 계획서였다.

강의 계획서

1주	과목소개, 국제관계 개요	강의
2주	한국의 지정학적 위치와 분쟁	강의 및 조 편성
3주	남·북한 분단과 통일 염원	강의 및 조별토의
4주	6자 회담	강의 및 조별토의
5주	남한의 통일정책	강의 및 조별토의
6주	북한의 통일정책	강의 및 조별토의
7주	미국의 한반도 통일정책	강의 및 조별토의
8주	중국의 한반도 통일정책	강의 및 조별토의
9주	일본과 러시아의 입장	강의 및 조별토의
10주	북한의 핵무기와 통일	강의 및 조별토의

11주	통일 등식과 변수	강의 및 조별토의
12주	추수감사절 방학	각 조별 발표준비
13주	각 조별 발표	발표 및 토의
14주	각 조별 발표 및 강의	발표 및 토의

세계 정치 중심도시 워싱턴 디시에서 서남쪽으로 2시간 거리의 작은 시골도시에 위치한 한 대학 정치학과에서 한국 통일에 관한 강의와 토론이 이루어진다는 사실이 믿기지 않았다. 평범한 대학 강의실에서 아시아, 유럽, 미국 학생들이 그것도 20대 초반이나 겨우 중반에 접어드는 나이의 학생들이 반세기 넘게 풀지 못하고 고민하는 한국 통일에 관한 문제를 다루려 한다니, 경국은 가당치도 않다는 선입견을 떨치지 못하고 학생들과 교수의 일거수일투족을 응시하고 있었다. 국제관계를 전공하는 학생들이, 일부는 전공필수로, 일부는 선택과목으로 이 과목을 택해 학점을 따고자 하는 거였다. 하지만 졸업을 앞두고 학점을 채우려는 학생도 있어 보였다.

힐 교수는 칠판에 적힌 자기 이름을 지우더니 S(South Korea), N(North Korea), A(America), C(China), J(Japan), R(Russia)을 큰 글씨로 또박또박 써 나갔다. 힐 교수는 무엇 때문에 이런 나라 이름들을 썼는지 설명하지 않은 채 강단으로 다시 돌아와 학생들의 이름을 부르기 시작했다. 이름을 부르며 이름과 얼굴을 익히려는 듯 빤히 쳐다보기도 하고 외국 학생의 경우 자기가 정확한 발음으로 호명하는지 확인하기도 했다. 북한에서 왔다는 여학생의 이름은 의외로 영어 이름으로 호명했다. 그녀의 이름은 메이(May), 곧 5월을 뜻하는 이름이었다.

힐 교수가 경국의 이름을 호명했다. 학생들이 뒤를 돌아보며 경국을 바라보았다. 메이와 눈이 마주쳤다. 경국은 잔잔한 미소를 띠며 교수에게 말했다.

"제 한국 이름은 경국입니다만, 영어 이름이 앤드류(Andrew)인데 앞으로 영어 이름으로 불러 주시면 감사하겠습니다."

"좋습니다. 경국이란 이름을 발음하기보다 저에게는 앤드류가 더 편하지요. 이 지역에 사신다고 들었고 이 과목에 관심이 있어 청강생으로 강의에 참관하신다고 들었는데, 반갑습니다. 매년 개설되는 과목은 아니지만 과목 특성상 다국적 학생이 많이 택하게 되어 훨씬 흥미롭게 수업이 진행될 것 같습니다. 한 가지 학생비자(F-1)로 유학 와서 공부하는 학생들은 수업에 빠지지 않도록 특히 주의하시고 무슨 일이 있을 경우에는 사전 승인을 받아야 함을 먼저 강조합니다. 매주 출석을 부르지 않더라도 2번 이상 사전 승인 없이 강의에 불참하면 국토안보국에 보고하도록 되어 있습니다. 911테러 이후에 생긴 제도입니다."

경국은 자신이 왜 영어 이름으로 불러 달라고 했는지 몰랐다. 북한에서 온 학생이 메이라는 영어 이름을 가지고 있다는 것에 대한 순간적인 반사작용이었던 것 같다. 한 번도 영어 이름을 써 본적이 없는 경국이었다. 성경에 나오는 이름이 순간 튀어 나온 것도 이상했다. 앤드류는 예수의 12제자 중에 한 사람으로 크게 이름을 나타내지 않으며 스승의 사역을 도왔던 제자였다. 경국은 은연중에 그런 사람으로 살고 싶었던 것 같다. 경국은 속으로 앤드류라고 자신을 불러 보았다.

힐 교수의 첫 시간 강의가 시작되었다. 다음 시간에는 반을 4개 조로 나누고, 각조는 칠판에 적힌 나라를 대표하는 학생을 정하게 될 것이라고 했다. 자기가 맡은 나라를 대표하여 한반도 통일문제를 집중적으로 연구해서 토의하고 발표하게 된다는 점을 강조했다. 어려운 문제이기는 하지만 이런 연구와 토론을 통해 한반도 통일에 대한 현실적 이해를 높이고 통일공식 같은 것을 한번 만들어 봄으로 통일 이론이나 실제에 접근해 보고자 하는 것이라고 진지하게 설명했다. 문제의 성격상 강의 계획서대로 강의가 진행되지 않더라도 이해하라고도 했다.

전문가들도 해결하지 못한 문제이고, 반세기가 지나도 해결하지 못한 문제를 우리가 어떻게 해결할 방안을 찾을 수 있겠느냐고 의문을 갖는 학생이 대부분일 것이지만 어떤 측면에서는 전문가들의 의견이 잘못되어 그럴 수도 있다는 생각을 해볼 수도 있는 것이라고 했다. 힐 교수는 학생들에게 자신감을 불어 넣으려는 양, 전문가들의 의견은 존중되어야 하지만 절대적인 것으로 믿어서는 안 된다고 강조하며 예를 들어 설명까지 했다.

2001년 영국에서 흥미로운 실험이 실시됐습니다. 별자리가 회사의 운세에 영향을 미친다고 주장하는 점성술사와 투자 전문가, 그리고 주식에 대해 전혀 상식이 없는 네 살배기 어린 소녀가 일주일 기간으로 누가 더 효과적으로 투자하는지 시합을 하게 했습니다. 각자에게 오천 파운드의 투자액을 주고, 상장된 영국 100대 기업을 대상으로 투자하게 했습니다. 일주일 후 결과는 점성술사 10.1%로 손실, 투자전문가 7.1%로 손실 그리고 어린 소녀 4.6%로 손실이었습니다.

흥미로운 결과에 기간이 너무 짧아 그럴 수도 있다고 보고 1년으로 기간을 연장하여 다시 실험을 해보았습니다. 이 기간 세계 증시는 16%나 떨어지는 등 주식시장이 고전을 면치 못하는 해였습니다. 1년 후 나타난 결과는 투자전문가는 46.2%의 손실을 기록했고, 점성술사는 6.2% 손실을 냈습니다. 반면 소녀는 5.8%의 이익을 냈습니다.

남보다 조금 더 알고 있다고 해서 모든 것을 알고 있는 것은 아님니다. 국제 정치에서는 더더욱 그렇습니다. 과학 분야에서도 마찬가지일 수 있습니다. 실용화된 많은 과학이론이나 원리를 이용한 발명품들은 최초에는 군사적 목적을 위해 연구된 경우가 많습니다.

레이저를 예를 들어도 좋을 것 같습니다. 레이저는 X선이나 감마선 같은 빛의 파장입니다. 마이크로웨이브도 역시 파장이 다른 빛이지요. 처음에 개발된 레이저 광선은 무기로 쓰기에는 약하고 부대시설이 너무 커서 실용화할 수 없었습니다. 그런가 하면 의료기기로 개발하여 인체 수술에 적용하기에는 너무 강해 실용화하지 못하고 있었습니다.

예를 들어 콩팥에 담석을 깨뜨리는 수술을 지금은 하고 있는데 처음에는 이런 수술이 레이저 강선이 너무 강하거나 약해 할 수 없었던 것입니다. 그런데 물리학자도 아니고 의사도 아닌 한 비전문가가 전문가들의 이런 고민을 우연히 듣고 번뜩 떠오른 생각이 있었는데, 피부조직을 상하지 않는 약한 레이저 광선을 2~3군데 각도에서 동시에 쏘게 되면 피부는 상하지 않고 돌은 깰 수 있을 것이라고 생각했습니다. 이런 개념들이 정리되고 새로운 약(弱) 레이저가 개발되면서 레이저 수술은 다양화되고 실용화된 것입니다.

몇 년 안에 레이저로 탱크를 파괴하는 시대와 레이저 총으로 싸움을 하게 될 것이라는 예측은 어렵지 않습니다. 최근에 '레이저 어벤저(Laser Avenger)'라는 무기가 소개되었는데, 이 무기로 10kw 적외선 레이저빔을 발사하여 무인기를 격추하는 실험에 성공하기도 했습니다.

한반도 통일은 전문가의 손에서 해결될 수도 있고, 정치가들의 타협으로 통일이 될 수 있을 것입니다. 그러나 솔직히 말하면 이들의 노력은 현재까지 실패했다고 말해도 크게 반론을 제기하기 어렵게 되었습니다.

그래서 여러분은 이 강의를 통해 단순하면서도 비전문가적 입장에서 남북통일 문제를 접근하고 찾을 수 있다면 방향을 찾아보자는 것입니다. 먼저 여러분은 왜 분단되었는지 이해하는 것이 중요하고 무엇이 통일을 막고 있는지를 찾아나서야 합니다.

불행하게도 남북한은 통일이 국가정책의 기본임을 천명하고 있지만 통일이 언제 이루어질지는 누구도 예측하지 못하고 있습니다. 예측하지 못한다는 것은 변수가 많아서일 수도 있고 서로 다른 이해관계가 얽혀서 그럴 수도 있습니다. 여기서 말하는 이해관계는 아주 중요한 말인데, 전문적인 용어로는 '국가 이익(national interests)'라는 표현이 좋은 것 같습니다. 앞으로 통일공식을 만드는 과정이나 모든 토론에 있어 국가 이익을 염두에 두지 않은 접근은 현실적인 접근 방향이 안 될 것입니다.

힐 교수는 '국가 이익'이란 단어를 칠판에 쓰더니 그 단어 밑에 두 줄을 긋고 다시 동그라미를 치며 묘한 미소를 학생들에게 보내며 첫 강의를 마쳤다.

경국은 스파이 가게(Spy Shop)에 들렀다. 메이 주위를 감시하는 듯한 30대 중반쯤으로 보이는 여자 때문이었다. 미스터 강에게 그 사람이 누군지 물어봤지만 되레 그 사람이 누구며 메이와 어떤 관계인지 알아봐 달라고 했다. 미스터 강은 그녀가 북한에서 같이 온 감시원일 수도 있고 미국 현지에서 고용된 사람일 수도 있다고 했다. 그는 그 여자에 대해 어느 정도 알고 있는 것 같기도 했고, 모르는 것 같은 느낌을 주는 애매한 말투였다.

스파이 가게를 운영하는 사람은 키는 작고 살이 쪄 간신히 의자에서 일어났다. 그래도 눈초리는 매서워 보였다. 경국이 무엇을 사려고 하는지 어디에 쓰려고 하는지 알아차린 것 같은 인상을 풍겼다. 그러면서도 능청을 부리는 것 같았다.

"친구! 무엇을 찾나? 남의 얘기를 엿들어야 하나? 몰래 사진을 찍으려 하나?"

그는 이미 경국이 둘 중에 하나를 선택할 것이라 믿고 있는 듯했다.

"아, 저기……, 남의 얘기를 먼 거리에서 엿들어야 되겠는데……."

"솔직해서 좋군. 대부분 새소리를 좀 더 크게 듣고 싶어서라든가, 보청기를 쓸 나이가 아닌데 귀가 약간 멀어 그런다고들 하지. 걱정 말게나 친구. 100미터 안에 있는 웬만한 소리는 다 잡을 수 있고, 녹음기까지 딸린 것도 있다네. 이런 물건은 꼭 산다고 하면 보여 주고 그렇지 않으면 장난감 같은 평범한 것을 보여줌세."

"성능 좋은 것으로 한번 보여 주쇼."

"현금으로만 거래되는 것이네. 한번 사면 나는 모르는 일일세. OK?"

"OK."

경국은 5백 불 현금을 건네고 물건을 받았다. 겉으로 보기에는 음악을 듣는 평범한 MP3였다. 실제로 MP3로 위장하기 위해 음악을 들을 수 있는 기능도 있었다. 주위의 소리를 확대하여 듣다가 혹 다른 사람이 무슨 음악을 듣느냐고 물을 때는 이어폰을 건네면서 스위치 하나만 눌러 주면 음악을 들을 수 있었다. 경국이 찾는 그런 도청 장비였다.

가게에서 성능시험을 해보려고도 했지만 주위에 너무 큰 소리들이 많이 들려 적당한 장소가 아니었다. 경국은 성능을 완전히 확인하지 못해 꺼림칙했지만 하나밖에 없다는 주인의 말이 신경 쓰여 그냥 샀다.

농장에 도착하자마자 MP3를 들고 트리 하우스로 갔다. 염소들이 한가하게 풀을 뜯다가 경국의 발자국 소리를 알아차리고 몰려들었다. 나뭇가지를 꺾어주던가 곡물 먹이를 간식으로 가끔 주기 때문에 반사적으로 하는 행동이었다. MP3를 켜기 전에 주위의 소리를 주의 있게 들어 보았으나 이렇다 할 소리를 들을 수 없었다. 이어폰을 귀에 끼고 스위치를 틀고 서서히 볼륨을 높여 갔다. 새소리가 들리는가 하면 나뭇잎끼리 몸을 비비는 듯한 미세한 소리까지도 들을 수 있었다. 방향에 따라 잡음이 좀 들리기는 했지만 기대 이상의 장비였다. 경국은 집으로 들어와 안방에 텔레비전을 작은 소리로 켜놓고 옆방으로 가서 다시 시험해 보았다. 잡음들이 들렸지만 무슨 말인지 듣는 데 지장이 없었다.

다음날은 수업도 없는데 캠퍼스를 찾았다. 도서관에서 북한에 관한 자료가 있는지 뒤져 보고 싶어서였고, 또 다른 이유는 힐 교수를 만날 수 있으면 만나 메이와 같은 스터디 그룹에 편성해 주었으면 좋겠다는 부탁을 하고 싶어서였다. 만약 교수가 그래야만 할 이유를 묻는다면 스터디 그룹을 6자회담의 틀로 만든다고 했는데 메이와 경국이 남북한을 맡아 토론해 보고 싶어서라고 답변할 생각이었다. 누가 남한을 맡고, 누가 북한을 맡을 거냐고 묻는 다면 서로 상의하여 결정하겠노라고 답변할 참이었다.

도서관에 들러 북한에 대한 자료들을 검색해 보았다. 생각보다 자료가 많은 것에 새삼 놀랐다. 그러면서도 북한 핵에 대한 미국의 입장이나 북한의 태도를 다룬 신문기사들이 대부분을 차지하고 있고, 정작 남북통일에 대한 자료는 찾기가 쉽지 않았다. 경국은 자료들의 성격으로 보아 미국의 관심은 남북통일보다는 북한 핵에 대한 대처가 우선임을 시사하는 것이라는 생각이 들었다. 제목이 눈에 들어오는 기사와 논문을 복사했다. 개인적인 관심뿐 아니라 수업에도 도움을 줄 것 같아서였다.

「북한과의 새 대응원칙(New Rules of Engagement with North Korea)」 제하의 2002년 10월 19일 뉴욕타임스 기사를 먼저 복사했다. '대응원칙'이라 번역했지만 군에서는 '교전준칙'이라고 번역되는 단어다. 「궁지에 몰린 개는 때로 물 수 있다(A Cornered Dog will Sometimes Bite)」는 25페이지 논문도 복사했다. 「북한을 공격할 것인가?」라는 기사들도 참고로 복사했다.

경국은 도서관을 빠져나오며 자료를 복사하면서 기사를 훑어보다 무거워지고 답답해지던 마음이 조금은 가벼워지고 있었다. 학생들의 자유분방한 옷차림과 발랄한 동작들이 경국의 마음을 가볍게 한 것이다. 무슨 문제든 심각하게 생각하는 사람에게만 심각할 뿐 그렇지 않은 사람에게는 어떤 의미로도 작용하지 못한다는 사실이 새로운 진리인 양 마음에 파고들었다. 경국은 <우리의 소원은 통일>이라는 노래를 수없이 불렀건만 통일에 대해 얼마나 심각하게 생각하고 행동했는지 자문해 볼 때 할 말이 없었다. 경국은 통일 문제에 있어 대중적인 관심 속에 자신을 감추고 위선자로 살아온 것이다.

경국이 자신의 영웅적 행동으로 통일에 일조하겠다는 생각은 통일보다도 통일을 볼모로 잡고 스스로 영웅 되기를 꿈꾸는 것이었을지도 모른다. 다른 사람의 희생을 강요하며 나타나는 영웅들이 역사에는 많았다. 하지만 남북한 통일만은 그런 영웅이 존재하지 않는 통일이어야 할 것 같았다.

현재의 통일 이론들은 큰 것을 해결하여 작은 일을 묻어 버리려는 것은 아닌지? 만약 이 방법이 그동안 먹히지 않았다면 이제부터라도 작은 일부터 해결해 가며 큰 문제를 없애야 하는 것은 아닐지? 경국은 두서없는 생각들을 하며 힐 교수 방에 이르렀다. 힐 교수는 경국을 반갑게 맞아 주었다.

힐 교수 방은 창문 쪽에 책상이 있고 의자 뒤로 보조의자가 세 개 있었다. 3층이지만 큰 나무 가지들로 인해 창밖의 시야를 가리고 있었고, 불을 켜지 않으면 어둡게 느껴지는 분위기였다. 벽은 책장과 책으로 꽉 차 빈 공간이 없었다. 땅바닥과 책상 위에도 책과 서류가 수북하게 이곳저곳 쌓여 있었다. 힐 교수는 자신이 가장 못하는 것 중에 하나가 정리정돈이라며 경국에게 의자에 앉으라고 권했다.

"남북통일에 대해 관심이 많으신 교수님과 같이 공부하게 되어 기쁩니다."

"천만에요. 이 과목이 그동안은 큰 관심을 가지지 못하다가, 동독과 서독이 통일이 된 이후에는 점점 관심이 높아지고 있지요. 학문이란 지나온 역사를 통하여 미래적인 예측을 해보려는 성향이 강하기 때문에 때로는 현실적으로 막연하기까지 한 문제일지라도 우리는 계속 문제를 다루며 연구해야 되는 것이지요. 특별히 이 과목을 청강하게 된 계기라도 있는지요. 막연한 관심만으로 청강을 하는 경우는 처음이라……, 오해는 마세요. 그냥 궁금할 뿐입니다."

"아닙니다. 그동안 통일을 꿈꾸면서도 통일에 대해 진지하게 생각한다던가, 공부한 적이 없어서요. 늦게라도 통일에 대한 진정한 문제가 무엇인지 알고 싶기도 하고, 저희 교회에 다니는 학생에게서 이번에 통일에 대한 세미나 과정이 있다는 소식을 듣고 신청하게 되었습니다."

"잘 하셨습니다. 앞으로도 개인적으로 토의하고 싶으면 얼마든지 찾아오세요. 때로는 강의 시간보다 개인적인 토론이 유익하기도 하지요. 이번 학기 상담시간은 수요일과 목요일 오전 11시에서 오후 2시까지입니다. 그 외 시간은 사전에 연락주시면 약속을 하고 만날 수 있습니다. 혹 오늘 하실 말이라도 있으신가요?”

“예, 교수님! 특별한 내용은 아니고, 스터디 그룹 편성할 때 메이 학생과 같은 그룹에 속했으면 해서요.”

“어려운 일도 아닌데 그렇게 하도록 하세요.”

의자에 앉자마자 힐 교수와의 대화는 빠르게 이어졌다. 힐 교수는 메이와 같은 스터디 그룹에서 공부하려 한다는 것에 대해 추가적인 질문을 하지 않아 다행이었다. 교수와 학생과의 통상적인 대화였고 처음 만나 나눌 수 있는 평범한 대화였다. 그래도 경국은 마음에 숨기는 것이 있어 힐 교수에게 미안한 감정이 일었다.

자동차 주차장으로 걷는데 잔디밭에 메이와 그녀 주위를 맴도는 여자가 같이 앉아 있는 모습이 보였다. 경국은 순간 MP3를 켜야겠다는 생각에 사로잡혔다. 경국은 가능한 가까운 거리로 접근하여 큰 떡갈나무를 기대고 앉았다. 도서관에서 복사한 자료를 꺼내어 읽는 것처럼 바라보며 MP3의 스위치를 켜고 볼륨을 조절했다. 새 소리도 들리고 주의에 걸어가며 나누는 대화들이 들렸다. 어느 방향에서인지 몰라도 다른 대화들로 잡혔다 사라졌다를 반복했다. 메이와 옆에 여자가 한국말로 대화할지 영어로 말할지 궁금해졌다.

5분도 안 되었는데 듣고 싶은 대화가 잡히지 않아 시간이 무척 천천히 흐르고 있다는 생각이 들었다. 초조한 마음으로 그들의 대화가 있기를 기다리는데 엉뚱한 대화가 갑자기 흥미를 불러일으켰다.

제시카와 바비라는 학생이 말다툼을 하고 있다. 다른 소리들로 모든 내용을 들을 수 없지만 두 사람이 사귀는 사이인데, 제시카가 바비 친구와 같이 잠을 잔 것이 들통 난 모양이다. 바비는 심하게 제시카를 몰아붙이지만 제시카는 우리가 결혼을 약속한 사이도 아닌데 무슨 상관이냐고 퉁명스럽게 쏘아 붙인다. 오히려 바비가 수세에 몰려 있고 제시카는 너같이 편협한 사람하고는 더 이상 만나고 싶지 않다고 한다. 경국은 괜히 주먹에 힘이 들어가며 당장이라도 가서 여자를 한 대 쥐어박고 싶은 감정이 솟구친다. 바비는 그래도 헤어지자는 말을 하지 않고 이제 더 이상 그 친구를 만나지 말라고만 한다.

경국은 바비가 제시카를 얼마나 좋아하면 저럴까 하는 생각에 동정심이 인다. 사랑이란 당사자 간의 문제다. 제3자가 자신의 믿는 사랑의 방법이나 생각을 다른 사람의 사랑의 관계에 적용하려는 것은 의미 없는 일일 수 있다. 특히 남녀 간에 사랑은 객관적이라기보다 주관적인 것이다. 사랑의 이유를 찾으려 하지만 찾지 못하고 그냥 사랑하는 것이 더 순수하고 진정한 것이지 이유가 있어서 사랑하는 것은 아닐 것이다.

제시카가 바비에게 "너 자꾸 왜 이래?"라고 큰소리를 치자, 바비가 "비코스(Because!)!" 하고 만다.

경국은 가끔 아이들에게 왜 그랬느냐고 이유를 물으면, '비코스'라고만 대답하는 것에 짜증을 낸 적이 많았다. 그러나 이유도 없이 그렇게 한 것이라는 의미의 이 대답만큼 때로는 더 확실한 대답이 어디 있을까? 바비는 바람을 피운 제시카가 그래도 좋다고 대답하고 있는 것이다.

경국은 남북한 통일문제도 '비코스'로 접근해 볼 필요가 있다는 생각을 해본다. 너무 따지고 분명한 이유를 찾으려 하면 해결되기는커녕 접근조차 할 수 없는 문제가 남북문제가 아닌가 하는 생각에 잠긴다.

"언니, 그만 갈까?"

갑자기 미세한 잡음과 함께 한국말이 잡혔다. 경국은 자세를 바르게 고쳐 앉으며 MP3 볼륨을 최대로 높였다.

"어디로 가려고. 아파트로, 도서관으로?"

"공부도 안 되고 아파트에 가서 비디오나 볼까? 언니."

"학기 초에 안 놀면 언제 노니. 그러자."

"언니는 나를 감시해야 하면서, 물러 터져 가지고."

메이는 그 여자를 언니라고 불렀고, 억양이나 대화 내용으로는 전혀 북한에서 온 사람들 같지가 않았다. 경국은 은연중에 두 사람의 대화는 극히 사무적일 것이라고 생각하고 있었고, 한두 마디 대화를 들어 보면 이들의 관계를 짐작할 수 있으리라 기대하고 있었다. 그런 경국의 예상은 빗나가고 말았다. 이들의 대화는 친구 사이의 언니, 동생 관계를 초월하여 생각하기 어려운 대화였다. 단지 하나 메이가 언니가 자기를 감시하는 입장에 있으면서 자기를 편하게 해주고 있다는 말이 두 사람의 관계를 어느 정도 가늠할 수 있는 단서였다.

경국은 메이와 그녀가 일어나 주차장 방향으로 걸어가는 모습을 무심히 바라보며 MP3 스위치를 껐다. 메이와 같이 걷는 언니라는 여자 모습이 경국에게 낯설지가 않았다. 어디선가 한두 번 스쳐 지나간 적이라도 있을 것 같은 느낌이었다.

5

　　목요일 오후, 미스터 강에게서 전화가 왔
다. 첫 강의에 참석했는지 확인하면서 토요일에 교포들이 잘 가지
않는 한적한 골프장에서 서울에서 온 손님과 골프를 칠 수 있겠느
냐고 물었다. 미스터 강은 손님들을 농장으로 모시고 와서 농장을
둘러본 후에 한차로 골프장으로 이동하자고 했다. 모든 일을 미스
터 강의 계획대로 받아들였다. 경국은 이상하리만큼 미스터 강의
말을 들어주어야 할 것 같은 기분에서 벗어나지 못했다. 서울에서
왔다는 손님이 누군지도 묻지 않았다.

　미스터 강의 전화를 받고 농장에서 30분 안에 갈 수 있는 골프장
세 군데를 사전에 답사해 보기로 했다. 농장에서 가장 가까운 새로
개장한 골프장은 시설이나 골프장 관리가 새로운 시설답게 훌륭했
지만 좋은 소문이 나기 시작한 탓인지 교포들이 많이 드나드는 것
이 흠이었다. 동부에서 가장 큰 루레이 자연동굴 옆에 있는 골프장

은 한 시간 동굴 관광을 마치고 골프장으로 이동하여 운동하기에는 적합했다. 브라이스 리조트 골프장은 다른 두 골프장에 비해 오래되고 거리가 멀었지만 교포들이 거의 찾지 않는 점이 맘에 들었다. 일단 루레이 동굴 골프장과 브라이스 리조트 골프장으로 예약했다.

경국은 골프장을 돌면서 군대 생활하면서 보였던 자신의 모습과 열정을 다시 발견하는 것 같았다. 대사관에 근무할 때도 중요한 손님이 오게 되면 사전에 방문할 곳을 답사하고 점검했었다.

토요일은 모시 이불 같은 엷은 구름이 하늘을 덮고 있었다. 맑은 바람이 옷깃을 스치기도 하고 나뭇잎이 흔들리다가 멈추고 다시 흔들리는 것이 낮잠에 취한 여인의 조심스런 뒤척임 같았다. 이런 평온한 분위기를 감상하는 경국의 마음이 편치만은 않았다. 미스터 강을 만나서 나눌 대화도 정리되지 않았고 같이 오는 손님들도 편안한 상대일 것 같지도 않아서다. 탁 트인 앞뜰 초지 경계를 연해 심겨진 소나무 밑에서 가끔 나타나 풀을 뜯는 사슴이 보였다. 세 마리가 보일 때도 있고 네 마리가 보일 때도 있다. 습관처럼 몇 마리나 되는지 세어 보았다. 소나무와 풀들에 가려 몇 마리나 있는지 쉽게 식별할 수 없었다.

그 순간 평상시 보지 못했던 사슴이 눈에 들어왔다. 경국은 반사적으로 서재에 있는 망원경을 급히 가지고 나왔다. 최대 900미터

거리 안에 있는 물체를 9배까지 확대하여 볼 수 있는 알팬(Alpen) 망원경을 눈에 갖다 댔다. 군에서 중대장 시절 지급받았던 망원경보다 성능이 좋은 것으로 물체를 끌어당겨 볼 때마다 묘한 쾌감을 즐기고 있었다. 오늘은 더욱 그랬다.

앞집 킹 씨가 찾고 있는 사슴임에 틀림없었다. 튀어나온 뿔이 8개는 되는 것 같았다. 미국 사람들은 저런 수사슴을 잡으면 8포인트 사슴을 잡았다고 호들갑을 떨며 어깨를 으쓱할 만한 사슴이었다.

경국은 옷장 깊숙이 숨겨 둔 총을 꺼냈다. 망원렌즈까지 부착된 윈체스터 소총. 무게가 손목에 느껴지면서 온몸의 근육이 단단해지기 시작했다. 약실을 열고 실탄을 장전했다. 안전장치를 잠근 상태로 밖으로 나갔다. 거리가 멀어 가깝게 접근해야 했다. 허리를 숙이고 살금살금 기다시피 접근했다. 아무래도 먼 거리라는 생각이 들었지만 더 이상 접근하다가는 바람의 방향으로 보아 사슴이 경국의 접근을 쉽게 알아차릴 것 같았다. 경국은 군에서 익혔던 낮은 포복 자세로 풀숲에 엎드렸다.

소총의 개머리판을 어깨에 바짝 부착시키고 망원렌즈에 눈을 갖다 댔다. 안전장치를 조심스레 풀었다. 이런 때는 안전장치 풀리는 작은 쇳소리가 철책선 철문이 닫히는 소리만큼이나 크게 들렸다. 쏘고 싶은 수사슴은 좀처럼 조준구에 잡히지 않고 어린 사슴이나 암사슴이 어른거렸다. 뿔이 잡히고 수사슴의 얼굴이 잠시 보이다가 다시 소나무에 가려 쏠 수가 없었다. 소나무 숲 뒤쪽으로 킹 씨 농장에는 말들이 있을 것이다. 혹 사격이 잘못되어 말이나 그쪽 농장 사람이 맞을 수도 있겠다는 불안한 생각이 순간 스쳤다. 일단 렌즈에서 눈을 뗐다.

차 소리가 들리며 농장으로 승용차 한 대가 방향을 틀었다. 미스터 강 차였다. 경국은 사슴을 잡고 싶은 마음에 미스터 강 일행을 기다려야 한다는 사실을 순간 까맣게 잊고 있었다. 경국은 벌떡 풀숲에서 일어나 총에서 실탄을 제거하며 집으로 향했다. 사슴들이 잽싸게 소나무 숲으로 뛰어 들어갔다.

“어서 오십시오.. 김경국입니다. 모처럼 뿔 달린 사슴이 보여 한 번 잡으려다 이런 모습으로 손님을 맞게 되었습니다. 이해해 주십시오.”

“아, 아닙니다. 저희들 때문에 모처럼의 기회를 놓친 것은 아닌지……, 저희들이 시간을 잘 못 맞춘 것 같아 죄송하군요.”

“아닙니다. 사냥을 즐기는 것은 아닌데, 사슴을 보는 순간 반사적인 충동이 일었습니다.”

통성명도 없이 뒷좌석에서 나오는 손님과 대화가 이어지고 있었다. 미스터 강이 차에 시동을 끄자마자 정신없이 차문을 열고 나와 승용차 뒷문을 잡았다.

“선배님, 제가 모시고 온 손님입니다. 김 팀장님, 이쪽이 제가 말씀드린 김경국 씨입니다. 그리고 이 팀장님 만나보고 싶다고 하셨던 김경국 씨입니다."

차에서 김 팀장의 뒤를 따라 내린 이 팀장을 미스터 강으로부터 소개받은 경국은 아무 말도 못하고 굳어 버린 자세로 이 팀장이라는 사람을 바라볼 수밖에 없었다. 변한 모습이었지만 그가 중학교 친구 이성구임에 틀림없었다.

"경국아, 나 누군지 알아보겠니? 이성구다. 나는 사진보고 쉽게 넌 줄 알았다."

"어, 어! 기억나구 말구요."

경국의 입에서 존댓말이 튀어나왔다. 오랜만에 만난 친구라는 생각보다 그의 변한 모습과 가볍게 보이지 않는 자신만만한 태도와 표정, 옅게 깔려 있어 보이지만 배경 없이는 짓기 힘든 오연함이 느껴졌기 때문이었다. 성구의 말은 친절했으나 그의 말과 모습에서 감도는 권위까지 숨겨지지는 않았다. 경국은 중학교 친구 앞에 선 자신이 바람이 적당히 빠져 더 이상 튀어 오르지 못하는 농구공 같다는 생각이 들었다.

"선배님, 죄송합니다. 이 팀장님께서 먼저 선배님을 알아보시고 말하지 말라고 해서 사전에 말씀 못 드렸습니다."

"아닙니다. 일단 집안으로 들어가시지요."

"야, 경국아! 김 팀장 때문에 너무 어색해 하지 말고, 미스터 강도 편안하게 대해도 돼. 다 후배들이니 사석에서까지 어색하게 지내지 말자. 그리고 지금은 네가 우리를 도와주는 입장에 있는데, 네가 우리 대접을 받으면 받아야지.”

“그렇게 하십시오. 제가 편하게 선배님이라고 부르겠습니다. 저도 장교출신입니다. ROTC로 임관하여 2년 동안만 복무했지만 말입니다.”

김 팀장이 끼어들면서 다소 경색되어 가던 분위기가 풀어졌다. 미스터 강은 모든 대화에 가능한 끼어들지 않으려는 눈치였고, 옛 친구들 사이의 대화를 방해하지 않으려 신경을 써 주었다. 그래도 경국은 성구를 편하게 대할 용기가 나지 않았다.

경국은 다른 손님이 오면 농장을 안내하는 습관대로 그들을 안내했다. 성구와 이 팀장의 반응은 미스터 강이 처음 농장을 방문했을 때 반응과 비슷했다. 성구는 옛 친구 농장이라는 기분이 들어서인지 더 구체적인 질문과 경국이 부럽다는 말을 여러 번 했다.

경국도 한때는 모든 환경에서 이들과 비슷한 모습으로 살았다. 자유로워 보여도 완전 자유롭지 못하고 어느 테두리 안에서만 자유로운 모습으로 말이다. 몸 어딘가에는 항상 보이지 않는 끈으로 묶여 있는 것 같은 느낌을 가지고 생활했다.

전화 한 통화에 벌떡 일어나 행동해야 했고 공적인 일이든 사적인 일이든 닥치는 대로 해야 했다. 사적인 지시를 받을 때는 경국을 다른 사람보다 더 신임해서라는 믿음으로 충성을 하기도 했다. 밤도 낮도 없었다. 큰 도둑질은 아니지만 작은 도둑질도 같이하며 충성하기도 했다. 도둑이 되려면 큰 도둑이고 싶었지만 그런 기회도 아무에게나 주어지는 것이 아니었다.

충성이라는 말 속에는 수많은 단어들이 숨겨져 있었다. 거짓말, 음모, 권모술수, 접대, 청탁, 시기, 질투, 비방, 미움, 무자비, 파벌, 아첨 등 나쁜 말을 다 포함하고 있는 듯 했다. 세상에 좋은 말이란 사실 아름다울 뿐 힘이 없다는 생각을 떨치지 못하고 살았었다.

사랑이란 말은 얼마나 아름다운가? 그 사랑이란 말 속에도 미움도 질투도 시기도 원망도 슬픔도 그리움까지도 숨어 있지 않던가? 세상엔 순수한 것이 없어 보였던 시기. 모든 것은 모순 속의 무질서를 정의로 나타내 보이고 있을 뿐이라고 생각하던 때였다.

그러던 경국이 그런 조직에서 떠나 한적하게 살면서 세상에는 아름다운 말이 그 말 자체로 순수하게 취급받으며 존재하는 곳도 있다고 느끼며 살기 시작했다. 닭똥 냄새를 맡으며 흘린 땀의 대가는 정확하게 돌아왔다. 정확하다는 말이 꼭 항상 똑같은 대가가 지불된다는 의미는 아니다. 때로는 더 많은 땀을 흘리고 노력해도 적은 보상이 돌아오기도 했다. 그래도 좋았다. 땀이란 그 자체로 가치가 있음을 깨닫게 되면서 손에 쥐는 돈의 가치로 땀을 평가하는 버릇이 없어진 것이다.

농장을 한 바퀴 둘러보고 난 후에 이 팀장과 미스터 강이 친구들끼리 이야기하라고 하며 자리를 비켜 주었다.

"경국아, 농장이 겉보기에는 평화롭고 아름다워 보여도 일이 많겠다. 힘들지 않니?"

"일이 적은 것은 아니지만 단순하고, 문제가 연결되어 계속되지는 않아. 힘들어도 하면 되고, 긴 시간을 투자 안 해도 끝이 보이는 일들이지. 군 조직에서 얽히고설켜서 끝인가 하면 시작이고, 시작하려 하면 끝이기도 했던 일들보다는 마음이 편하다. 성구, 너 언제부터 정보기관에 근무했니? 중학교 때 꿈을 이루었으니 좋겠구나?"

"사춘기 때 꾸었던 꿈을 이뤘다고 다 만족하며 사는 것이 아니라는 것쯤은 터득할 나이가 아니냐? 그래도 꿈이란 이루어지지 않는 것보다 이루어지는 것이 좋더라. 오랫동안 생각하고 기대하며 노력한 일은 이루어져야지. 너는 꿈을 이루며 살아 왔니?"

"꿈! 성구 네가 그렇게 말하니 내 꿈이 무엇이었는지 헷갈린다. 그냥 열심히 사는 것이 꿈이었다면 말이 되겠니? 특별히 가진 것도 없고 도와주는 사람이 없는 사람에게는 너무 할 일이 많고 챙기고 신경 써야 할 일이 많아 하루하루가 꿈이고 열매일 수도 있지. 사람들이 비전을 얘기할 때 나는 그 말 자체를 사치로 여긴 적도 있어. 그래, 성실과 노력이 내 꿈이었다. 그런데 그 꿈은 외롭고 힘들 때가 많아도 꼭 이루어지더라. 지금은 더더욱 그리 생각하며 살고 있지.”

“미국 농부는 철학을 전공하니? 수염을 기르고, 머리를 땋아 내리고, 도포를 걸치고 그런 소리하면 도사인 줄 알겠다. 그런 얘기 그만두고 오늘 재미있게 지내자. 내가 너한테 사실 부탁할 일이 있어 일부러 미스터 강과 같이 왔다.”

경국은 루레이 동굴을 먼저 안내했다. 동부에서 가장 큰 석류동굴. 안내원을 따라 한 시간을 둘러보아야 하는 지하세계다.

땅속으로 수만 년을 땅위의 빗물과 눈물이 흘러들어 만든 돌고드름들의 장관. 잘못 들어온 사람인지 일부러 이곳까지 찾아와 죽은 건지 몇 사람의 해골도 발견된 지하세계. 눈물이 떨어지기도 하고 옅게 고인 눈물 호수에 비쳐진 화려한 돌기둥의 도시. 도시는 저런 눈물 속에 잠긴 사람들의 마을이다. 여기까지 흘러들어온 눈물에는 더러는 인디언의 눈물도 있을 게다.

투어의 마지막에는 해외에 파병되어 죽은 자식을 그리워하며 흘린 눈물도 이곳까지 미처 글이 되고 이름이 되어 있었다. 물이 고여 있는 작은 연못이 있었는데 그 연못에 관광객들은 동전을 던져넣으며 소원들을 빌었고, 해마다 한 번씩 동전을 수거해 이웃돕기 성금으로 사용한다는 동판의 글과 수거한 액수가 적혀 있었다.

그 동판 옆으로 또 하나의 동판이 눈에 띄었다. 그 동판에는 ‘우리 군(郡)에서 한국전에 참전하여 전사한 영령들’, ‘1차 대전에 참전하여 전사한 영령들’, ‘2차 대전에 참전하여 전사한 영령들’, ‘월남전에 참전하여 전사한 영령들’, ‘이라크 전투에 참전하여 전사한 영령들’이라는 글과 그 밑으로 전사자 이름이 새겨져 있었다.

“이런 곳에 저런 비석을 세우다니 마음이 찡 하구먼.”

“이 팀장님, 왜 미국 사람들은 세계 도처를 다니며 젊은이들을 죽일까요. 미국의 이익을 위해 그런다고는 알고 있는데, 뭐 사실 뜬구름 같은 개념이지 않습니까?”

“야, 김 팀장. 오늘은 그냥 즐기자, 그런 말을 한두 마디로 말할 수 있는 사람이 어디 있겠어. 우리가 하는 일들이 이해되어서 하는 일보다 해야 한다고 믿고 하는 거다. 그 결과는 역사가 판단하게 하는 것이고.”

지상으로 오르는 계단을 숨 가쁘게 올라와 기념품을 구경하면서 성구와 김 팀장이 나눈 대화였다. 한국전에 참전하여 죽은 젊은이들의 이름을 보며 두 사람의 감정에 미묘한 파장이 이는 것 같았다. 경국은 그들의 대화에 끼어들지 않고 벽난로 위에 새겨진 글귀를 한번 읽어 보라고 권했다. 글귀 내용은 노인이 인생을 회상해 보니 같은 어려움이 반복되지는 않았다는 내용이었다. 그러니 잘 견뎌 내라는 충고였다.

골프장은 한산한 편이었다. 페어웨이와 그린은 주말 골퍼들을 위해 말끔하게 단장되어 있고 클럽하우스 역시 시골 골프장의 분위기를 물씬 풍기게 하는 장식이었다. 그중에도 사슴뿔로 만든 샌들리어와 박재된 흑곰이 눈길을 끌었다. 주위의 산과 어우러진 골프장 주변에는 시골집으로는 큰 저택들이 골프 코스를 따라 건립되어 아름다움을 더했다.

김 팀장과 미스터 강이 같은 카트에 경국과 성구가 다른 카트에 타고 운동을 했다. 좋은 분위기와 아름다운 경치에서 옛날 친구와 같이 카트에 몸을 싣고 골프를 즐기다 보니 서로가 사회적인 신분을 떠나 서슴없는 대화와 농담을 주고받으며 운동할 수 있었다.

"경국아! 너 골프 잘 치는구나?"

"잘 치긴, 연습도 않고 치는 골픈데, 그냥 즐기며 친다. 옛날 대사관에 근무할 때 많이 쳤다. 그때는 매월 대사관에서 골프대회도 있었으니까."

"경국아, 너 골프에서 뭐가 가장 중요하다고 생각하니?"

"사람에 따라 다르겠지만, 나는 어깨에 힘이 들어가고 고개를 미리 들면 그날 골프는 끝장이다. 그래서 나는 골프 칠 때마다 다른 것은 신경 안 쓰고 그 두 가지만 신경 쓰며 친다."

"힘을 빼고, 고개 들지 않으면 골프뿐 아니라 인간관계에서도 문제가 없는 거다. 별 차이도 없는 것들 가지고 힘주고 고개 뻣뻣이 세우고들 살지."

"힘주어 봤자 얼마 동안이겠니. 나이 들면 모든 것이 평준화된다고 하더라. 외모의 평준화, 신분의 평준화, 지식의 평준화 같은 것이 자연스럽게 이루어진다는 것이지. 지식이 어떻게 평준화 되겠느냐만은 더 이상 누구 앞에서 말하지 못하게 된다는 것이겠지."

경국은 성구를 만나 모처럼 지금까지 살아온 삶을 뒤돌아보며 정리할 수 있는 것 같기도 했고 새롭게 시작해야 할 일 앞에서 각오를 다짐하는 느낌을 받기도 했다. 성구는 미스터 강이 시킨 일에 대해서는 일절 언급하지 않았다. 경국은 성구가 그 일에도 관련되었는지를 묻고 싶다가도 망설여졌다. 성구 입에서 무슨 대답이 나올지 두렵기도 했고 더 깊은 수렁에 빠져드는 것이 아닌지 걱정이 앞서기도 해서다. 그러면서도 성구가 개인적으로 부탁하고 싶은 것이 있어 농장에 왔다는 말이 자꾸 생각나고 그 내용이 궁금하기만 했다. 경국은 마지막 네 홀을 남기고 우회적인 질문을 던졌다.

"성구야, 너 언제 귀국하니, 미국 출장은 잦은 편이니. 앞으로 미국에 들르면 농장에 꼭 들러라. 호텔 잠자지 말고 아예 농장에서 지내도 되고……."

"그래, 고맙다. 미국은 내 담당이 아니고 이번에 다른 일로 지원 나왔다. 아니, 일부러 나왔다고 말해야겠지. 내가 너에게 개인적으로 부탁하고 싶은 것이 있다고 했지. 그래, 중학교 때 헤어진 후 처음 만난 친구에게 부탁이라니, 망설여지지만 부탁하자.”

“부담스러워 말고 말해 봐. 내가 할 수 있는 일이면 해야지. 이렇게 다시 만나게 된 것도 우연은 아닐 게다.”

“그래, 고맙다. 운동 중에는 곤란하고 운동 끝나고 잠시 따로 차 한잔하면서 부탁하마.”

마지막 3홀을 남기고 김 팀장이 홀 당 10불을 걸고 내기를 하자는 제안을 하는 바람에 시합 분위기가 긴장되기 시작했다. 김 팀장은 겨우 3홀 내기이니 스토록(점)당 10불씩 진 사람이 이긴 사람에게 주는 것으로 하자는 제안이었다. 내기 첫 홀은 경국이 보기를 성구가 더블보기를 김 팀장과 미스터 강이 트리플보기를 했다. 경국과 성구가 나란히 두 사람으로부터 10불씩 받았다.

다음 홀 파3 짧은 홀에서는 경국이 근접 상에 파를 하고 나머지 세 사람이 똑같이 더블보기를 하는 바람에 경국 혼자 세 사람으로부터 30불씩 따게 되었다. 마지막 파4 홀에서도 결과는 마찬가지여서 역시 세 사람으로부터 30불씩을 받았다. 순식간에 경국 혼자 200불을 따게 된 것이다. 경국은 마지막 홀에서는 돈을 받지 않으려 했지만 세 사람은 경국에게 돈을 주었다.

“일부러 져 준 것 같아 기분이 개운치 않습니다.”

“그럴 리가 있나, 우리 사전에 일부러 져 준다는 말은 없네.”

경국의 말에 성구가 응수했다. 그랬던 것 같다. 경국도 군 시절에 내기에서는 악착같았다. 돈을 딴 후에 차라리 술을 샀으면 샀지 내기에서는 이기려 기를 썼다. 바둑, 장기, 고스톱, 포카, 심지어 축구, 족구에 이르기까지 내기 아닌 것이 없었다. 내기가 걸리지 않는 시합은 밋밋해서 흥미를 불러일으키지 못했다. 내기에 이기고 느꼈던 순간적인 희열이 경국에게 다시 찾아왔다. 경국은 상대방의 섭섭함이 자신에게는 기쁨이 되는 것이 싫었지만 그 순간을 거부하거나 피한 적은 없었다.

때로 내기는 작게 시작되어도 큰 판으로 번지기도 했고, 인간성이 드러나는 모습과 태도를 보이면서까지 열을 올리는 사람들도 있었다. 재미로 시작한 내기는 이겨야 할 상대가 아닌 사람을 이겨보려다가 큰 것을 잃어버리는 경우도 보았다. 내기가 욕심이 되어 직장 분위기를 흐트러뜨리는 경우도 있었다.

심지어 내기 화투를 몇 번 같이 치다 보면 인간성이 다 드러나는 경우도 흔했다. 사람에게는 아무리 사소한 것이라도 가지려는 마음이 양보하는 마음보다 항상 앞서가는 것 같았다. 이런 생각들이 스치자 경국은 오늘 내기에서 딴 200불로 더 많은 것을 잃어버린 것은 아닌가 하는 감정에 편치만은 않았다.

운동을 마치고 클럽하우스에 같이 앉아 간단한 음료수를 시켜 놓고 골프에 대한 여러 잡담들을 주고받으며 잠시 시간을 보냈다. 골프는 끝나고 나면 항상 아쉬운 마음이 드는 것은 어쩔 수 없는 일이었다. 특히 마지막 내기를 한 3홀에서 실수한 일들을 말하며 아쉬워들 했다. 미스터 강이 하루를 마무리하고 싶어서인지 친구 분들끼리 잠시 이야기 나눌 수 있는 시간을 드리자고 김 팀장과 같이 자리를 피해 주었다.

"경국아, 참 평화롭고 경치 좋은 곳에 사는구나."

"그래. 항상 감사하며 산다. 어려워 말고 말해봐. 부탁하려는 것이 뭐니?"

성구의 표정이 약간 어두워지며 심각해졌다. 중학교 시절 앳된 얼굴이 조금은 남아 있었지만 세월의 늪에 서서히 잠겨 가는 표정, 뭔가에 지쳐 있는 표정이 엿보였다. 창문으로 걸쳐 있는 쉐난도아 국립공원 산을 무심히 바라보던 성구가 무겁게 입을 열었다.

"경국아, 중학교 동창이 어느 날 불쑥 나타나서 이런 부탁해서 미안한데, 우리 마누라와 두 딸 좀 부탁하자."

성구는 기러기 아빠로 혼자 한국에 살고, 가족들은 워싱턴 디시 근교에서 두 딸을 교육시키며 살고 있었다. 성구가 지갑에서 가족 사진을 꺼내 보여 주었다. 사진 속 성구의 표정은 다른 식구에 비해 굳어 있었지만 부인과 두 딸의 표정은 행복한 미소를 짓고 있었다. 성구의 직업에서 은연중에 짓는 굳은 표정이라는 평범한 생각이 들면서도 가족과 격리된 느낌을 주는 표정이었다. 경국도 사진을 찍을 때마다 가족들로부터 제발 웃는 표정을 지어 보라는 원성을 듣기는 마찬가지였다.

성구의 부탁은 자신의 가족들 전화번호를 줄 테니 한번 연락해서 만나보고 도움이 필요할 때 도와주라는 거였다. 경국은 성구의 부탁을 받으면서도 왜 농장으로 가족들을 직접 데리고 와 소개하지 않고 말로만 부탁하는지 물어보려다가 무슨 사연이 있어 말하지 못하는 것일 거라는 생각이 비집고 들어와 아무 말도 묻지 못했다. 경국은 성구를 안심시키며 일이 있으면 항상 전화하라고 했다.

경국은 성구가 모든 면에서 자기에 비해 앞서 있고 가진 자의 위치에 있다는 생각을 하고 있었다. 그러나 성구의 부탁을 받은 뒤로는 꼭 그렇지만도 않다는 생각이 들었다. 성구가 기러기 아빠라는 사실이 마음에 걸리고 동정심이 일기까지 했다.

세상은 왜 이리 떨어져 사는 사람이 많은지 모를 일이었다. 스스로 헤어져 사는 사람, 자녀교육 때문에 떨어져 사는 사람, 이념적인 이유로 국경을 만들고 총을 겨누며 만나야 할 사람들을 만나지 못하게 하는 사람, 만나야 할 사람들을 만나지 못하게 하기 위해 집을 떠나 의무라는 이름으로 일정기간을 살아야 하는 젊은이들, 어느 것 하나 논리적으로 이해되는 것이 없었다. 경국은 성구 일행을 보내고 나서 삶의 무게가 더 무거워지는 느낌이 들었다.

6

한국의 이념적 분단은 1950년 6월 25일 새벽에 발발한 한국전쟁이 원인이지만 이 분단은 한국 사람들의 이념분쟁이었다기보다 그 당시 지구 전체에 흐르고 있던 이념분쟁의 결과였습니다. 민주주의와 공산주의로 불리는 대립된 이념은 결국 유럽에서는 독일을 아시아에서는 한국을 분단시켰던 것입니다. 독일의 분단은 그들의 팽창주의가 제지를 받으며 두 이념이 독일 영토에서 대립한 결과라고 말할 수 있습니다. 같은 개념으로 이해하면 아시아에서는 일본이 분단되어야 했는데 일본 대신 한국이 분단국가가 된 것입니다.

힐 교수는 안경을 벗었다 썼다를 반복하며 진지하게 강의를 하고 있었다. 학생들의 태도도 이제 새롭게 시작되는 강의를 통해 공부할 방향을 잡으려는 듯 모든 시선이 교수의 말과 동작에 따라 움직이고 있다. 경국은 일부러 메이의 표정을 볼 수 있는 대각선 방향으로 가깝게 자리를 잡고 앉아 강의를 들었다. 강의 도중 메이의 표정을 그녀가 의식하지 못하게 자주 훔쳐봤다. 메이는 강의 내용에 시큰둥한 표정으로 듣다가 간혹 무엇인가 메모를 하기도 했다. 그러면서도 그녀의 책상 위에는 소형 녹음기가 있었고 강의 전체를 녹음하고 있었다. 경국은 군에서 전쟁사를 공부할 때 들었던 내용과 비슷한 내용을 듣고 있다는 생각을 하며 산만해지려는 마음을 모아 강의에 집중하려 애썼다. 미스터 강에게 강의 내용을 요약해서 보고해야 할 것 같아 더 신경이 쓰였다.

역사적으로 한반도에는 크고 작은 분쟁이 천 번도 넘게 발생했습니다. 이렇게 많은 분쟁을 겪게 된 배경에는 지정학적인 영향이 크다고 학자들은 지적하고 있습니다. 대륙을 강대국이 통치할 때는 한반도를 통해 일본을 점령하고 태평양으로 진출하려는 꿈을 버리지 못했습니다. 그런가 하면 일본이 이 지역의 강국으로 존재할 때는 한반도를 통한 대륙 점령을 계속 꿈꿨던 것입니다. 한국이 스스로 강한 모습을 보이지 못할 때마다 주변 강대국들은 한국을 디딤돌 삼아 그들의 국가적 야심이나 정치적 목적을 달성하려 했습니다.

이런 사실은 역사적인 사건을 통해 쉽게 알 수 있습니다. 13세기에는 몽고의 유목민족들이 이런 형태의 남진정책을 감행하다가 실패하였고, 1590년대에는 일본의 정복 왕 도요도미가 전 아시아 지역을 정복하고자 조선정복을 시도했지만 실패했습니다. 한반도에서 우월권을 확보하고자 중국과 일본이 1894, 95년에는 전쟁을 하게 됐는데 전장은 한반도였습니다. 1904, 1905년에는 전략적 요충지라고 생각되는 한반도를 탈취하기 위하여 러시아와 일본이 전쟁을 했습니다. 이 역시 싸움터는 한국이었습니다. 일본은 예측을 뒤엎고 이 전쟁에서 승리하자 1910년에 한국은 일본에 합병되는 역사적 불운을 겪게 되었습니다.

일본은 이 승세를 몰아 1931년에는 만주를 점령하고, 1937년에는 미국까지 공격하여 전쟁을 하게 됐던 것입니다. 그러나 일본의 과욕은 1945년 8월 15일에 패망하고 말았습니다.

힐 교수는 강의노트 한번 바라보지 않고 분단 전에 한반도에 어떤 일이 있었는지 개념적이지만 이해하기 쉽게 설명해 나갔다. 경국은 힐 교수의 한국 역사에 대한 해박한 지식과 자신감 넘치는 강의에 한국 역사에 대해 그보다 박식하지 못한 것에 대한 자책감이 들어 편치 않았다. 이런 자책감은 이번이 처음이 아니었다.

대사관 무관으로 근무하던 시절 미 국방부 한국과장과 여러 차례 만나 업무협조를 할 기회가 있었다. 그때마다 한국과장 앞에서 왜소해지는 자신의 모습을 발견했다. 그는 자신의 전문성을 강조하여 상대방의 기를 꺾으려는 듯 그가 박정희 대통령 시절부터 한국을 담당하여 계속 근무하고 있다고 입버릇처럼 말했다. 특히 한국 분쟁 역사에 대해 박식함을 식사 중에 쏟아 놓을 때는 부끄럽기까지 했었다. 경국은 강의를 들으며 그 당시 한국과장의 얼굴이 자꾸 힐 교수의 얼굴과 중첩됐다.

어차피 전쟁 이야기를 하고 있으니 전쟁이 무엇인지 짧게라도 개념을 정리해 볼 필요가 있어 보입니다. 리델 하트(Liddell Hart)는 일찍이 '평화를 바란다면 전쟁을 이해하라.'고 충고했습니다. 역사적으로 전쟁은 '국가 간의 무력충돌, 국가정책의 계속, 혹은 영웅의 광적 발작' 등으로 이해되어 왔습니다. 전쟁을 이해하는 데는 문화나 자신들이 겪은 전쟁의 성격에 따라 다른 견해를 가질 수 있을 것입니다.

그러나 전쟁은 자연현상이 아닙니다. 우리가 전쟁을 좋아하든 싫어하든 인류 역사에 존재했습니다. 전쟁은 동일한 언어나 문화를 형성하고 살아가는 정치집단이나 문화집단의 생존경쟁의 기본요소가 되어 존재하고 있다는 사실을 알아야 합니다. 이런 의미로 받아들인다면 전쟁은 인간의 근본적인 성품이 변하지 않는 한, 여전히 우리들과 함께 그 형태를 달리하면서 존재할 것입니다. 전쟁사를 이야기하려는 것이 아니니 이쯤하고 다시 한반도 이야기를 하겠습니다.

한국이 일본의 점령으로부터 독립국가가 되는 것은 국제적인 분위기 때문이었습니다. 2차 세계대전에서 패망한 일본이 포츠담 회담 내용을 수락한 결과였던 것입니다. 물론 포츠담회담에서 한국독립 문제가 직접적으로 논의된 것은 아닙니다. 이미 1943년 11월 27일에 미국의 루즈벨트 대통령, 영국의 처칠 수상 그리고 중국의 장개석 총통이 참가한 카이로 회담에서 '한국 국민의 노예상태에 유의하여 적당한 시기에 해방되고 독립되게 될 것을 결의한다.'는 조항을 합의함으로 일본의 패망과 한국의 독립이 국제사회에 주요 이슈로 등장하게 되었던 것입니다. 이 회담에 뒤늦게 끼어든 소련 공산당 서기장 스탈린도 참전과 동시에 이 회담 결과에 서명을 하게 되었습니다.

한반도의 미래는 당사자인 한국이 참여하지 못한 가운데 국제사회 분위기에 편승하여 결정되었습니다. 이 사실은 한편으로 본인들의 결정적인 노력 없이 독립을 쟁취할 수 있었다는 면에서는 감사할 일이었지만, 다른 측면에서는 한국이 독립을 이루는 것 말고는 다른 결정에 아무 영향력을 행사할 수 없었다는 문제가 발생했습니다. 이런 설명도 한국 사람에게는 기분 좋게 들리지는 않을 것입니다. 그들은 나름대로 희생을 감수하며 독립운동을 했기 때문이고 그들의 그런 노력 없이 독립이 있을 수 없었다고 말할 수 있기 때문입니다. 맞는 말입니다. 하지만 독립 시기는 국제적인 분위기에 더 영향을 받았습니다.

한반도의 독립은 포츠담회담에 서명한 국가들의 이해관계에 합의점을 찾을 수 있었던 것이 독립에 직접적인 영향을 미쳤다는 사실을 부인할 수 없을 것입니다. 왜 이런 말을 반복하느냐 하면 지금 통일을 이루지 못하는 것도 같은 맥락으로 이해해야 하지 않을까 하는 생각이 들어서입니다. 지금은 영국 대신 일본이 한반도 통일의 주변 당사국이 되어 그들의 이해관계를 개입시킴으로 더욱 복잡해지고 있는 것은 아닌지 연구해 볼 문제입니다.

불행하게도 만약 남북한이 통일을 천명한다고 해서 과연 통일이 이루어질 것인가? 아니면 주변 당사국들이 포츠담회담과 같은 국제적인 선언이 먼저 있어야 통일이 이루어질 것인가? 하는 질문을 하게 된다는 것입니다. 한 가지 한국의 입장에서 다행한 것은 통일을 논할 때 남북한 당사자가 빠진 통일 논의는 현재로는 의미가 없어졌다는 점입니다.

독립 당시에는 포함되지 않았던 한국 국민들의 의사가 통일을 논의하는 데 있어서는 가장 중심적인 위치에 있을 수 있게 된 것은 무엇이 달라진 결과일까요?

힐 교수는 학생들의 표정 하나하나를 살피며 열정을 다해 강의했다. 강의 중 경국도 한두 번 힐 교수와 눈이 마주쳤다. 힐 교수는 경국과 눈이 마주칠 때마다 잔잔한 미소를 지었지만 경국은 힐 교수의 강의에 왠지 자존심이 상해 달갑지 않게 교수를 계속 빤히 바라보며 강의를 듣고 있었다.

뒷자리에 앉은 학생이 손을 든 것 같았다. 힐 교수가 그 학생을 바라보며 질문을 하라고 했다. 강의 중 처음으로 하는 질문이라 모든 학생의 시선이 그를 향했다. 경국도 뒤를 돌아보며 그 학생을 바라보았다.

"저는 미국에서 태어난 한국계 미국인입니다. 한국 역사에 대해 처음 듣는 강의여서 모든 강의 내용이 생소하지만 미국 역사를 공부할 때와 다른 감정이 치미는 것 같아 혼란스럽습니다. 너무 초보적이고 어리석은 질문이라 여기지 마시고 답변해 주십시오.."

"강의 중에 하는 질문은 어떤 질문이라도 상관없습니다. 특히 학문을 하는데 있어 의문과 질문이 없다면 나태하기 때문일 것입니다. 그리고 교수와 학생 사이에는 어리석은 질문이 존재하지 않습니다."

"한국의 분단이 지정학적 위치 때문에 큰 영향을 받은 것이고 앞으로도 이 지정학적 위치 때문에 통일에 영향을 받는다면, 한국이 통일을 위해 스스로 할 수 있는 일에 한계가 있다는 의미로 받아들여집니다. 그렇다면 한국은 그냥 국제적인 분위기가 조성될 때까지 가만히 있어야 한다는 의미입니까?"

힐 교수가 질문하는 학생을 안경 너머로 잠시 바라보더니 입을 뗐다.

"질문하는 학생 이름을 말해 주세요?"

"다니엘 박입니다."

"방금 질문할 때 들으니 한국 1세 부모에서 태어난 2세 자녀라고 하셨나요?"

"그렇습니다."

경국은 힐 교수와 다니엘이 주고받는 질문과 답변을 들으며 힐 교수가 무슨 대답을 하려고 저런 내용을 확인하려 하는지 궁금해졌다. 메이의 얼굴을 잠시 살펴봤다. 메이의 표정에서도 그냥 답변이나 할 것이지 왜 저러는지 모르겠다는 시큰둥한 표정을 짓고 있는 것 같았다. 메이의 표정에서 왠지 차갑고 어두운 느낌이 들었다. 아직은 가깝게 마주앉아 정면으로 대화한 적이 없어서 메이의 인상에 대한 전반적인 느낌을 가지고 있지 못한 상태였지만, 그녀가 북한 고위급 딸이라는 사실이 그녀의 작은 표정 하나에서도 부정적인 선입견이 작용하고 있었다.

"우리 클래스에는 한국계 학생이 절반이 넘게 등록했습니다. 그런데 이 학생들의 그동안 학습배경이 다릅니다. 어릴 때 부모를 따라 이민 와서 미국 학교에서 초등학교부터 공부한 학생이 있는가 하면, 고등학교 때 이민 와 미국 고등교육과정에 적응한 학생도 있습니다. 물론 이곳에서 태어나 자란 학생도 있고, 메이처럼 중국에서 살면서 유학 온 한국계 학생도 있습니다. 방금 질문한 다니엘은 이곳에서 태어나 한국 역사를 미국 교육체계에서 세계사를 배우며 잠시 스치는 정도로 배웠을 것입니다. 그런가 하면 앤드류(경국) 씨는 한국 역사를 비교적 체계적으로 한국에서 공부했을 뿐 아니라 군에서 장교로 근무한 경력에 미국에서도 분야는 다르지만 석사학위를 받기도 했습니다. 이 지역에 살면서 한국 통일에 관한 과목이 있다는 소식을 듣고 청강하려 한 것입니다.”

힐 교수의 답변 중에 경국은 자신의 이름이 노출되자 당혹스러웠다. 메이를 바라보자 메이도 경국을 정면으로 바라보고 있었다. 호기심과 의심으로 가득 찬 눈빛이었다. 금방이라도 경국에게 달려와 손을 잡고 건물 한 구석으로 끌고 가 이것저것 물어볼 것 같기만 한 눈초리로 경국에게서 시선을 돌리지 않았다. 경국이 먼저 힐 교수에게 고개를 돌렸다. 기 싸움에 진 것 같은 느낌이 가슴에 차올라오는 것을 누르며 강의를 들었다.

“제가 말하고자 하는 점은 한국계 학생이라고 해서 모두 같지 않다는 것이고, 통일에 대한 절실함도 다 다를 수 있다는 것입니다. 이러한 현상은 이 클래스뿐 아니라 한국에서도 이익집단에 따라 통일의 견해는 서로 다르게 작용하고 있다는 사실을 알아야 한다는 것입니다. 모두가 통일을 원한다고 생각해서는 안 됩니다. 주변국들도 한반도 통일을 원하고 지원하는 듯 보여도 꼭 그렇지만 않다는 점이 오늘 강의의 요점입니다. 다니엘 학생의 질문에 직접적인 답이 아니면서, 그 질문에 대한 답변은 강의와 조별토의가 계속 되다 보면 자연 이해되리라 믿고 오늘 제 강의를 마무리하려 합니다. 혹시, 다른 질문 없는지요?"

힐 교수가 강의실을 빠르게 둘러보았다. 학생들도 교수의 시선을 따라 서로를 바라보며 지나쳤다. 손을 든 학생이 없는가 싶더니 경국의 옆에 앉아 강의를 듣던 로버트가 손을 들면서 교수를 불렀다. 교수와 학생들의 시선이 자연 그에게 쏠렸다.

"몇 주 전에 읽은 신문기사가 떠올라 질문합니다. 미국가정보위원회(NIC)가 향후 15년을 예측하는 세계 정세 보고서를 통해 남북한 통일이 늦어도 2025년까지는 가능할 것으로 전망하고 있던데, 그런 예측에 교수님도 동의하십니까?"

"글쎄요. 정보기관에서는 나름대로 여러 자료를 통해 그런 예측을 했으리라 믿지만, 통일 시기에 대해서는 누구도 확실한 전망을 할 수 있을 것 같지 않습니다. 학문적으로 통일을 연구하는 입장에서는 시기가 언제인지 몰라도 분명 한반도 통일은 이루어질 것이라는 것입니다. 단지, 어떤 방법으로 통일이 되느냐 하는 문제가 시기보다도 더 중요할 수 있다는 것입니다. 방법에 대한 견해차 때문에 통일이 지연되고 있다고 봐야 할 것입니다. 사실 우리가 이 학기에 다루고자 하는 주제도 이 방법의 차이를 이해하고 이 견해차를 어떻게 좁혀 통일의 시기를 앞당길 수 있을까 하는 문제를 생각해 보려는 것입니다. 시간이 다 되어 오늘 강의는 이것으로 마치고 각조별 활동은 자체적으로 정한 시간에 하기 바랍니다.”

스터디 그룹은 4개 조로 나누어 편성되었고, 경국은 A조에 속하게 되었다. A조는 여섯 명의 학생이 6자회담 당사국의 대표 성격으로 각 국의 한반도 통일 정책에 대한 입장을 연구하여 토의하도록 하고 학기말에 각조의 통일된 의견을 발표해야 했다.

경국이 속한 A조는 수업이 끝난 직후 도서관 미팅 룸에서 한 시간씩 만나 토의하기로 했다. 경국의 옆에 앉아 수업시간에 질문을 던진 로버트가 전체 토의의 진행을 맡으며 미국을 대표하기로 했다. 경국이 남한을 맡는 것은 쉽게 결정되었다. 로버트는 조원들에게 어느 나라를 맡아 연구하겠느냐고 묻기 전에 남한은 경국이 맡으면 좋겠다는 의견을 제시했고 모두가 동의해 주었기 때문이다. 경국은 메이가 어떻게 나올지 궁금했다.

일본은 일본에서 유학 온 준꼬 학생으로 쉽게 정해졌다. 남은 학생은 메이, 다니엘 그리고 미국 여학생 조엔나였다. 조엔나가 러시아를 맡겠다고 했다. 메이는 계속 침묵하고 있었다. 다니엘이 입을 열더니 자기가 북한을 맡고 중국에서 유학 온 메이가 중국을 맡는 것이 좋겠지만 메이가 양보하면 자신이 중국을 맡아 공부해 보고 싶다고 했다. 모든 시선이 메이에게 쏠렸다. 메이는 잠시 머뭇거리더니 다니엘에게 그렇게 해도 상관없다고 했다.

경국은 그 순간 야릇한 긴장감이 밀려왔다. 앞으로 메이가 북한에 대한 통일정책을 어떻게 발표할지 궁금하기도 했고 경국이 메이의 주장을 어떻게 대처해야 할지 막연하게 느껴져서다. 경국이 메이를 바라보자 메이와 눈이 마주쳤다.

갸름한 얼굴에 진한 눈썹이 돋보였다. 흰 피부는 아니지만 마른 얼굴에 잘 어울리는 얼굴색이고 왠지 매섭다기보다 편안한 느낌을 주는 외모였다. 메이가 경국을 보며 옅은 미소를 지었다. 경국도 얼떨결에 웃기는 했지만 당황스러운 표정을 짓고 말았다.

로버트가 6자회담의 대표가 구성되었으니 앞으로 잘해보자고 농담을 던지자 처음이라 약간 서먹하던 분위기가 가벼운 웃음과 함께 풀어졌다. 로버트는 처음부터 어떤 방향을 정해 놓고 연구하느니 각자가 알아서 일주일 동안 공부한 것을 발표하고 토의하면서 방향을 잡아가자고 했다. 그는 교수가 말한 대로 할 수 있으면 통일에 대한 알기 쉬운 공식 같은 것을 만들어 보자는 제안을 마지막으로 하여 첫 모임은 끝이 났다.

7

경국은 메이와 처음 만나게 되면 무엇을 물어 볼까 고민하면서도 질문지를 만들지 못하고 있었다. 나중에 메이에게 고향이 어디냐고 물어보자, 그러면 중국에서 왔다고 하겠지. 만약 북한에서 왔다고 불쑥 대답해 버리면 어떻게 해야 하나? 질문이 문제가 아니라 계속 대화를 지속할 수 있을지 의문스러웠다.

미국 사람들은 한국 사람, 일본 사람, 중국 사람을 쉽게 구별하지 못한다. 구별하기 어렵기도 하겠지만 굳이 구별할 필요가 없어서일 수도 있다. 구별하지 않거나 못하는 점이 좋을 때도 있다. 실수를 하여 한국 국적을 말하기 곤란하면 경국은 주로 일본 사람이나 중국 사람이라고 둘러대면 되었다. 간혹 일본어나 중국어를 조금이라도 구사하는 사람을 만나게 되면 난처해지기도 했지만 "어릴 때 고향을 떠나 살아서"라고 또 한 번의 거짓말을 웃음으로 던지면 대부분은 넘어갔다. 그러나 드문 경우를 제외하고 동양인들끼리는 국적

을 얼굴과 외모를 통해 쉽게 구별할 수 있어 적당히 국적을 말할
처지가 못 되었다.

"메이 씨, 시간 있으면 잠시 차라도 같이 할까요?"

"언니가 기다려서 언니에게 물어봐야 하는데요."

경국이 메이 뒤를 따라 조원들과 같이 도서관을 나오면서 결론
도 내리지 못하는 생각들을 떨쳐내며 메이에게 다가가 말을 건넸
다. 메이의 반응은 차분했고 어색한 느낌이 전혀 없었다. 메이는 도
서관 밖에서 기다리는 감시원을 언니라고 자연스럽게 불렀다. 경국
은 메이에게 감시원이 있다는 사실을 순간 잊고 있었다. 경국은 순
간적인 당황스러움을 감추고 언니와 같이 차를 마시면 어떻겠느냐
고 물었다.

"메이, 이 분은 누구셔? 한국 분이신 것 같은데."

"언니, 같이 수업을 받는 앤드류 씨야. 지난번에 클래스에 한국계
학생이 절반은 된다고 했잖아."

메이가 경국을 감시원에게 먼저 소개했다.

"처음 뵙겠습니다. 김경국입니다. 영어 이름이 앤드류인데, 경국
이라고 불러 주십시오."

"대학생으로는 나이가 좀 드신 것 같은데, 늦게 공부를 하시네
요. 유학생인가요?"

"아닙니다. 이 지역에 사는 교포입니다. 한국 통일에 관한 과목이

개설된다고 해서 청강생으로 등록해 영어도 배울 겸 강의를 듣고 있습니다.”

“아! 미안해요. 저는 김서영라고 해요.”

“친언니는 아닌 것 같은데, 사촌이신가요?”

경국은 자신도 예상치 못한 질문을 감시원에게 했다. 순간 그녀가 당황할 것 같았다. 그녀의 표정을 살피려고 생그레한 미소를 건네며 바라보았다.

그녀의 얼굴에 가장 큰 특징은 짝눈이었다. 보기 싫은 정도로 뚜렷하지는 않았지만 다른 얼굴 균형에 비해 구별되어 알아차릴 수 있었다. 메이를 바라보는 옆모습으로 또 다른 특징이 눈에 들어왔는데, 더 오래 기억될 만한 특징이었다. 귀 밑에서부터 목으로 이어지는 푸르스레한 핏줄이 돌아 올라 흘러내리고 있었다. 마치 땅속으로 벌레가 지나가 얇게 돋아난 둔덕과 같았다.

그 핏줄을 보는 순간 그녀가 왠지 모르게 가엾게 느껴지는 것은 왜일까? 심장으로 이어지는 저 핏줄 속으로 흐르는 피가 생동생동하게 젊어지며 흐르기보다 겨우 흐르며 목을 지탱해 주고 있다는 생각이 앞서는 바람에 갖게 된 감정인 듯 느껴졌다. 얼굴에서 그런 특징이 느껴지기는 해도 전체적으로 어색하거나 밉다는 분위기를 풍기지 않았다. 오히려 그런 점이 보는 사람의 감정을 빨아들이며 애틋한 마음을 불러일으킬 것 같은 느낌이 들었다.

"친척은 아니고요, 잘 아는 친구 동생인데 메이가 몸이 건강한 편이 아니라 친구 부탁으로 같이 살면서 도와주고 있습니다. 그런데 혹, 대사관에 근무하지 않으셨나요?"

"네, 군대 생활할 때 무관부에서 근무한 적이 있습니다. 저를 아세요?"

"알다마다요. 도시락 점심을 얻어먹은 적이 있는데요. 그것도 백악관 뒤뜰에서 말입니다. 이래도 기억이 안 나세요?"

"죄송합니다. 여자 분들은 머리만 기르고, 화장만 조금 달리 하든가 옷만 바꾸어 입어도 느낌이 전혀 달라 쉽게 기억이 안 납니다. 제가 원래 여자 분들을 자세히 바라보며 대화하는 사람도 아니어서……."

"그러면 잘 한번 생각해 보세요."

경국은 그 순간에는 그녀를 기억해 내지 못했다. 백악관 뒤뜰에서 도시락을 같이 먹었다는 말에 더욱 그랬다. 대사관 근무시절 손님 안내로 워싱턴 기념탑이 있는 백악관 앞뜰은 셀 수 없이 갔었다. 뒤뜰이라면 기념사진을 주로 찍는 백악관 잔디밭 뒤편을 말하는 것 같은데, 그곳은 아무나 갈 수 있는 장소가 아니었다. 백악관 철책 울타리가 있고 도로가 있다. 도로 건너편에 공원이 있고 공원 옆으로 백악관 부속 건물과 영빈관이 있는 곳이다. 한국 대통령 방문 시 영빈관에 머물며 경호 협조나 통역으로 영빈관 지하 벙커에서 근무한 적은 있었다. 그러나 그런 곳에서 그녀와 같이 점심을 먹었다는 기억을 아무리 애써 생각해 봐도 소용이 없었다. 아무런 대답도 하지 못하고 엉거주춤할 수밖에 없는데 메이가 끼어들었다.

"언니, 그런 얘기는 서서히 하고 경국 씨가 같이 차라도 마시자고 하는데 같이 갈까?"

"너, 공부 안 해도 돼?"

"언니는 공부를 쉬지도 않고 해? 잔소리하는 것을 보면 엄마보다 더해."

"너 공부 못하면 내가 네 엄마한테 미안해질 것 같아 그런다. 나 끼어주면 OK, 안 끼어주면 NO. 됐니?"

경국은 두 사람의 대화나 표정에서 한 사람은 감시하고 있고, 다른 한 사람은 감시를 받고 있다고 믿을 수 없었다. 의심할 만한 구석이 없었다. 둘은 뛰어난 연기자이거나 고도로 훈련된 생활을 하고 있지 않고서는 저런 모습을 취할 수 없을 것이라 여겨졌다.

경국은 독일이 통일을 앞두고 독일문학계에 격렬한 문학논쟁을 일으킨 볼프의 <남아 있는 것>을 읽은 적이 있었다. 이 소설 내용이 메이를 생각할 때마다 떠나지 않고 있었다. 이 소설의 이야기는 한 여성작가가 정보기관요원들에게 감시당하는 하루 일과를 담담하게 기록하고 있다. 감시당하는 사람의 불안한 생각과 그녀가 겪는 사건들이 전개되고 있다. 길가에 차를 세워 놓고 계속 주인공을 감시하고 있는 정보요원들을 커튼 사이로 확인하는 아침을 맞이하지만, 꿈마저 불안하고 개운하지가 않다. 그러면서도 꿈꾸는 것은 제한을 받지 않는다는 생각에 웃음을 터뜨린다. 경국은 메이도 소설 속의 주인공처럼 그런 감시 속에서 공부하고 있을 거라고 지레 짐작하고 있었던 것 같다.

그런데 아니다. 메이는 경국을 이미 알고 있는 감시원으로부터 감시보다는 보호와 도움을 받고 있다는 느낌이 더 강하게 들었다. 미스터 강과 경국과의 관계와 메이와 감시원의 관계가 비교되어 연상되는 것도 막을 수 없었다. 지금까지는 경국과 미스터 강의 관계가 훨씬 자유스럽고 편안한 관계라고만 막연히 생각하다가 두 사람의 편안한 관계와 모습 속에서 묘한 시샘이 일고 있었다. 스타벅스 커피점에 마주앉아 커피를 마시며 경국은 미스터 강을 만나 뭔가를 알려 줄 정보가 필요하다는 중압감을 이기지 못하며 시샘을 내고 있었던 것이다.

"메이, 고향이 어디에요?"

벼르고 있었던 질문, 숨겨두고 있었던 질문이었다. 이 질문에 두 사람은 안절부절 하지는 않더라도 지금까지 완벽하게 연기하고 있던 분위기에 변화가 있을 것이라고 믿었다. 경국은 질문을 던져 놓고 두 사람의 눈치를 살폈다. 감시원은 자기와 상관없는 질문이라는 태도로 창밖을 보며 커피를 마실 뿐이었다. 메이 역시 동요되지 않고 커피를 마시며 진한 라떼 커피 향을 음미하는 것 같았다. 가까이 보는 메이 얼굴에 숨겨진 거짓이 있을 거라는 사실이 믿기지 않았다.

"고향은 북한 평양이에요. 아버지가 외교관이어서 외국에 거주할 기회가 주어졌었어요. 미국과 외교관계가 없어 지금은 중국유학생 신분으로 와서 공부하고 있어요."

너무도 담담하고 편안하게 북한 사람임을 시인하고 있었다. 메이의 답변에 놀란 것은 다름 아닌 경국이었다. 메이는 경국에게 새침한 미소까지 지어 보이며 말하고 있었다.

"미국 기관에서 이런 사실을 모를 턱이 없을 텐데, 문제되지 않나요?"

"차라리 모르게 감시당하는 입장이 되면 더 불안한데, 알고 있는 상태에서 관찰받고 있으면 편안하지요. 조금 다르기는 하지만 유엔에 파견된 외교관 중에는 상당수 미국이 지목한 테러국가나 지원국가에서도 파견을 하고 제한된 지역에서지만 활동을 하고 있어요. 저하고 자주 만나면 경국 씨도 CIA의 감시 대상이 될지 모릅니다."

메이는 이미 자기가 처한 환경을 잘 알고 있어 보였다. 미국이 알고도 모르는 척하는 것은 장차 북한과 미국과의 관계에서 아는 인맥을 만들어 나가는 정책의 일환이라는 설명도 했다. 그녀의 설명은 수긍할 만했다. 미국 대학에 전 세계에서 유학 와 공부하는 수많은 학생의 90% 이상은 자기 나라에 돌아가 친미 세력으로 활동하게 된다는 것이다. 유학생이 많은 국가는 서로 경쟁하기도 하지만 개발도상국가나 일부 반미 국가들에서도 미국 유학파가 국가 권력에 직간접적으로 미치는 영향은 대단할 것이라고 했다.

미국은 이미 북한과의 다음 세대의 외교관계를 고려한 정책을 펼치고 있는 것이다. 이런 메이의 설명과 태도에 감시원은 전혀 끼어들지 않았다. 경국의 상상으로는 메이가 감시원 앞에서 이런 말은 할 수 없는 말이었다.

워싱턴 한 교회에서 북한 목사가 설교한다는 소문을 듣고 과연 북한 목사는 어떻게 설교할지 궁금해 참석한 적이 있었다. 아래층 의자는 거의 앉을 자리가 없이 꽉 차게 사람들이 앉아 있었다. 20여 명 앉을 수 있는 베란다 형식 2층으로 올라갔다. 교회에 어울리지 않는 니코틴 냄새가 코 속으로 파고들었다. 모처럼 맡는 담배 냄새가 역겨웠다. 경국은 교회 안에서 더구나 예배시간에 맡는 담배 냄새에 자연 얼굴을 찌푸리며 냄새의 출처를 찾아보려 했다.

한 남자가 구석에 앉아 아래층을 열심히 살피고 있었다. 그 남자에게서 나는 냄새였다. 2층이라 다행이지 냄새가 아래로 내려간다면 모두가 서로를 보며 냄새의 근원지를 확인하려 할 것 같았다.

군에서 제대한 지 얼마 되지 않았을 때라 작은 불의나 의견 차이에
불끈 화를 내던 때였다. 경국은 결국 그때도 참지 못하고 한마디
하고 말았다.

"담배 냄새가 몸에 찌들었습니다. 교회에서는 조심하셔야겠습
니다."

"미안합네다. 용서하시라요."

그 남자는 얼굴을 약간 찌푸리면서 경국을 바라보며 목례를 하
고 있었다. 별 참견을 다 한다는 표정과 아니꼽지만 참는다는 인상
을 풍겼다. 경국은 그의 말투와 억양으로 섬뜩했다. 북한에서 온 일
행이 틀림없었다. 2층에 앉아 사진을 찍기도 하고 소형 녹음기를
가지고 녹음을 하는 것 같기도 했다.

경국이 태어나 북한 사람을 처음 만나는 순간이었다. 만약 군 시
절에 이런 사람을 잡으면 진급에 포상금에 팔자가 바뀌었을지도 모
르는 사람이 옆에 앉아 있는 것이었다. 모든 일에는 그래서 때와
장소가 맞아야 한다고들 하는 모양이었다.

"북한에서 오셨습니까?"

"네, 이번 북조선 인민을 대표해서 목사동무와 공연배우 몇 명과
같이 조선동포들을 방문하고 있습네다. 워싱턴에 사십네까?"

"네, 그렇습니다."

그의 윗저고리 칼라에 김일성 배지가 보였다. 어슴푸레한 조명

속에서 하는 행동과 말로 보아 그가 방문단에 실질적인 책임자라 여겨졌다. 지금 아래층에서 소개되는 공연배우와 북한 목사는 이 사람의 지시를 받아 활동하는 것이 틀림없었다. 경국이 앉아 있는 반대편 2층에도 몇 사람이 앉아 있었고 사진을 찍는 사람도 있었는데 정보부 요원이거나 이들의 활동을 돕는 자들일 것 같았다. 사회자가 목사를 소개하기 전에 세 사람의 공연배우를 소개하며 토요일 밤에 아난데일 노바 커뮤니티 대학 강당에서 공연이 있으니 많이 참석하여 격려해 달라는 부탁을 했다.

북한 목사가 설교할 성경구절 요한복음 3장 16절 "하나님이 세상을 이처럼 사랑하사 독생자를 주셨으니 이는 저를 믿는 자마다 멸망치 않고 영생을 얻게 하려 하심이라."를 사회자가 같이 암송해 보자고 해 이 구절을 암송하는 대부분의 사람들이 암송했다. 경국도 이 구절은 암송하는 터라 나직한 목소리로 암송하며 옆 사나이를 훔쳐보았다. 그 역시 경국보다도 큰 목소리로 암송하고 있었다. 혼란스러웠다. 가슴에 단 김일성 배지와 성경구절 암송은 이율배반적이라는 생각이 들어서였다.

"북한에서도 교회를 다니십니까?"

그가 경국을 생긋한 웃음까지 지으며 잠시 바라보더니 고개를 좌우로 흔들며 아래층으로 시선을 돌렸다. 무언의 답변에 경국도 더 이상은 질문할 수 없어 그의 시선을 따라 아래층을 바라보았다.

강대상에 오른 북한 목사는 북조선 종교성에 속한 인민목사라고 자신을 소개한 후 북한에도 종교 활동이 위대한 수령의 배려로 이루어지고 있다고 말하며 평양 봉수교회를 간단히 소개하더니 설교를 시작했다.

경국은 호기심과 궁금함이 범벅된 마음으로 설교를 들었다. 시간이 지나며 속이 뒤틀려 왔다. 소대장 시절 철책 선에서 듣던 대남 선전 방송을 듣는 기분이 들었기 때문이다. 사랑에 대한 이야기를 줄기차게 설명했다. 하나님의 사랑이라든가, 예수님의 사랑이라는 언급은 전혀 없이 동족간의 사랑을 설명하고 있었다. 설명이라기보다 차라리 주장이라고 해야 옳을 것 같은 내용이었다. 결국에는 인민을 사랑하는 김일성 수령에 대한 이야기와 하루 속히 북조선과 남조선이 사랑으로 하나 되어 통일을 이루기를 간절히 바라고 있다는 내용으로 그의 설교가 마무리되었다.

아래층은 착 가라앉은 분위기에서 그의 설교를 듣고 있었다. 행사장에 강제로 끌려온 사람들 같았다. 이미 예상은 하고 있었지만 해도 너무한다는 분위기로 받아들여졌다. 사실 그의 설교내용은 김일성 수령이라는 말에 하나님을 넣고, 사랑이라는 단어에 하나님의 사랑이란 말을 적당하게 섞어 넣으면 남한에서 듣는 뛰어난 설교 중에 하나일 것이라는 생각이 들었다. 경국은 과거에 들었던 대로 북한 종교는 정치화되어 있음을 직접 확인하는 계기가 된 기분이 계속 맡아지는 니코틴 냄새보다 더 싫었다.

그의 설교가 끝나자 지역 대표들의 환영인사들이 이어질 예정이었다. 지금 교회에서는 예배가 아닌 남북한 종교행사가 계속되고 있었다.

"미안합네다. 잠시 나가 담배 한대 피우고 싶은데, 괜찮습네까?"

경국은 어이없는 그의 말에 몸에서 힘이 빠져 나가는 느낌이 들었다.

"나갑시다. 한두 시간도 못 참습니까? 담배 중독이군요."

경국은 교회 본당 뒤편에 있는 중학교 주차장으로 그를 안내했다. 작은 키여서 살이 많은 편이 아닌데도 뚱뚱하게 보였고 배도 약간 튀어나왔다. 마치 몸짓 작은 김일성을 만나고 있는 것 같은 착각이 들었다. 경국이 처음으로 직접 만나는 북한 사람이자 관료인 사람에게서 김일성을 연상한다는 것은 지금까지 경국에게는 북한은 곧 김일성이라는 공식으로로만 이해되고 존재하고 있었던 것이다.

철책 선에서 망원경으로 본 북한 군인들의 작은 키, 남루한 작업복과 지쳐 보이는 보행이 보일 때마다 통일은 언제나 이룰 수 있을까 하는 막연한 마음을 떨쳐 내지 못했었다. 그 후로 강산이 변한다는 세월을 수차 흘려보내고도 통일은 이루어지지 않고 있고, 지금 경국 앞에는 또 다른 북한 사람이 서 있는 것이다. 경국은 미국 땅에서 그를 만나서인지 적대감보다는 중국 연변에서 온 조선족 같은 느낌을 벗어나지 않았다. 그가 북한 사람이라는 사실보다 줄 담배를 피워 대는 모습이 더 신경이 쓰였다.

"실례지만 나이를 좀 물어도 되겠습니까?"

"이상한 동무입네다. 다른 동무는 정치보위국에서 일하는 디를 더 묻습데다."

"저와 비슷한 나이 같아서 그렇습니다."

"동무 눈매가 평범하게 보이지만 깊게 보는 느낌이 듭네다. 비슷한 나이라고 생각하시라요. 소속도 지금 짐작하고 있는 곳이 있다면 맞는다고 생각하시라요. 어차피 진심을 말한다고 해도 믿으려 하디 않습데다."

그는 오래 참은 듯 연줄 담배를 빨아 대며 연기를 뿜어내더니 좀 더 차분해져서 말했다. 경국도 뭔가 한마디 하고 싶었지만 무슨 말을 해야 할지 몰랐다. 진심을 말해도 믿지 않는 것은 그동안 거짓말을 많이 했기 때문이 아니겠느냐고 반문하고 싶었지만 그 말 한마디면 더 이상 대화가 이어질 것 같지 않았다. 경국은 그냥 그 앞에서 가능한 침묵하기로 했다. 때로는 침묵할 때 상대방이 더 궁금하게 여겨 물어 올 때도 있지 않았던가? 지금 경국은 의도적인 침묵을 선택했다. 어쩌면 전혀 소용도 없고 답도 없을 질문을 하는 것보다 나을 것 같아서였다. 김일성의 건강을 물어본들 뭐라고 대답할 거며, 북한이 통일을 바라기는 하는 거냐고 물어본들 무슨 대답을 하겠는가? 대답을 한다 해도 그의 말대로 경국이 물어봤을 뿐 그의 대답을 믿지 못할 것이 뻔했다.

이게 무슨 경우란 말인가? 물어보고 따져야 할 말들이 사실 수도 없는데 북한과 남한은 속으로 쌓인 감정만이 터지려 하고, 설령 주고받는 말이 있더라도 신뢰하지 못해 차라리 대화를 포기해 버리며 그냥 쳐다보아야 한다니, 그렇다고 주먹다짐을 하며 싸운들 남는 것이 무엇이란 말인가? 같은 피부색에 같은 언어까지 쓰면서 미국에서 만난 남북한에서 온 두 사람 사이에서도 시작할 말도 맺을 말도 없다니.

"미국에서 오래 살았습네까?"

경국은 그의 질문이 반가웠다. 조금만 더 침묵하면 기분이 더 떨떠름할 것 같았었다.

"7년 조금 넘습니다. 제대하고 바로 왔으니까요."

"남조선에서 군대생활도 했습네까?"

경국은 순간 망설였다. 그저 북한처럼 남자라면 누구나 군대를 가야 한다고 말하려다 차라리 솔직히 말해보고 싶은 충동이 치밀었다.

"장교로 제대했습니다. 이곳에 있는 대사관에 무관으로 근무한 적도 있고요. 오해는 마세요. 과거가 그렇다는 거지, 지금 대사관의 부탁을 받고 이곳에 온 것은 아닙니다. 믿을지 모르겠지만……"

그에게서 약간 경계의 눈빛을 느꼈을 뿐 크게 동요하지 않았다.

"상관없습네다. 선생님이 아니면 또 누군가가 있겠디요. 좋은 곳에 사십네다. 그래도 통일을 위해 뭔가를 하시라요. 우리는 남조선 해방을 위해 밤낮을 가리지 않고 노력합네다."

"노력을 하려면 상식적으로 이해되고 국제사회에서도 인정을 받아야겠지요, 특히 다른 사람에게 위협과 피해를 주는 노력은 오해의 소지가 많은 법입니다."

"알디요. 그래도 남조선처럼 해서도 안 됩네다. 말만 독립국가지 미국의 경제적 군사적 속국이 아닙네까?"

경국은 더 이상 대화를 계속하지 못했다. 그를 이해시킬 방법도 없었고 두 사람의 이런 대화가 아무 의미 없음을 알고 있었기 때문이다. 경국은 조금은 더 실랑이를 해볼까 하다가 그만두었다.

하나도 특별하지 않았다. 북한 사람은 특히 북한 관료는 특별할 것이라 생각했던 경국은, 그가 평범하다 못해 진부하고 식상했다. 남북통일이 그리 쉽지 않을 것 같은 생각만 더 깊어갔다. 어디서부터 누가 대화를 해야 실마리가 풀릴 것인지 짐작조차 할 수 없었다. 그래도 그 사람 덕분에 북한 관료도 사람이라는 것과 동족이라는 것은 확인할 수 있어서 다행이었다. 적어도 통역을 세워 대화해야 하는 사이가 아니라는 것만도 다행인 것이다. 지금은 서로 다른 이유에서 엉뚱한 말들을 주고받으며 서로가 옳다고 말하고 있지만 언젠가는 서로의 생각이 꼭 옳은 것만도 아니라는 사실을 깨닫게 될 것이다.

많은 경우 그런 깨달음은 시간이 알려주는 경우가 대부분이었다. 북한 관료를 처음 만난 경국은 비장함보다는 허탈한 감정으로 시간에게 모든 책임을 일임하고 통일문제 같은 것은 너무도 크고 복잡해서 자신과 같은 범인에게는 어울리지 않는 주제라고 외면하고 싶었고 한동안 그렇게 살고 있었다.

메이와 감시원과 차를 같이 하면서 뜬금없이 옛날 일이 기억나 순간적으로 메이와의 대화에 집중하지 못했다. 경국은 일생에 두 번째로 만나는 북한 사람인 메이와 처음 만나보았던 관료를 비교하며 공통점을 찾아보고 싶어졌지만 찾을 수 없었다.

"북한에서 왔다니까 이상하세요? 미국에서 그 정도 사셨으면 남조선에서 유학 온 학생에 비해 북조선에 대한 마음이 오픈되었을 것 같아 쉽게 고백했는데……."

"아니요. 메이, 그런 것이 아니라 메이가 중국 유학생인 줄로만 알았다가 북한에서 왔다고 하니 좀 놀라서 그래요. 미국 영주권을 가지고 살면서 법적으로는 한국 사람이지만 한국 사람으로 사는 것도 아니고, 그렇다고 미국 사람으로 사는 것도 아니라서, 메이가 국적을 솔직하게 고백해 버리니 내가 더 당황스러워졌나 보군요."

"앞으로 연세도 있으신데 동생처럼 편하게 말해 주세요. 저도 공부하면서 도움이 필요하면 부탁드릴게요. 그리고 언니하고는 이미 구면이신 것 같은데, 우리 언니하고도 좀 놀아 주시고요. 저 돌봐 주는 것 외에는 하는 일이 없으니 얼마나 무료하겠어요.”

“그래요. 언니분만 괜찮으시다면. 정말 기억이 안 나네요. 벌써부터 이러면 안 되는데. 다음에 만나면 제가 식사대접 할 테니 제 기억을 좀 도와주시죠?”

“다음에 만나 밥을 사면 말씀드리죠. 만약 그 전에 기억해 주시면 제가 밥을 사고요.”

감시원은 웃음까지 지으며 여유와 자신감이 있었다. 지금까지 경국이 기억하지 못하는 것으로 보아 절대로 다음 만날 때까지 자기를 기억할 수 없을 것이라고 확신하는 것 같았다.

8

농장으로 돌아온 경국은 미스터 강에게 전화를 걸었다. 그에게서 전화 오기를 기다리느니 먼저 전화해서 메이와 만난 사실을 말해 주는 편이 낫겠다는 생각이 들어서였다.

전화를 받은 미스터 강은 경국의 설명에 만족해했다. 그래서 경국이 이 일에 적임자라는 말까지 하며 추켜세웠다. 경국이 과거에 군에서 무슨 일을 했느냐는 것 등을 묻는다 해도 소신껏 진실을 말하라고도 했다. 이미 드러난 일을 감추려 하면 더 의심을 살 수 있을 것이라고 하면서. 경국이 안기부로부터 부탁받아 청강생이 되었다는 사실만은 감추어야 하고 혹, 그런 의심을 받아도 부인해야 한다고도 했다. 대신 그 사실을 숨기기 위해서는 다른 모든 것을 진실로 말해야 도움이 된다는 조언까지 해주었다.

가장 중요한 거짓말을 감추기 위해 다른 모든 것을 진실로 말하라는 미스터 강의 말에 경국은 생소한 흥분에 감싸였다. 간첩활동을 지령받아 최초 접촉 대상자와의 접촉을 무사히 마치고 무전으로 지령자에게 알린 뒤의 흥분 같은 것일 거라는 생각이 들었다. 미스터 강은 수고했고 감사하다는 말을 하며 전화를 끊으려다 이 팀장님 가족을 좀 만나보고 도움이 되어 주었으면 한다는 말을 넌지시 흘리고 전화를 끊었다.

미스터 강이 흘린 말이 상처 난 손에 소금물이 닿은 듯 따가웠다. 성구가 부탁할 때 표정도 예사롭지는 않았었다. 경국은 성구가 뜬금없이 한 부탁이 아니었는데 그동안 무심하게 친구의 부탁을 잊고 있었다는 자책감이 밀려들었다. 성구는 무겁게 입을 열어 부탁할 때 마누라와 두 딸이라고 했었다. 성구가 경제적인 도움을 부탁한 것이 아니라는 생각은 변함이 없었다. 부부 간의 문제를 친구에게 부탁할 리도 없을 것이고, 단지 무슨 어려움이 있을 때 가까이 있으니 보살펴 주라는 의미로만 받아들였었다.

경국은 다음 주에나 워싱턴에 나가 머리도 깎고 개인적인 일을 보려다가 미스터 강의 전화가 계속 부담이 되어 다음날 워싱턴을 향했다. 속도 내기 좋은 하이웨이 곳곳에 경찰차들이 스피드 건을 쏘고 있었다. 더 빨리 달릴 수 있어도 지켜야 할 속도가 있는 곳이 하이웨이다. 빠르게만 달려도 안 되고 느리게 달려도 안 되는 것이 인생일 것이다. 빠르게 달리면 핼끔 핼끔 쳐다보는 사람이 있고,

경찰이 잡아 세워 벌금을 내게도 하고, 느리게 달릴 때도 마찬가지
이지만 대부분 느린 것은 스스로가 참지 못하는 것이 사람들의 성
품인 것처럼 느껴졌다.

운전 중에 핸드폰을 사용하는 것이 금지되어 있지만 지키는 사
람이 거의 없었다. 앞 차가 약간 흔들리며 속도가 일정하지 않은
것으로 보아 전화를 하고 있는 것 같았다. 경국도 무심히 전화를
다시 꺼내 농장 출발 전에 연결이 안 되었던 성구 부인의 전화번호
를 찾아 통화 버튼을 눌렀다. 통화를 연결하려는 신호음이 계속 흐
르더니 음성함으로 다시 연결되었다.

"안녕하세요? 저는 성구 중학교 동창생인 김경국이라고 합니다.
가까이 사시는 줄 최근에 알게 되어 연락드립니다. 오늘 마침 워싱
턴에 나가고 있는데 점심이라도 대접하고 싶습니다. 메시지 받으시
면 연락 주시면 감사하겠습니다. 감사합니다."

메시지를 남기고 전화기를 옆 좌석에 놓자 번뜩 경국의 머릿속
으로 성구의 얼굴이 비집고 들어왔다. 오늘은 어디에서 가족들과
떨어져 살며 무슨 정보활동을 하고 있을지 궁금해졌다. 자녀들 교
육을 위해서라면 부부가 떨어져 살면서라도 정성을 다해야 하는 것
인지 질문해 보지만 답이 떠오르지 않았다. 다들 기러기 아빠나 엄
마가 되고 싶어 되는 것은 아닐 것이다. 어쩔 수 없는 선택을 그들
이 했다는 생각은 확실했다. 경국의 핸드폰 벨소리인 군대행진곡이

힘차게 차 안에 울려 퍼졌다.

"Hello, This is Mr. Kim speaking."
여보세요. 미스터 김입니다.

"아, 안녕하세요. 저는 이성구 부인되는 사람인데요. 메시지 받고 전화 드립니다."

"예, 성구 동창입니다. 반갑습니다. 혹 점심에 시간 있으시면 식사나 같이 할까 하는데요."

"그렇게 하겠습니다. 저도 뵙고 싶었지만 먼저 연락 못 드렸습니다."

경국은 약속 장소를 음식점으로 직접 정하지 않고 서로 찾기 쉬운 한국 서점에서 만나 결정하자고 했다. 경국이 서점에 도착했을 때는 그녀가 먼저 와서 책을 뒤적이고 있었다. 서점에 단골인지 주인과도 가깝게 대하는 것 같았다. 다른 손님이 없어서 둘은 쉽게 서로를 알아차리고 어색하지만 반가운 첫 인사를 나눴다.

그녀는 서점 주인에게 유진 아빠 동창생이라고 먼저 소개했다. 혹시라도 무슨 오해를 사지 않으려는 의도가 분명히 엿보였다. 경국도 서점 주인과는 이미 안면이 있는 사이여서 가벼운 인사를 나누고 둘은 서점을 나왔다.

경국은 한국 교포들이 드나들지 않는 이탈리언 식당으로 그녀를 안내했다. 비엔나에 있는 이탈리언 레스토랑은 대사관 근무 당시에 자주 들렀던 곳이다. 점심시간에는 가격도 괜찮은 뷔페가 있어 좋은 식당이었다.

"전화 주셔서 반가웠습니다. 유진 아빠한테 말씀 들었습니다. 뭐라고 불러야 할지 어색하네요."

"그냥 경국 씨라고 부르시지요. 저는 유진 엄마라고 부르겠습니다."

"쑥스럽지만 그렇게 하겠습니다. 가까운 남편 친구 분들에게 이름을 부른 적이 많네요. 편하게 대하고 말씀드릴게요. 저 사실 남편과 동갑내기에요."

그녀의 말은 곧 경국과 나이가 같다는 이야기였다. 나이가 같다는 사실 하나로 쉽게 친밀감을 느낄 수 있었다. 유진 엄마는 이탈리언 음식점이 처음이라며 여러 종류의 음식을 조금씩 맛을 보아가며 먹었다. 화장을 한 얼굴이지만 중년 부인의 얼굴은 탄력을 잃어가고 있었다. 화장 속에 감춰진 피부색은 삶에 지친 꾀죄죄한 얼굴이 감춰져 있을 것 같았다.

경국은 중학교 때 성구 모습과 몇 가지 에피소드를 들려주며 절친했던 순간들을 같이 회상해 보았다. 경국은 성구가 중학교 때부터 아버지 영향을 받아서인지 정보요원이 되고자 했다는 말을 하자 그녀의 표정이 어두워졌다. 경국은 그녀의 어두워진 표정을 어떻게 이해해야 할지 몰라 아무 말도 못하고 있었다.

"어차피 유진 아빠가 경국 씨에게 부탁도 하고 갔고, 저도 상의할 사람이 있는 것도 아니어서 부끄럽지만 처음 만나면서 솔직히 말씀드려야겠어요."

"무슨 일이든 말씀하세요. 성구가 부탁할 때는 제가 할 수 있는 일이 있을 것이라고 믿었을 것입니다."

유진 엄마는 3년 전에 두 아이를 데리고 기러기 엄마가 됐다고 했다. 출장이 잦은 아빠 때문에 자연 아이들 교육은 그녀의 책임이었는데 조기 유학 붐이 일면서 유진이가 유학을 가고 싶어 하는 바람에 성구를 설득하여 미국으로 오게 되었다는 것이다. 성구보다 못한 형편에 있는 친구들까지 호주로, 캐나다로 유학을 떠나 버리는 바람에 유진이가 마음을 잡지 못해 내린 결정이었다고 하며 말을 이었다.

"처음 일 년은 그런대로 아이들이 힘들어하기는 했지만 자기들이 졸라서 온 유학이라 잘 참고 열심히 하는 바람에 유학 오기를 잘했다고 생각했어요. 하지만 그런 마음도 오래 지속되지 못했어요. 특히 유진이가 사춘기가 되면서 공부를 소홀히 하기 시작했고 미국 남자친구가 생기는 바람에 저와 충돌이 잦아졌어요. 유진이 성적도 갈수록 떨어졌고 어울리는 친구들도 자연 맘에 들지 않았지요. 그렇다고 유진 아빠에게 모든 일을 자세히 말해 봤자 신경만 쓰이게 할 뿐 유진 아빠가 할 수 있는 일이라고는 잠시 와서 타이르고 가는 것이 고작이었어요. 자연 유진이와 저 사이는 언성이 높아지는 경우가 잦아졌고, 유진의 반항적인 행동도 도를 넘어서고 있었어요.

그러다가 예상치 못한 일이 터졌어요. 하루는 미국 남자친구와 같이 집에 와 있는 유진을 목격한 제가 심하게 나무라며 자기 방으로 가라고 큰소리를 치자 유진이 남자친구 앞이어서인지 더 심하게 반항했어요. 저는 유진의 손을 잡아 방으로 들어가게 하려다 작은 몸싸움이 시작됐지요. 그런데 이를 보고 있던 남자친구가 밖으로 나가 제가 자녀를 폭행하고 학대하는 것을 목격했다고 경찰에 신고한 거예요. 저는 경찰에 체포되어 끌려가 조사를 받아야 했고, 신고를 접수한 경찰은 정식 기소하여 판사에게 판단을 넘기려는 상태에 있어요."

이런 내용을 설명하며 유진 엄마는 울고 있었다. 경국은 참으로 어처구니없는 일이고 한국 같으면 기소될 그런 내용이 전혀 아닌데 미국에 살다 보니 이런 일도 다 겪게 된다며 유진 엄마를 위로했다.

지금 순간은 그런 위로의 말보다 실질적인 도움을 주어야 하는 순간이었다. 경국은 자기가 할 수 있는 일을 생각해 보았다. 마침 가끔 같이 골프를 치는 후배 변호사가 생각나 전화를 했다. 변호사의 설명을 듣고서야 경국이 그녀를 도울 방법이 정리되었다.

"유진 엄마, 너무 걱정 말아요. 변호사 말로는 아직 검찰이 유진이를 불러 정식 조사한 것도 아니고 앞으로 검찰에서 추가적인 조사가 이루어져야 재판에 회부될 수 있다고 그래요. 제가 피해자 진술을 받을 때나 유진 엄마 검찰에 출두할 때 꼭 같이 가서 필요하면 통역도 하고 문화적인 차이에서 오는 오해라고 설명해 볼게요.”

“고맙습니다. 죄송하지만 그렇게 좀 해주세요. 유진 아빠 사무실 사람들에게 그런 일을 부탁하기가 어렵기도 하고 그동안 너무 막막했어요. 변호사를 사자니 경제적인 생각이 앞서고요.”

하고 싶었던 말을 토해 낸 탓인지 유진 엄마의 경국을 대하는 태도가 처음 만날 때 서먹해 하던 모습이 더 누그러졌다. 유진 엄마는 화장지를 꺼내 맺힌 눈물을 닦으며 원래 모습을 찾으려 가볍게 미소를 지었다. 경국은 웃으니 좋다고 하며 좋은 일이든 나쁜 일이든 다 지나가게 되어 있으니 잘 견뎌내자고 위로하고 싶었다.

“제가 힘들 때마다 암송하는 랜타 윌슨 스미스의 시가 있는데 한 번 첫 소절만 들어 보실래요. 사실 첫 소절만 기억해요.”

“들려주세요.”

“슬픔이 그대 삶으로 밀려와 마음을 흔들고

소중한 것들을 쓸어가 버릴 때면

그대 가슴에 대고 다만 말하라.

‘이것 또한 지나가리라.’”

검찰로부터 소환통보를 받았다는 유진 엄마의 연락을 받은 후로 경국은 일이 손에 잡히지 않았다. 유진 엄마는 미스터 강 사무실에서 딸과 엄마가 불화가 있다는 정도로 알 뿐 자세한 내용은 모르니 말하지 말라는 말도 부담스러웠다. 사무실에서 알아봤자 구설수에 올라 성구 입장만 곤란해지는 것이지 실질적인 도움을 줄 수 있는 일이 아닌 것 같기는 했다. 세상은 도움을 받을 사람은 많은데 도와줄 사람은 왜 이리 부족한지 모를 일이다. 가까우면 다 도움이 될 수 있을 것 같아도 꼭 그렇지만도 않은 것이 세상일인 것 같다. 가까워서 더 말 못하는 일들이 얼마든지 있으니까……

무거운 마음으로 경국은 유진 엄마와 같이 검찰 조사를 받으러 경찰서 건물로 들어섰다. 경찰서라고 해야 한국의 파출소보다 약간 큰 정도였다. 안내자가 없어 복도를 지나치는 여자 경찰에게 소환장을 내밀며 어느 사무실로 가야 하는지를 물었다. 경찰관은 소환장을 보더니 116호실로 가라고 했다. 그러고 보니 소환장에 116호실로 출두하라는 글씨가 보였다. 경국은 소환장을 자세히 보지 않고 유진 엄마 말만 들었던 것이 순간 부끄럽고 후회스러웠다. 경국은 유진 엄마를 바라보며 괜히 경찰서에 오니 긴장된다며 미국에 살면서 이런 곳은 처음이라 낯설다는 어색한 변명을 했다.

116호실에 들어가 소환장을 보여주자 조사실로 한 경찰관이 우리를 안내하며 잠시 기다리면 담당자가 올 것이라고 했다. 유진 엄마는 초조하고 긴장하는 감정을 감추지 못하고 있었다. 경국은 유진 엄마 어깨를 두드리며 걱정하지 말라고 했다. 어차피 경국이 통역하기로 되어 있으니 조사관의 말을 알아듣더라도 한국말만 하는 것이 좋겠다고 말해 주었다. 평상시 하던 영어도 당황하면 더듬거리는 모습들을 그동안 통역 경험을 통해 알고 있어서였다.

"경국 씨, 고마워요. 긴장은 되어도 경국 씨가 같이 와 줘서 정말 고마워요. 혹, 잘못되어 추방이라도 되면 어떻게 하지요?"

"그런 일은 없을 겁니다. 미리 걱정하지 마세요."

경국은 차라리 추방되어 딸을 데리고 한국에 가서 성구와 같이 사는 편이 어떻겠느냐는 말이 금방이라도 튀어나올 것 같은 감정을 누르며 말하고 있었다. 유진 엄마 같은 입장이면 한국에 사는 것이 백배는 낫지 아이들 교육한답시고 미국에 와서 이게 무슨 짓이냐고 호통을 쳐주고 싶기까지 했다.

여자는 약하지만 어머니는 강하다는 말도 이 순간에는 힘이 없었다. 경국 옆에 앉아 딸을 학대했다는 오해를 받는 유진 엄마의 모습에서 강한 면은 찾아볼 수 없었고 모든 것을 금방이라도 다 놓아 버리고 싶어 하는 가엾은 한 여인에 불과했다. 의지해야 할 남편도 필요한 순간에는 없었고, 성구가 이 자리에 있은들 경국이 도와주는 이상으로 상황을 호전시킬 수 있는 입장도 아닐 것이라는 생각도 스며들었다.

검찰관에게 조사를 받는 과정에서 이미 유진이가 피해자로서 검찰에 남자친구와 같이 나와 진술했음을 알게 되었다. 경국은 유진이가 뭐라고 진술했는지 궁금했다. 사실 지금 상황으로는 피해자 진술이 유진 엄마의 진술보다 더 큰 비중으로 작용하게 될 것이기 때문이었다. 검찰관은 피해자 진술을 받았다는 말을 비칠 뿐 그 내용에 대해서는 아무 말이 없었다. 경국은 검찰관에게 잠시 한국말로 상의하겠다고 하며 양해를 구하고 유진 엄마에게 유진이가 검찰에 출두한 사실을 알고 있었느냐고 물어보았다. 유진 엄마는 그 사건 이후에 거의 대화가 안 된다고 했다. 경국은 부모 자식 간에도 이렇게까지 극한으로 치달을 수 있다는 사실에 허탈감이 들었다.

검찰관은 친절하고 공손하게 조사를 시작했다. 인적사항을 확인하더니 구체적인 질문으로 이어졌다. 그때 상황을 설명해 보라는 검찰관의 말에 유진 엄마의 설명을 받아 경국이 통역을 했다. 이야기를 다 듣던 검찰관은 복잡한 상황이 아니어서 상황에 대한 진술은 일치한다고 말했다.

그러더니 유진 엄마가 혹 무슨 약을 복용하는 것이 있느냐고 물었다. 유진 엄마는 칼슘 같은 영양제는 먹지만 의사 처방을 받아야 하는 약은 없다고 대답했다. 유진이 건강이 문제가 있거나 약을 복용하는지 여부도 물어보았으나 그런 일이 없다고 말했다. 검찰관은 모녀간의 말다툼이 혹시나 약물 영향으로 온 것은 아닌지 파악하려는 것 같았다.

조사를 마친 검찰관은 잠시 사무실에 다녀오겠다고 하며 자리를 떴다.

"나쁜 계집애, 조사받았다는 이야기는 왜 안하고, 뭐라고 했는지 말해 주었으면 얼마나 좋아?"

"유진이가 말하지 않은 것으로 보아 나쁜 말은 하지 않았을 겁니다. 만약 나쁘게 진술했으면 엄마에게 각오하라든가 하는 식으로 무슨 말인가는 했을 것입니다. 그 일 있은 후로 유진이는 어때요?"

"말만 하지 않지 전보다 나빠지지는 않았어요."

"그것 보세요. 말을 안 해서 그렇지 본인도 괴로울 것입니다. 어떻게 하겠습니까? 그래도 내 자식인데 부모가 감싸는 수밖에……."

"알아요. 그래도 힘드네요. 경국 씨 아이들은 속 안 썩이나요?"

경국이 큰 문제가 없어서 그렇지 부모 뜻대로 아이들이 따르는 경우가 있겠느냐고 말하려는데 검찰관이 들어왔다. 검찰관은 피해자 진술이 엄마가 서로 다른 의견이 있을 때 큰소리를 치기는 하지만 그날 손목을 잡고 이 층으로 가려 한 것은 자기가 엄마 말을 안 들어서 그런 거라고 했다고 했다. 검찰은 피해자나 가해자 모두가 가정에서 통상 있는 말다툼 정도로 간주하고, 한국과 미국 가정 사이에 문화적 차이로 인한 오해에서 신고된 것으로 간주하여 재판에는 회부하지 않겠다고 했다. 대신 앞으로 6개월 동안은 관찰대상

가정으로 분류되니 특히 이 기간에 자녀 폭행이나 학대혐의가 포착되면 다시 재판에 회부할 것이라는 '조건부 기각' 처분을 해주었다.

경국은 단지 같이 가서 통역을 했을 뿐이지만 좋은 결과로 일이 마무리되어 기뻤다. 유진 엄마는 어려울 때 도와주어 고맙다는 말을 여러 번 되풀이했고, 그때마다 유진이가 진술을 잘하는 바람에 좋게 끝난 것이라고 말해 주었다. 사실 유진이가 어떻게 진술했느냐에 따라 충분히 재판에 회부될 수 있었고, 그렇게 되면 어떤 방향으로 사건이 진행될지 장담할 수 없는 일이었다.

경국은 유진 엄마에게 딸이 미안해하고 있을 테니 잘 타일러 대화를 회복해 보라고 충고해 주며 집까지 데려다 줬다. 만약 경국이 유진을 만나 도움이 될 것 같으면 사전에 유진에게 의사를 타진하고 연락하라고도 했고, 다른 일이라도 도움이 필요하면 아무 때나 부담스럽게 여기지 말고 전화하라고 했다.

경국은 집으로 가는 중에 피곤이 몰려왔다. 하품을 하며 운전대가 잠시 흔들렸는지 뒤차에서 경적을 울렸다. 고맙다고 손을 들어 답례를 하며 정신을 차리려 장딴지를 꼬집어보았다. 따끔한 통증이 전해졌다. 생각해 보니 미스터 강을 만난 후로 갑자기 생활 패턴이 바뀌고 있었다.

통일문제를 위해 관심을 두며 부분적이지만 그 일을 돕고 있다는 생각도 들었고, 기러기 가정의 문제에 도움을 주는 일을 하고 돌아가다니. 전에는 하루 일과라는 것이 일어나 농장을 둘러보며 동물들을 돌보고 나무나 화초, 채소들을 가꾸는 일이 전부였었는데, 지금은 자신의 일이 아닌 다른 사람을 위해 뭔가를 하고 있다는 뿌듯함이 있었다.

전에는 크게 변화와 갈등이 없는 일상에 편안하게 안주하면서 느꼈던 행복한 감정에 만족하며 살고 있었다. 그런데 지금 느끼는 감정은 또 다른 기쁨을 경국에게 주고 있었다. 풀어진 워커 끈을 단단히 매고 새롭게 시작하는 아침에 느꼈던 기분이 되살아나고 있었다. 경국은 미스터 강이 고맙다는 생각이 들었다. 고맙다는 감정은 거기서 끊이지 않고 그가 부탁한 일에 더욱 최선을 다하는 것이 그에 대한 보답이라는 마음까지 갖게 되었다.

9

강의 시간에 일찍 도착했지만 아직 전 시간 강의가 끝나지 않아 문 밖에서 학생들이 서성이고 있었다. 메이도 먼저 와 학생들 사이에 서 있었다. 경국은 메이에게 다가가 잘 지냈느냐고 묻자 그녀는 웃음으로 대답을 대신했다.

"언니를 어디서 만났는지 생각해 냈어요?"

"아니, 생각해 보려다 포기했어. 차라리 내가 밥을 사지 뭐."

메이가 맑은 목소리로 질문을 했고, 경국도 반말을 하며 가볍게 대답을 하는 중에 문이 열리고 학생들이 서둘러 강의실을 빠져나왔다. 다음 강의가 이어지는 학생들이 서두르는 것 같았다. 습관처럼 첫 시간에 앉았던 자리로 경국이 가서 앉았고 메이도 같은 자리에 가 앉았다. 교수가 단에 오를 때까지는 수업을 준비하는 학생으로 어수선하다가 힐 교수가 단에 올라 강의 노트를 정리하며 출석을 점검하자 분위기가 조용해졌다. 힐 교수는 강의 계획서 순서대로

강의가 진행되지 않더라도 이해해 달라고 첫 시간에 한 말을 다시
하며 강의를 시작했다.

오늘은 한반도의 지정학적 이유로 인한 불리했던 사건을 강의
하려 합니다. 본 강의에 앞서 먼저 잠시 지난 강의에서 로버트
학생이 질문한 미 국가정보위 보고서에서 언급한 통일시기에 대
한 질문에 대해 먼저 언급하고자 합니다. 앞으로 진행될 강의를
위해 이 보고서에서 무엇을 말하고 있는지 알고 넘어가는 것도
도움이 될 것 같아서입니다.

미 국가정보위는 1997년 처음으로 '글로벌 트렌드 2010'이라는
보고서를 발간하면서 미래 15년 동안의 세계 정세를 예측하여 정
책입안자나 필요한 기관에서 참고하도록 했습니다. 2008년에 네
번째 보고서 '글로벌 트렌드 2025'에서 처음으로 남북통일 시기
를 언급한 것입니다. 이 보고서에서 '핵 없는 한반도?'라는 별도
의 소제목으로 남북통일 시기를 언급하면서 2025년경에는 가능
할 것이라는 예측을 한 것입니다. 보고서는 '우리는 2025년까지
통일된 코리아가 있을 것으로 본다.'며 '만일 단일 국가가 아니라
면 그 어떠한 형태의 남북 연방' 체제로라도 발전하게 될 것으로
통일 형태도 언급하고 있습니다.

이 보고서는 이외에도 한반도 정세에 대한 여러 가지 예측을
하고 있는데 주목되는 언급들이 많습니다. 몇 가지를 인용해 읽

어 보겠습니다. '북한의 핵무기 프로그램을 끝내기 위한 외교 노력이 계속되고 있지만 통일 당시의 북한 핵 시설과 능력에 대한 최종 처리는 불확실한 것으로 남아 있다.'

통일로 인한 재정문제도 언급하고 있습니다. '그러나 재건으로 인한 커다란 경제 부담을 겪는 새롭고 통일된 코리아는 한반도의 비핵화를 보장함으로써 어쩌면 1991년 이후 우크라이나에서 일어났던 것과 비슷한 방식으로 국제사회의 찬성과 재정적 지원을 받게 될 것이다.'

주변 국가들의 입장을 언급한 것도 관심이 갑니다. '코리아의 통일로 인해 그 외의 다른 전략적 결과가 흘러나올 것으로 본다. 여기에는 비핵화, 비무장화, 난민 유동과 재건 투자와 같은 새롭고 지속적인 어려움을 다루기 위한 강대국들의 새로운 차원의 협력 전망이 포함돼 있다.' 강대국이나 주변 국가들이 통일 이후에도 한반도 정세에 지속적인 관심과 참여가 있을 것이라는 예측인 것입니다.

통일 시기와 형태를 언급한 보고서가 우리에 관심을 끄는 통일 방법에 대해서는 구체적인 언급이 없습니다. 하지만 통일 방법에 영향을 직접적으로 미치게 될 가장 핵심적인 사항이 핵 문제라는 점은 언급하고 있습니다. 현재 한반도 정세에 가장 큰 영향을 미치는 것은 북한의 핵 개발 정책과 관련이 있다는 것입니다. 핵무기에 관계되는 문제는 계속 다루어지게 될 것입니다. 미국가정보위 보고서에 대한 질문은 이 정도 답변하는 것으로 마무리하고 다시 한국 역사를 좀 설명하겠습니다.

힐 교수는 청·일 전쟁이 일본의 승리로 끝나면서 한반도에는 새로운 기류가 흐르기 시작했다고 설명하면서 러시아의 등장을 설명하기 시작했다.

일본 대륙은 곧 러시아의 해양진출을 막는 장애요소가 되었습니다. 러시아는 역사상 얼지 않는 부동항을 갖고 싶어 했습니다. 바다를 점령하지 못하고는 세계에 그들의 영향력을 행사할 수 없다는 것을 분명히 인식하고 있었기 때문입니다. 청·일 전쟁 승리로 인한 일본의 요동반도 점령은 러시아의 남진정책에 정면으로 대치되었습니다. 러시아는 할 수 없이 독일, 프랑스와 손을 잡고 주일공사를 불러 요동반도를 청나라에 돌려주는 것이 좋다고 권고하기에 이릅니다.

일본은 이러한 러시아의 노골적인 간섭에 기분이 상했지만 국제적인 분위기를 염두에 두고 요동반도를 반환하게 됩니다. 강력한 러시아의 등장은 한반도 내부에 새로운 기류를 조성하게 되는데, 그것은 조선의 신하들이 일본보다 강해 보이는 러시아의 지원을 받아 위기를 극복해 보려는 것이었습니다. 러시아 역시 조선정부에 세력을 확장하고자 했습니다.

이런 분위기에 국모인 민비 살해 사건과 단발령 등으로 민심이
크게 동요되어 각 지방에서 의병활동이 일어나 민란 수준으로 발
전하게 됩니다. 러시아는 이 기회를 이용하여 러시아를 지지하는
신하들의 도움을 받아 1896년 2월 9일에 러시아 수병 100명을 서
울에 입경시켜 왕과 왕세자를 러시아 공사관으로 모시는 소위 '아
관파천'이라는 역사적 사건이 터지게 됩니다. 이 사건으로 러시아
가 조선의 모든 정치와 국가 이익을 장악했던 것입니다. 이런 모
습을 지켜보던 러시아를 지지한 강대국들이 평등적인 이권을 주
장하여 결국 조선의 이권이 강대국들에게 넘어가게 되었습니다.

힐 교수가 칠판으로 가 붉은 매직으로 이권을 나누어 가진 국가
들을 적어 내려갔다.

　　러시아 : 함경도 경원, 종성의 광산 채굴권
　　　　　　압록강 유역 및 울릉도 목재 채벌권
　　미　국 : 경인철도 부설권
　　　　　　평안도 운산 금광 채굴권
　　프랑스 : 경의 철도 부설권
　　독　일 : 강원도 당현 금광 채굴권
　　일　본 : 경부선 철도 부설권
　　　　　　충청도 직산 금광 채굴권

칠판에 적힌 내용을 무심히 바라보다가 경국은 메이를 바라보았다. 메이는 노트에 무엇인가를 적고 있었다. 칠판에 적힌 내용을 적는 것인지는 알 수 없었다. 사관학교에서 6·25 전쟁사를 배울 때 들은 적이 있는 내용을 미국 교수에게서 다시 듣게 되는 기분이 착잡했다. 메이가 저런 내용의 한국 역사를 들어 본 적이 있을까 하는 생각도 들었다. 이 클래스에서 경국 외에는 생소하기만 할 내용이었다. 힐 교수는 오늘 하고자 한 강의를 다 마무리하고자 서두르는 눈치였다.

조선왕 고종은 1897년 2월에 러시아 공관으로부터 왕궁인 경운궁으로 돌아와 8월에 '대한'이란 국호로 자주독립국가임을 천명하지만 독립국가의 왕으로서 행동반경은 러시아와 일본의 계속되는 간섭으로 제약을 받을 수밖에 없었습니다. 이즈음 러시아의 힘은 이 지역정세에서 두드러졌습니다.

요동반도를 일본으로부터 되돌려 받는 데 결정적인 역할을 한 러시아는 청나라와 비밀군사조약을 맺고 시베리아 철도가 만주를 통과하는 이권을 획득하였고, 여순과 대연을 25년간 조차하는 이권을 챙기기도 했습니다.

이러한 러시아의 세력 확장에 마음 졸이며 기회를 노리고 있는 나라는 바로 일본이었습니다. 일본은 아직은 정면으로 러시아와 대립할 힘은 없고 그렇다고 한국에 대한 모든 이권을 포기할 수도 없는 입장에 처하자 러시아와 한반도에 관한 협정을 체결하게 됩니다. 이 협정은 러시아의 기득권을 인정하고 일본은 별로 얻는 것이 없었던 협정이었습니다.

일본은 이 협정을 계기로 1896년 5월 26일에 있었던 러시아 니콜라이 2세의 제관식에 대표를 파견하여 한반도를 38도선을 부근으로 분할하여 남북으로 분할 점령하자는 제안을 하였습니다. 이런 일본 제안에 러시아는 전략적으로 중요한 한반도의 서울과 남반부를 일본에게 줄 수 없다는 입장을 분명히 해버렸습니다. 러시아 왕위에 오른 니콜라이 2세는 외무장관에게 서한을 보내 '러시아는 1년 중 부동항이 필요하며 이 부동항은 본토의 남동 한국에 위치되어야 하며 확실히 육로에서 러시아 영토와 연결되어야 한다.'고 천명했습니다. 어쩌면 38도선을 연한 현재의 불운한 분단의 서막이 이때부터 일기 시작했는지도 모릅니다.

러시아의 이런 한반도 점령정책이 성공하는 듯했습니다. 1900년 3월에 러시아는 남해안 항구 마산 항을 조차한다는 명복으로 점거하고, 1902년에는 이 부근 일대를 해군기지 화하려다가 일본의 적극적인 반대운동에 부딪혀 실패하게 됩니다.

한반도와 만주지역에서의 러시아 독주가 못마땅했던 영국과 미국이 이번에는 일본을 지지하게 됩니다. 국제 정세가 일본에게 유리하게 전개되자 일본은 그동안의 태도를 바꿔 러시아에 강공

책을 펴게 됩니다. 불리한 입장으로 흐르는 것을 안 러시아는 대한의 독립을 보장한다는 그동안의 약속을 무시하고 1903년 3월에 한남국경의 요충지 용암포를 강제로 점령해 버렸습니다.

용암포를 점령한 러시아는 국제적인 여론과 일본의 반발을 크게 사게 되자, 이번에는 러시아가 일본에게 한반도 39도선을 기준으로 '중립지대'니 '완충지대'를 설정하여 서로 분할 점령하자고 제안하였습니다. 그런데 이번에는 일본이 정세가 유리해지자 이를 거절해 버렸고, 결국 러시아와 일본은 1904년 2월부터 1905년 9월까지 전쟁을 하게 되었습니다. 이 전쟁 역시 청·일 전쟁과 마찬가지로 전장은 한반도였다고 이미 말씀드렸습니다. 러·일 전쟁의 승리도 일본으로 돌아갔습니다.

이제 미국이 한반도 정세에 더 깊이 관여하게 됩니다. 미국의 루즈벨트 대통령의 알선으로 일본과 러시아가 포오츠머스에서 강화조약을 체결하게 되는데 이 회담이 한반도 운명에 엄청난 영향을 미치게 됩니다. 이 조항 내용에 '한국에 대한 일본의 정치, 군사, 경제상의 특별권리를 승인할 것'이라고 명기하였기 때문입니다. 엎친 데 덮친 격으로 일본 수상 가쓰라와 미국의 특사 태프트 사이에 '일본이 미국의 필리핀 점령을 승인하는 대신, 미국은 일본의 한국 침략을 승인한다.'는 밀약을 체결하게 되었습니다.

오늘 강의가 좀 지루하다고 생각하는 학생이 있었을지 모르지만 한반도 통일을 연구하려면 한반도에 강대국들이 역사적으로 자국의 이익을 위해 어떻게 접근했는지 이해하는 것이 중요하기 때문입니다. 오늘 강의는 이것으로 마칩니다. 경청해 주셔서 감사합니다.

경국은 강의를 마쳤지만 자리에서 일어나지 못하고 멍한 상태를 벗어나지 못하고 앉아 있었다. 경국의 할아버지 어린 시절쯤에 한반도 주변에서 전개됐던 국제 정세가 간단하지만 비교적 일목요연하게 설명되었기 때문이다. 이 시점에서의 사건들과 현재 전개되는 한반도를 중심으로 한 국제 정세들이 달라진 것이 없어보였다. 그때보다 지금은 미국과 중국이 강자로 존재하며 한반도에 다른 나라들보다 더 강한 영향력을 미치려 하고 있다는 차이뿐이 없는 것 같았다. 한 가지 두드러지게 달라진 것이 있다면 남북한 공히 만만치 않은 군사력을 보유하고 있는 거였다. 이 군사력이 통일에는 어떤 영향을 미치는 것일까?

"조 모임에 안 가실 거예요? 왜 그리 멍하게 앉아 있어요."

메이가 강의실을 나가다가 경국에게 다가와 같이 조별 모임에 가야 하는 것 아니냐고 물었다.

"가야지, 조별 모임이 끝나면 언니가 오는 거야?"

"아마도요……."

"그럼 끝나고 식사나 같이 합시다."

"언니와 상의해서 그렇게 해요."

조별 모임은 로버트가 주관했다. 각자 준비한 자료가 있으면 발표해 보자고 하며 로버트가 먼저 발표했다. 로버트는 먼저 오늘 힐 교수의 강의가 한반도 근대사를 이해하는 데 큰 도움이 됐다고 말하고 주변 강대국들이 자국의 이익을 위해 한반도에서 어떻게 외교 정책을 펴나가는지를 간접적으로나마 느끼는 계기가 됐다고 했다. 현재는 미국의 대 한반도 정책이 북한의 핵 개발 저지에 모든 초점이 모아지고 있음을 자료를 통해 파악하게 되었는데 다음 모임에 그중 한 자료를 소개해 보겠다고 했다.

일본을 담당한 준꼬가 입을 열었다. 일본은 한반도를 발판으로 대륙진출을 시도했지만 결국 실패하게 되었는데, 그 실패는 일본의 실패라기보다 국제적인 압력의 결과라고 일본 사람은 받아들이고 있는 것 같다고 했다. 일본은 여건이 안 되어서 그렇지 다시 기회가 주어지면 대륙진출에 꿈을 가질 수 있는 국가로 믿어진다고도 했다.

하지만 한반도 근대사에서 한반도를 점령한 일본은 아시아 다른 나라까지도 침략한 과거사로 인해 국제 정치적인 운신의 폭이 전과 같지 않고 경제적인 힘을 통한 영향력을 행사하려 하고 있고, 이런 경향은 지속될 것이며 통일에도 경제적인 영향력으로 관여할 것 같다는 의견을 그동안 조사한 자료를 중심으로 말했다.

조원들이 중국을 담당한 다니엘을 쳐다보자 머리를 긁적이며 입을 열었다. 중국은 한국 역사에 가장 많은 영향을 미친 나라 중에 하나라는 사실을 알게 되었다. 그런데 과거보다도 앞으로 더 큰 영향력을 행사할 전망이며 그런 능력을 갖추고 있다. 중국은 아시아뿐만 아니라 전 세계 정세에서 영향력이 늘어날 것이 분명하다. 한반도 통일문제에서 중국의 동의와 참여 없이는 불가능할 것으로 본다. 문제는 중국이 북한만을 의식할 때는 통일에 대한 논의가 북한을 지지하는 중국이라는 단순한 공식으로 접근이 가능했지만, 중국이 남한과의 경제적인 관계나 정치적인 관계가 발전하면서 겉으로 말하는 북한 지지가 어느 때 변할지 모르는 측면도 있다. 더 중요한 점은 통일문제에 있어 미국과 중국과의 정치적 관계가 남북한의 대 중국관계보다 더 큰 영향을 미칠 것으로 판단되어 앞으로 이에 대한 자료를 찾아보려 한다고 말을 맺었다.

러시아를 담당한 조엔나는 그동안 다른 과목으로 바빠서 발표할 자료를 준비하지 못했다고 양해를 구해 다음 모임에서 제일 먼저 발표하기로 하고 넘어갔다. 이제 경국과 메이가 발표하면 오늘 모임은 끝나게 되어 있었다. 경국은 메이를 바라보며 입을 열었다.

한반도가 대륙과 해양이 마주치는 지정학적인 여건으로 국제 정치의 역학관계로부터 큰 영향을 받았고 앞으로도 그럴 수밖에 없을 것이다. 힐 교수의 설명처럼 분단과정에서 한국은 자신들의 의사를 존중받지 못했다. 이 점은 곧 통일과정에서만은 자신들의 의사를 강하게 반영하려 할 것이다. 당연한 일이면서 또한 그 일이 쉽지만은 않다. 왜냐하면 한국 국민의 의지와 염원과는 달리 세계 정세와 한반도 주변국과의 역학관계를 무시한 상태로의 통일 접근은 어려울 것으로 보인다. 그러면서도 분단 당시보다는 한국이나 북한의 입장이 무시되지 않고 시간이 흐르며 강해지고 있는 것도 사실이다.

과연 무엇이 남한에게 이런 힘을 실어 준 것일까? 남한이 분단 당시와 지금과 달라진 것이 무엇인가를 생각해 보면 쉽게 대답할 수 있는 문제다. 그것은 경제력을 바탕으로 한 군사력을 확보했다는 점이다. 남북한의 대립으로 더욱 강화된 군사력이 대립의 산물로 남을지 통일의 역량으로 발전하게 될 것인지가 궁금하다. 이점은 계속 연구해 보고자 한다.

경국이 말을 마치자 메이가 입을 열었다.

"북한을 담당한 중국에서 유학 온 메이입니다. 북한의 한반도 통일정책에 대해서는 다음에 이야기하기로 하고 오늘은 한 가지를 지적해 보도록 하겠습니다. 북한의 통일정책은 자주적이고 일관된 반면에 남한이나 주변국들의 한반도 통일정책은 수시로 변한다는 것입니다. 선거를 통하여 말하는 통일방안들은 자기들의 정권유지를 위한 말들이지 진정한 통일을 원하는지 의심이 갑니다. 통일을 염원하는 인민들의 마음을 사려고 거짓말을 서슴없이 하는 것이 안타까울 뿐입니다. 통일이 안 되는 것이 북한 때문이라고들 하지만 북한 인민들도 평화적 통일을 이루어 남조선을 해방하고 싶어 한다는 것은 분명합니다.”

“메이, 무슨 말을 하려는지 이해는 되지만, 북한을 대변한 주장보다는 북한의 통일정책이 과연 한반도 통일을 이룰 수 있는 정책이냐 아니냐를 객관적인 입장에서 검토해 발표해 주었으면 합니다. 남한을 담당한 앤드류 씨도 남한의 통일정책을 대변하다보면 통일 방식을 유추하기 힘들 테니 지금 정책에서 변화를 주어야 할 것이 무엇인지를 찾아보았으면 합니다.”

사회를 보던 로버트의 개입으로 메이는 더 이상 말을 못하고 그날 조별 모임이 마무리되고 말았다.

메이와 같이 도서관을 나오는데 다니엘이 메이에게 다가와 시간이 있으면 같이 차를 마시며 중국에 대해 물어보고 싶다고 했다. 메이는 오늘은 경국 씨와 약속이 되어 있으니 다음에 하자고 대답하자 다니엘이 메이의 핸드폰을 달라고 했다. 메이가 왜냐고 묻자 전화번호를 입력해 주려고 한다고 했다. 메이는 핸드폰을 주는 대신 전화번호를 다니엘에게 알려주며 궁금한 것이 있으면 전화하라고 했다.

경국은 다니엘이 메이를 바라보며 이야기하는 중에 알 수 없는 예감이 몸을 감쌌다. 전에도 가끔 이런 예감에 사로잡힌 적이 있었다. 그때마다 예감이 지니고 있는 중압감이 또 다른 예감으로 발전하고 그 예감이 현실이 될 때마다 혼자 놀라곤 했었다. 다니엘에게서 느껴지는 예감이 메이에게서는 아직 느껴지지 않았지만 곧 그렇게 될 것 같은 또 다른 예감이 막연하지만 강압적으로 느껴졌다.

다니엘의 얼굴을 바라보았다. 선이 분명하지만 침착하고 조용한 인상이었다. 큰 눈이 호기심을 가득 담고 있었고 진한 눈썹이 인상적이었다. 키도 큰 편이어서 경국은 다니엘을 고개를 약간 드는 자세로만 그의 눈을 마주칠 수 있었다. 다니엘은 경국이 한국 이민 1세라는 것을 의식해서인지 한국말로 인사를 했는데, 서툰 발음에 존댓말을 모르는 이곳에서 태어난 2세들에게서 보이는 모습 그대로였다. 저런 모습도 보기에 따라서는 다니엘이 지닌 매력일 수 있었다.

"영어 때문에 힘들어요. 다니엘과 같이 공부하면서 영어도 좀 더 배워야겠어요."

경국은 메이가 하는 말에 전율을 느꼈다. 예감대로 벌써 일이 진행되고 있는 것은 아닌가 하는 생각이 엄습해 와서다. 세상에는 피할 수 없는 일들이 방향도 알 수 없이 불어오는 바람처럼 다가와 그 형체를 드러내는 순간에는 온몸을 부르르 떨며 당황해 하지만 이미 돌이킬 수 없는 곳에 놓인 자신을 발견하게 되지 않던가? 그때는 운명이라 여기며 받아들일 수밖에.

감시원이 상긋 웃음을 지으며 두 사람에게 다가왔다. 그녀의 웃음에는 반가움이 섞여 있었지만 산만하다는 느낌도 풍겼다.

"경국 씨, 저 어디서 만났는지 기억해 내셨어요?"

"아니오. 생각해 내려다 포기해 버렸습니다. 약속대로 제가 점심을 사지요."

"그래요. 저는 점심을 준비하지 않아서 좋지요. 그럴 줄 알고 아예 점심준비는 일찍이 포기했었거든요."

"밥은 사기로 했으니, 우리가 언제 만났는지 말해 보세요. 그리고 나도 언니라고 할 수 없으니 서영 씨라 불러도 되겠습니까?"

감시원은 언제 만났는지는 식사하며 설명하기로 하고 그렇게 불러도 된다고 했다. 예쁘면서도 사연을 가진 이름이라는 느낌이 드는 것이 이상했다. 메이와 서영은 미국 음식을 먹고 싶다고 했다. 한국 음식은 집에서 매일 한 끼씩은 먹는다고 하면서.

경국은 이왕 사는 것인데 시간이 있으면 산을 넘어 시골 스테이크 집을 한번 가보자고 제안했다. 메이와 서영은 의외로 경국의 제안을 어린아이처럼 좋아했다. 그들은 답답했던 것 같았고 특별히 다니는 곳도 없었던 모양이었다.

42번 남서쪽 방향으로 한 시간 정도 산을 넘어 계곡을 달리면 홈스테드라는 유명한 명소가 있다. 핫 스프링(Hot Springs)이라는 버지니아 주 산골 마을에 있는 휴양지다. 이름 그대로 뜨거운 온천수가 나오는 곳이다. 한때 미국 대통령 전용 휴양지가 없을 때는 홈스테드가 대신 휴양지로 사용되기도 했던 곳. 골프장, 사격장, 승마장, 계곡 송어낚시를 즐길 수 있는 곳이다.

리조트 호텔이 있는 핫 스프링에서 북쪽으로 5마일 정도 가면 웜 스프링(Warm Springs)이 나오는데, 그곳에는 노천 온천도 있다. 대사관 근무 당시 몇 번 이곳을 방문하여 가 본 곳을 오랜만에 가보게 되어 기쁘다는 설명을 했다.

시골 산길을 운전하며 경국의 이런 설명을 들으며 두 사람은 더욱 신바람이 나 있었다. 경국은 기회를 잘 포착했다는 생각으로 가슴이 뿌듯했다. 오늘 두 사람과 같이 홈스테드에 다녀와 더욱 가깝게 지나게 됐다는 소식을 미스터 강이 들으면 기뻐할 것이 틀림없었다.

"모처럼 학교 주위를 벗어나 나오니 기분 좋지, 언니."

"그래, 기분 좋다. 너도 좋은 모양이구나."

"그럼, 언니. 언니는 미국에 오래 살았다면서 이런 곳도 한번 안 와봤어?"

경국은 좋아하는 두 사람의 분위기를 이용하여 평상시 궁금했던 질문을 비집어 넣어보고 싶어졌다. 이런 때 질문하면 어색할 것 같지도 않았다.

“메이는 전혀 북한 사투리나 억양을 갖고 있지 않은 것이 이상하게 느껴지는데 따로 훈련이라도 받은 거야?”

“그런 점도 있고, 아버지를 따라 해외 거주를 많이 했다고 했잖아요?”

“경국 씨, 그런 얘기는 서로 하지 맙시다.”

서영이 끼어드는 바람에 더 이상 메이의 답변에 토를 달 수 없었다. 경국은 간첩 질은 아무나 하는 것이 아니구나 하는 생각으로 혼자 머쓱해하며 피식 웃었다. 첩보활동이란 것은 무슨 사실이 목구멍에 걸려 간질간질하게 건드리는 가시 같은 것일지도 모른다. 토해지지도 않고 삼켜지지도 않는 그런 내용을 토해내게 해야 하는 일이 정보를 수집하는 일일 것이다. 토해내는 사람도 메스꺼워지면서 악취를 맡아야 하는 일 같은 것, 숨기려는 것들은 알고 보면 숨긴 사람에게나 알게 된 사람에게나 다 피해만 주는 것인 경우가 대부분이었던 것 같다.

경국은 전에 가 보았던 스테이크 전문 식당으로 두 사람을 안내했다. 시골 분위기에 맞게 허술한 실내 분위기는 전이나 다름없었다. 창밖으로 소들이 여유롭게 풀을 뜯고 있었고, 손님 하나 없는 식당 안으로 고즈넉하게 고요함이 스며들고 있었다.

“소가 풀을 뜯는 모습을 보면서 스테이크를 시켜 먹으려니 이상하죠?”

“그렇기는 하네요. 하지만 이 집 스테이크는 입에서 살살 녹을 정도로 연하게 느껴집니다. 후회하지 않을 거예요. 서영 씨, 이제 이 멀리까지 와서 밥도 사게 됐으니 언제 우리가 만났는지 말해 주시죠.”

“언니, 나도 궁금해. 말해 달라니까. 나중에 경국 씨랑 같이 있을 때 말해 주겠다고 했잖아?”

“그러자. 무슨 대단한 비밀이라고. 미국으로 이민 와 얼마 되지 않았을 때 뉴저지에서 살고 있었어요. 남한 정부와 좋지 않은 일을 떨쳐 버리려고 미국에 왔었으니 반한 감정이 극에 달했을 때였다고나 할까. 그때 한국에서 전두환 대통령도 다녀가고, 노태우 대통령도 다녀갔지요. 뉴저지에 사는 친구 남편의 도움으로 미국에 오게 되었는데, 그 사람이 반한 활동을 하는 사람이었어요. 그 사람 역시 남한에서 상처를 받은 사람이지요. 나는 그 사람과 뜻을 같이하는 사람들과 북과 꽹과리를 들고 백악관에 가서 군사독재를 중단하라는 데모를 했었어요.”

경국은 순간 머리가 쭈뼛쭈뼛하며 기억의 감각이 되살아났다. 백악관 영빈관에 경호근무 지원을 했을 때였다. ‘군사독재 물러나라’, ‘미국은 군사정부 지원을 중단하라’, ‘광주 항쟁 원흉들을 처단하라’ 등의 구호를 외치며 데모대들이 사물놀이 장단을 쳐댔었다. 그때 작은 북을 들고 이마에 ‘군사독재타도’라는 붉은 머리띠를 두르고 고함을 쳐대던 여인이 서영이었다. 대통령이 다른 행사장에 있을 때는 쉬고 있다가 특히 대통령 일행의 모터케이트가 백악관으로 들어올 때 데모대는 최고의 목청을 내어 구호를 외치며 징을 쳐대고 북을 쳐대고 꽹과리를 쳐댔던 기억이 뚜렷이 떠올랐다.

기자들은 이 순간을 놓칠세라 셔터를 눌러댔고 다음 날 신문에 그들의 사진이 대통령 방미 사실과 함께 실리기도 했었다. 어느 때는 20여 명도 안 되는 데모대의 사진이 1면 기사와 사진으로 장식될 때는 신문이 여론을 조작한다고 생각한 적도 있었다.

점심은 한국 식당에서 주문한 한정식 도시락이 배달되었었다. 경국의 눈에는 점심도 제대로 먹지 못하고 대통령 일행이 다시 백악관으로 들어오기를 기다리는 그들이 측은하게 느껴져 남는 도시락을 쉬고 있는 그들에게 갖다 주며 '데모도 좋지만 먹고살자고 하는 짓들이니 먹고 하자.'고 했던 말까지도 기억났다.

"서영 씨가 그러면, 제가 준 도시락을 그때 먹었단 말입니까?"

"맞아요."

"언니, 이게 무슨 인연이래. 무슨 소설 같다."

창 쪽 의자에 앉아 밖을 무심히 내다보던 메이가 고개를 돌려 경국과 서영을 번갈아 바라보며 신기하다는 듯 말했다.

"그때 먹은 도시락이 제가 먹은 도시락 중에 가장 맛있었고 인상에 남으니 가끔 생각나지요. 한편으로 잊지 못 할 점심이었으면서 그때를 생각할 때마다 묘한 감정에 사로잡히기도 했었죠. 지금은 다 희석되어 버린 생각이지만 말이에요.”

서영은 군사독재를 반대하는 데모를 하면서 대사관 요원이 주는 점심을 먹은 것이 마음에 오랫동안 정리되지 못한 채 남아 있었다고 했다. 그 뒤로 인간에게 이념보다 앞서는 것은 인간의 기본적인 욕구라는 것을 절실히 느꼈다고 했다.

경국은 서영이 북한에서 메이와 같이 온 감시원이 아니라는 사실에 편안한 감정이 일었다. 그녀가 적어도 배고픔의 문제가 이념보다 먼저라는 말에서도 모든 생각에서 동상이몽(同床異夢)하지는 않을 것 같았다.

경국은 이 세상에는 낙원은 없다고 믿고 있었다. 만인이 평등하고 다 같이 행복해질 수 있다는 말은 이상주의자들의 가면에 불과한 것이라는 생각이 변하지 않고 있었다.

이상주의를 표방하는 사람들도 현실주의자와 마찬가지로 개인적인 욕구나 동기를 벗어난 주장을 하고 있지 못하다. 인간이 내세우는 고상한 이념이나 주장은 개인의 욕망이나 이익을 추구하는 마음을 가리기 위한 껍데기에 불과한 것이다.

더욱이 집단적 이념을 위해 개인의 희생이나 배고픔은 견뎌야 한다는 지도자는 솔직하지 못하다. 자신은 배고파하지 않으며 다른 사람에게 배고픔을 견디라고 말해서는 안 된다. 없어서가 아닌 있으면서 나누지 않는 자는 집단의 행복이나 유토피아적 이상을 말할 자격이 없다고 경국은 굳게 믿고 있었다. 이런 믿음을 서영과 공유한다는 것은 불가능할 것이라는 생각이 사그라졌다.

경국은 저녁을 같이 하고 돌아오는 차 안에서 서영에게 여러 가지를 묻고 싶었지만 참았다. 그중에도 가장 알고 싶은 것은 왜 한국에서 미국에 이민 오게 되었는가? 하는 점이었다. 어떻게 보면 한국을 떠난 후로 반한 인사가 되어 버린 서영에게는 사연이 있을 것 같았다. 작은 체격에 어울리는 갸름하면서도 작은 얼굴은 드라마의 주연급은 아니더라도 조연으로 나오면 어울릴 것 같은 인상이었다. 그런 경우가 생겨 화면에 그녀의 얼굴이 비춰지면 많은 사람들이 ‘저기 뒤에 있는 애는 누구야?’라고 말할 것 같았다.

경국이 그랬다. 주연배우보다 조연배우에게 눈길이 쏠리고 애틋한 연민이 갔다. 조연도 기회가 주어지지 않았거나 그 배역에 맞지 않아 그렇지 주연을 맡겨 주면 다 해낼 수 있을 것이라고 믿었다. 경국은 자신이 조연으로 살아왔고 살고 있다고 믿는 것은 아니면서도 주연이라고 생각하지도 못하고 살고 있어 조연에게 연민을 느끼는지도 몰랐다. 경국은 서영과 같은 조연배우와는 앞으로 할 애기가 많을 것 같기만 했다.

10

텅 빈 한낮, 돌보아야 할 일들을 머리로 주섬주섬 거리면서도 막상 일을 시작하지 못하고 있었다. 실바람에 버드나무 가지가 나불대고 흔들리는 가지에 금관조가 앉아 중심을 잡으려 안간힘을 쓰더니 날아가 버렸다. 보이지 않던 짝이 그 뒤를 따라 날았다.

학교에 가 볼까 하는 생각을 번뜩 했다. 강의가 없는 날 청강생이 학교를 간다는 것도 우습게 느껴졌다. 뭔가 하고는 싶은데 무엇을 어떻게 해야 할지 몰라서가 아닌, 그냥 게을러지고 싶은 마음이 더 강하게 작용하는 시간이었다. 이럴 때는 아무에게서나 연락이 와 무엇을 같이 하자고 하면 그냥 따라나설 것 같기만 했고 누군가가 그런 연락을 해주었으면 하는 마음이 버드나무 가지에 달려 같이 흔들리고 있었다.

의지를 가지고 무엇인가를 지속하다가도 순간 그것을 놓아 버리고 싶을 때가 가끔 있었다. 하고 있는 일에 가치가 없다고 느껴서도 아니고 꼭 힘에 벅차서만도 아닌 허무함과 고독감이 밀려올 때 그랬었다.

인간은 왜 자신의 의지와 관계없는 일로 고독해지며 해서는 안 된다고 믿는 것들을 계속 의식하며 살아갈까? 얼마 전만 해도 절실히 갖고 싶었던 것이, 정작 내 소유가 되고 나면 싫증을 느끼게 되는 이율배반적인 감정은 왜 일어날까? 지금 뭘 하려는 걸까? 정치가들이나 민족주의자들이 말하는 통일을 해야 하는 이유가 지금 경국에게도 절실한 것인가? 지금 당장 닭들에게 먹이를 주지 않으면 닭은 배고파 죽을 수 있는데 그것보다 더 중요한 것이 이 순간에도 남북통일일 수 있는가? 걷잡을 수 없이 꼬리를 물고 이어지는 상념에 어지럽기까지 했다. 누군가와 시간을 보내야만 이런 잡념들을 떨칠 것 같았다. 앞서가는 생각보다 지금은 다른 사람의 생각에 짓눌려 지내고 싶은 시간이었다.

전화벨이 울렸다. 벨 소리가 반가웠다. 이 시간에 집으로 오는 전화면 90% 이상이 물건을 파는 선전 전화였다. 다른 때 같으면 받지 않고 급하면 핸드폰으로 연락하겠지 하고 무시해 버릴 전화를 받으러 의자에서 일어났다. 다 팽개치고 싶기만 하고 게을러지려는 생각을 어떻게든 털어버리고 싶어서였다.

"여보세요."

평상시 같으면 '헬로'라고 했을 텐데 한국말이 먼저 나왔다.

"선배님, 미스터 강입니다. 그동안 편안하셨습니까?"

"어떻게 이 시간에 전화를 다하고……."

"선배님 무슨 말씀이세요. 낮잠 주무셨어요?"

"아니, 혼자 그냥 있다 보니 쓸데없는 생각에 빠져 있었던 것 같군."

미스터 강과의 관계에서는 이상스럽게도 완벽한 모습을 보이고 싶은 예민한 감정이 계속 작용하고 있었다. 굳이 자존심을 세우고 싶은 것이라고까지 말하고 싶지 않았지만 그를 지나치게 의식하고 있는 것은 사실이었다. 필요 이상으로 그를 지나치게 의식한다는 의미는 그에게 눌리거나 꿀리는 것이 있음을 무의식중에라도 인정하는 것일 것이다.

그는 경국을 대할 때마다 늘 공손하고 강압적이지도 않았고 차분했다. 힘을 가지고 있으면서도 내색하지 않는 그 모습에서 가진 힘보다도 더 센 힘이 품어나는 것 같았다. 경국은 후배였지만 때로는 어른스러움까지 느껴지는 그에게 위압당하고 있었고 괜스레 기분이 뒤틀리기도 했다.

미스터 강이 가족과 같이 농장에 놀러오겠다고 했다. 사무실에는 일로 경국을 만나러 가는 것이라고 둘러댔지만 사실은 핑계일 뿐 일이 손에 잡히지 않아 남은 하루를 농땡이치고 싶어서라고 하며 경국도 옛날 군 시절에 그런 때가 없었느냐고 묻기까지 했다.

샐러리맨치고 그런 감정에 휩싸이지 않은 사람이 있을까? 스트레스가 많은 일을 하는 사람일수록 더욱 그런 감정과 매일, 아니 매시간 싸우고 있을 것이다. 경국은 미스터 강이 안쓰럽게 느껴졌다. 그가 농장에 오면 잘해 주고 싶은 마음도 일었고 다음날 사무실에 보고할 자료도 제공해야 될 것 같은 의무감마저 솟았다. 경국은 미스터 강에게 알아서 기려는 자신의 모습을 다시 보며 밭일을 하다가 가시에 찔린 순간처럼 따끔한 아픔을 느꼈다.

경국은 그동안 아내에게 미스터 강에 대한 이야기를 하지 못했다. 경국이 말을 못했다기보다 안 했다는 쪽이 더 강하지만 말 못한 이유를 묻는다면 아내가 걱정하는 것이 싫어서였다. 미스터 강이 가족까지 동반하고 농장을 찾게 되어 더 이상은 숨길 수 없게 되었다. 경국은 아내에게 그동안 일을 간략하게 말해 주며 이해를 구하고 손님을 대접해야 할 것 같다고 했다. 아내는 맑게 웃어 보이며 그 말을 왜 그리 어렵게 하느냐고 핀잔을 주었다. 아내는 이미 짐작하고 있었던 것이다. 경국은 부부 사이가 말 안 한다고 모르는 것이 아니면서 괜히 점수만 깎였다는 생각이 들었다.

미스터 강의 차분한 모습과는 달리 부인은 서글서글하다 못해 호탕한 성격으로까지 여겨졌다. 두 남매의 엄마로 몸집도 제법 있었다. 그녀는 미스터 강이 사무실 이야기를 전혀 하지 않는 성격인데 선배님 이야기를 자주 했다고 하며 심지어 은퇴 후에 남편이 꿈꾸던 생활을 하시는 선배라고 말하기도 했다. 경국에게는 싫지 않은 칭찬이었지만 너무 과장되게 말한 것 같다고 대답하며 쑥스러워지는 감정을 멀리 보냈다.

중학생인 아들과 초등학생인 딸은 인사를 하자마자 개와 노느라 정신이 없었다. 풀을 뜯는 염소를 양이라고 하여, 양이 아니라 염소라고 말해 주어야 했다. 아이들은 꽃 이름도 텃밭의 채소 이름도 제대로 아는 것이 없었다. 포도나무만을 알 뿐, 사과나무, 배나무, 고추, 쑥갓 등을 구별하지 못하고 있었다. 지천에 핀 민들레꽃도 간혹 눈에 띄는 달맞이꽃도 두 아이에게는 생소하기만 했다.

아내가 미스터 강 가족과 두 아이를 텃밭으로 데리고 가 이것저것 설명하며 농장체험을 시키고 있었다. 아내는 어릴 때 시골 모습을 체험하고 간직하는 것이 성장해서도 정서에 큰 영향을 미친다고 굳게 믿고 있었다. 그래서 때로는 지나치다 싶을 정도로 아이들에게는 여러 가지를 설명해 주고 싶어 했다.

"선배님, 오늘 너무 감사합니다. 아이들이 저렇게 좋아할 줄 몰랐습니다."

"오늘 아이들 학교는 어떻게 하고 농장을 데리고 왔습니까?"

"선배님, 제발 말 좀 편하게 하십시오."

"고쳐질 때 고칩시다. 왔다 갔다 하는 말투라도 이해해요 그러면."

"그렇게 해 주세요. 사무실에서 와이프에게 몰래 전화해서 농장에 같이 가자고 꼬드겼습니다. 평상시 그러지 않던 제가 그러니 무슨 일이 있느냐고 묻더니, 대답을 안 하자 그러자고 따라나서더군요. 오는 길에 아이들 학교에 가 조퇴시켰습니다. 그것만으로도 아이들은 기분이 째졌죠. 선배님은 혹시 학교 땡땡이 쳐 본 적 없으세요?"

"땡땡이라, 참 오랜만에 듣는 말이구만. 땡땡이로 우리 어머니 속 깨나 썩였지."

경국에게 땡땡이란 말이 그리 정답게 들릴 수 없었다. 바로 그거였다. 경국도 미스터 강처럼 오늘 땡땡이치고 싶었던 거였다. 이렇게도 쉬운 감정의 표현이 있으면서 무슨 의지에 대한 고독이니 허탈감이니 하는 식의 철학을 늘어놓고 있었을까? 일상의 일들에서 벗어나 자유롭고 싶은 마음 그것이 땡땡이였던 것이다.

"선배님, 남자도 멘스 하는 것 아십니까? 피만 안 흘린다 뿐이지 한 달에 한 번 주기적으로 여성과 비슷한 감정을 느낀답니다. 신체적 고통이 없어 쉽게 무시되는 경향 때문에 그냥 지나치는 것이랍니다. 선배님, 제가 오늘 그날인 것 같습니다."

"그러면 월경주기가 나와 같은 모양이구만. 나도 실은 오늘 일이 손에 잡히지 않고 땡땡이 치고 싶어 안달을 하고 있었거든. 잘 됐어, 우리 부담 없이 같이 땡땡이 한번 치자고."

　미스터 강이 가져온 삼겹살이 구워지고 텃밭에서 난 상추, 쑥갓, 파 등이 된장과 두루마리로 입 속으로 들어가 녹아내렸다. 대낮부터 반주를 겸한 늦은 점심으로 모두가 행복해지고 있었다. 경국은 운전 걱정 말고 마음 놓고 마시라고 권하며, 안 되면 까짓것 자고 가면 되는 것 아니냐고 말했다.

　아이들에게는 어른들이 무슨 말을 해도 상관없는 오후였다. 먹는 것도 싫은 듯했다. 어서 빨리 일어나려는 아이들에게 밥 잘 안 먹으면 다음에 농장에 또 올 수 없다는 으름장은 이번에도 먹혔다. 아내와 미스터 강 부인도 처음 만난 사이로는 빨리 가까워져 있었고 일부러 그러는 것같이 느껴지게 경국과 미스터 강 둘만 있도록 식사 후에는 트리 하우스로 가 차를 마시고 있었다. 풍요로운 자연 환경은 사람의 마음을 쉽게 풀어지게 하는 힘이 있음을 다시 느끼게 하는 순간이었다.

　캐나다 단풍나무 그늘 밑에서 베이컨처럼 바싹 구워진 남은 삼겹살을 안주 삼아 미스터 강이 처음 농장을 방문할 때 가져온 술을 바닥내고 있었다. 경국은 평상시 주량을 넘어섰지만 취하지가 않았다. 경국은 술이 들어가면 얼굴이 벌겋게 달아오르고 말수가 조금은 더 늘었다. 그러나 미스터 강은 술이 들어가니 더 말이 없었다. 술 마시고 실수할 사람은 아니라는 생각이 들다가도 직업과 관련되어 훈련된 모습으로 느껴지자 측은한 마음이 들어 울적했다.

"술 취한 것은 아니지?"

"취하도록 술 마셔본 지 오래 되었습니다."

경국의 의미 없는 질문에 미스터 강 역시 농장 울타리 소나무 숲을 맥없게 바라보며 덤덤하게 대답했다.

"야생동물들도 많이 나옵니까?"

"가끔. 주로 사슴, 여우, 너구리 등은 볼 수 있는데, 다른 동물 활동하는 것을 관찰하기란 쉽지 않아. 시간으로 봐 조금 있으면 사슴들이 나와 초지에서 풀을 뜯겠는데. 내가 들어가 망원경 가져오리다."

경국은 집안으로 들어와 망원경을 가지고 나오면서 한 가지 생각에서 계속 헤어나지 못했다. 미스터 강에게 서영에 대한 말을 할까 말까 망설이고 있었다. 말을 하자니 아직 서영에 대한 구체적인 것이 없고, 메이에 대한 이야기는 같이 홈스테드에 가서 더욱 친밀감을 가지는 계기를 마련했다는 정도의 말이면 더할 말이 없었다. 그렇다고 서영에 대한 말은 구체적으로 말할 만한 것도 없었지만, 있더라도 한꺼번에 다 말해 버리고 싶지 않았다. 더구나 미스터 강이 서영에 대해 얼마나 알고 있는지도 알 수 없는 일이었다. 망설여지는 것이 하나 더 있었다. 다름 아닌 성구 가정에 대한 이야기였다. 그래도 성구 가정에 문제는 개인적인 것이라 말하지 않는 것이 좋겠다고 쉽게 접었다.

"미스터 강, 지난주 수업을 마치고 메이와 감시원과 같이 홈스테드에 같이 가서 식사를 하며 시간을 보냈어.”

“그러셨어요. 저도 그곳은 손님을 모시고 가 골프를 친 적이 있습니다. 산골짜기에 그런 큰 고급호텔을 짓다니 놀란 적이 있습니다. 가을단풍이 들었을 때 그곳에서 골프를 치면 끝내줄 것 같았습니다.”

“특별한 사항은 없고, 감시원이 북한에서 같이 온 사람이 아니라 뉴저지에 사는 교포였어. 이름은 김서영이라고 하고.”

“선배님, 저기 좀 보세요. 사슴이 솔밭에서 나옵니다. 한 마리가 아닌데요.”

미스터 강은 경국의 말에는 전혀 반응을 보이지 않고 막 소나무 숲에서 풀밭으로 나오는 사슴을 보며 흥분하고 있었다. 그는 망원경으로 초점을 맞추며 가능한 사슴을 크게 자기 앞으로 끌어들이려 오른손인지로 초점 조절기를 밀고 당기기를 계속했다. 미국에서 사슴을 자주 목격하지만 저렇게 큰 뿔을 가진 사슴은 처음이라며 작은 소리로 아내와 아이들을 불러오게 하더니 망원경으로 관찰하도록 도와주며 즐거워했다.

“선배님, 저 사슴 전에도 왔었습니까?”

“뿔 달린 놈은 최근에 나타나기 시작해서 이웃집과 서로 잡으려 벼르는 놈이지.”

“그럼 오늘 한번 쏘아 보시죠.”

“안 돼, 거리가 멀고 숲 뒤로 말들과 집이 있어. 지금 총을 들고 다가서면 그냥 도망쳐 버리지. 저 놈을 잡으려면 나무에 의자를 달고 올라가 잠복하는 수밖에 없어.”

“세상에는 기다리지 않고 되는 일이란 없는 거군요.”

미스터 강의 말이 경국을 무겁게 눌렀다. 그가 말하는 기다리는 일이란 사슴을 잡기 위해 기다리는 것을 말하는 것이겠지만 그렇게 단순한 의미로만 들리지 않았다. 지금 경국과 미스터 강 사이에 같이 공유하는 기다림은 남북통일을 의미하는 것이라고 경국은 단정해 버렸다.

“선배님, 통일은 얼마나 더 기다려야 되는 것일까요? 서영 씨에 대해서 미리 말씀 못 드려 죄송합니다. 저희에게 자료가 있지만 말씀드리지 못하는 점 이해하실 줄 믿습니다. 처음에는 서영 씨를 선배님이 하시는 일을 하게 하면 어떨까 하는 검토도 있었습니다. 그러나 서영 씨가 남한 정부에 맺힌 응어리 때문에 가능하지 않다고 보았습니다. 그 정도로만 알고 계시고 혹 서영 씨에 대해 더 알게 되면 말씀해 주십시오.”

경국은 미스터 강의 말을 알아차렸다. 알아도 모르는 척, 몰라도 아는 척하며 활동하는 것이 정보요원들의 기본 룰이라고 할 수 있었다. 내 카드는 숨기고 상대방 카드가 무엇인지 알아내야만 하는 일을 하고 있는 사람들이었다. 어쩌면 미스터 강도 메이나 서영에 대해 활동에 필요한 단편적인 내용만 알고 있는지도 모를 일이다.

하나의 거대한 그림을 완성해 나가기 위해 여러 사람에게 부분적인 작업을 맡겨 그리게 하고 전체 그림이 무슨 그림인지 알려주지 않는 경우일 것이다.

우주선 하나를 발사하기 위해서는 25만 명의 인원이 동원되어 연구하고 자료를 규합하여 수십 년 만에 이룬 업적이라고 하지 않던가? 20년 전쯤 레이저 무기가 개발되어 실탄 없는 총으로 목표물을 타격하게 될 것이라는 기사를 읽은 적이 있었다. 10년 전에 경국의 무기 공학 석사논문은 레이저 빛이 공기나 대기권을 지나며 얼마나 확산되는지를 규명하는 일이었다. 그때는 이 실험이 왜 필요한지 구체적으로 모르고 있었지만 레이저 무기 개발에 극히 작은 부분이었음에 틀림없다.

수년 내에 미군은 실탄 없는 레이저 총으로 무장하게 될 것이라는 최근 기사가 관심을 끈다. 연구가 이제 실용화 단계에 접어든 것으로 보인다. 최근에는 '레이저 어벤져'에 대한 기사를 읽었지 않은가? 그 무기 개발에 경국의 석사논문이 공헌했을지도 모르는 일이었다.

통일도 그렇게 되어져야 할 것이다. 어느 날 한반도 분단이 우리에게 뚝 떨어져 우리 앞에 놓였을 때, 우리는 싸우고 미워하며 어찌할 바를 몰라 주변 국가들의 동향에만 민감했던 때가 있었지 않던가? 이제 통일은 그런 방법으로 우리 앞에 찾아오지 않아야 할 것이다. 그러한 통일은 우리의 자존심을 짓밟아 버리는 일들이 또 생길 것이다.

우리의 자존을 지키면서 통일을 이루어야겠는데, 그 방법은 남한과 북한의 공통된 자존을 속히 회복하여 우리의 의사를 분명히 해야만 할 것 같다. 우리가 분열된 자존이나 공통된 자존이 없을 때 주변 국가들은 우리를 함부로 대했고, 그 분열된 자존을 이용하여 우리를 흔들어 댔었다.

경국은 미스터 강과의 일이 누구도 기억하지 않는 일일 수 있어도 통일을 위한 자존을 세우고 분열된 생각을 하나로 묶는 일이 될 수 있을 것이라고 믿고 싶었다. 두 사람 사이에 한동안 침묵이 흘렀지만 침묵 속에서 서로는 말하고 있었다. 많은 사람들이 기다리고 바라는 일을 위해 무엇인가 하고 있다는 사실만으로도 가치 있는 일이라고. 이 순간 메이나 서영에 대해 무엇을 더 많이 알고 있느냐보다 중요한 것은 두 사람의 의기투합이 민족의 자존을 지키는 통일을 위한 하나의 부품이 될 수 있다면 되는 것이라고. 민족의 자존을 지킨다는 것은 힘을 키우고 실력을 키우는 것이지 항상 강한 모습을 표방하며 위협적인 태도를 취하는 것이 아니라고. 통일된 자존을 위해서는 때로 몸을 낮출 필요도 있는 것이고 더더욱 기다리는 일은 필수적이라고.

지금 하고 있는 일이 작고 사소한 일일지도 모르지만 세상에는 사소한 일로 구성되지 않은 큰일이나 중요한 일은 없다. 경국은 자기 일을 너무 거창하게 확대하여 비약시키고 있다는 느낌이 들면서 그 대신 서영이 가진 반한 감정의 뿌리가 무엇인지 현실적인 생각을 해 보려고 했다. 미스터 강에게 물어볼 수 있는 일도 아니었다. 안다고 해도 대답하지 못하거나 안 할 것이 분명했다.

침묵이 지속되면서 경국이 먼저 뭔가를 말해야 할 것 같은 감정에 휩싸이기 시작했다. 성구 가족에 대한 이야기 외에 딱히 할 말도 없었다. 성구 가족에 대해 말할까 망설이게 되자 갑자기 두통이 엄습해 왔다.

사슴은 경국의 감정과는 상관없이 고개를 들어 집 쪽을 계속 쳐다보다 고개를 다시 처박고 풀을 뜯었다. 경국은 차라리 총을 가지고 나와 저놈에게 접근하여 가라앉은 분위기를 털어 버리고 싶었다. 그러다가 사냥에 성공하게 되면 미스터 강에게 아직도 자신이 건재함을 보여주는 것은 아닐까 하는 생각이 가슴에 홈을 팠다. 미스터 강보다 뭔가에서 앞서거나 강하다는 인상을 주고 싶은 마음이 다시 고개를 들고 있었고, 그런 감정은 이해하기 힘든 자존심 같은 것으로 이미 커가고 있었다.

"저놈이 자꾸 가까이 오는데, 총을 가지고 와야겠어. 오늘 뭔가 보여줄 수 있을 것 같은 분위기야."

"선배님, 아무래도 아이들 앞에서 사냥을 하는 것은 좀……."

　처음 사슴을 봤을 때는 쏘아 보라고 부추기던 그가 이번에는 아이들을 핑계로 쏘지 말라는 거였다. 그래도 그의 말은 맞다. 내 땅이라고 아무 때나 총을 쏘아서는 안 되는 일이었다. 특히 아이들 앞에서는 잔인한 모습을 삼가야 하는 일이 분명했다. 미스터 강 앞에서 괜한 자존심을 세우려다 우스운 꼴이 되고 말았다.

　자존심이란 할 수 있어도 마음대로 하지 않는 통제력이 있을 때 아름다워지는 것이다. 만약 경국이 총을 쏘아 사슴을 잡았다 치자, 사슴의 죽음이 경국의 자존심을 세울 수 있는가? 일만 처지는 일이었다. 손에 피를 묻히는 일이 뒤따르게 될 것이고 잡은 것을 신고하지 않으면 법적인 책임도 뒤따르는 일이었다. 개인의 자존심이란 더불어 하는 자존심이여야만 가치가 있는 것이었다. 경국은 멋쩍게 의자에 풀썩 주저앉았다.

　"이 팀장님 사모님은 연락해 보셨습니까?"

　"한 번 만났지. 앞으로 무슨 일 있으면 연락하기로 했어. 아이들이 처음에는 적응하느라 힘들어하더니 적응할 만하니 사춘기에 접어들어 신경을 많이 쓰는 것 같았어."

　"그 정도면 다행입니다. 이 팀장이 누구에게 부탁할 때는 큰일이 있는 줄 알았거든요. 그 선배 성격이 웬만해선 남에게 개인 일을 부탁하는 분이 아니라서요. 이 팀장님이 이 지역에 나와 당분간만이라도 근무할 수 있으면 좋으련만, 직급에 맡는 보직이 없어서 그

일도 쉽지 않을 겁니다.”

미스터 강은 지금 경국이 자세한 이야기를 하고 있지 않은 것을 알고 있는 듯했다. 그러면서도 더 이상 묻지 않고 쉽게 경국의 망설임을 쓸어내 주었다. 두통이 사라지고 술기운도 맥이 풀리고 있었다. 사슴이 더 가까이 오자 개가 짖어댔다. 사슴들이 놀라 언덕으로 달려가더니 멈췄다. 그리고 고개를 돌려 우리 쪽을 바라보았다.

사슴은 꼭 고개를 넘어갈 때 그냥 넘어가는 법이 없었다. 경국은 사슴이 고개를 돌려 바라보다가 넘어갈 때마다 ‘나 잡아봐라.’ 하고 약을 올리는 기분이 매번 들었다. 오늘따라 미스터 강 앞에서 폼 한번 잡으려다 꺾인 멋쩍은 마음이 사라지지 않아서인지, 저 놈 결국 언젠가 내 손에 죽게 될 거라는 오기가 속에서 불끈 올라왔다.

미스터 강의 가족이 농장을 떠날 때는 아내의 정성이 같이 차에 실렸다. 밑반찬뿐 아니라 텃밭의 푸성귀와 얼마 전에 이웃에서 얻은 사슴고기까지 냉동고에서 나와 같이 실렸다. 미스터 강 가족은 친정에 왔다가는 것 같다는 말을 여러 번 했다. 그러자 아이들은 또 강아지를 보러 와도 되느냐고 경국에게 약속을 받아내려 했다. 아내는 아무 때나 와도 된다고 하며 다음에는 와서 자고 가도 된다고까지 말해 주자 두 아이는 신이 나서 차에 올랐다. 미스터 강을 배웅한 후 경국은 연극의 한 막이 끝난 것 같은 기분이 들며 다음 막이 오르기를 잠시 기다려야 할 것 같은 느낌이 들었다.

11

구름 한 점 없는 청명한 날씨였다. 농장에서 학교까지 50여 분 운전하며 오가는 시간에는 많은 생각에 잠겼다. 주로 음악이나 라디오를 들으며 운전하던 습관이 라디오가 고장 나는 바람에 밖에 펼쳐지는 경치들을 감상하며 이런저런 생각들을 하게 되었고 언제부터인가 즐기기 시작했다. 그 후로 라디오를 고치지 않기로 마음먹었다.

문명은 많은 편리함과 필요한 지식을 제공하지만 지나친 의존은 사람을 종속시키는 마력을 지니고 있다는 생각이 들었다. 문명을 만들어 낸 사람이 그 문명에 노예가 되어 살아가는 모습인 것이다. 그래서 문명을 벗어나 가끔은 자연으로 돌아가 문명을 멀리서 객관적으로 바라봄으로써 자신을 발견하게 되고 문명을 지배하며 누릴 수 있게 될 게다.

81번 하이웨이는 유난히 대형 화물트럭이 많이 다녔다. 속도가 느린 화물트럭이 추월선에서 비키지 않아 짜증이 났다. 한국 같았으면 경적을 울려 비키라는 신호를 여러 번 했을 법한데 참고 운전했다. 같은 상황을 겪는 누구도 그런 행동을 하지 않아서다. 햇살을 가르며 달리면서 창밖을 바라보는 경국의 시선은 보이는 것을 보고 있다고 할 수 없었고 머릿속에는 여러 가지 다른 영상들이 복잡스럽게 엉키어 재생되고 있었다.

경국이 강의가 없는 날 학교를 가기로 한 것은 서영의 전화를 받고서다. 서영은 메이와 다니엘이 같이 만나 공부하는 횟수가 늘고 있고 시간도 점점 길어지고 있다며 여자로서 느끼는 직감을 넌지시 전하며 걱정했다. 서영이 경국에게 직접 부탁한 것은 아니지만 그녀가 전화할 때는 경국이 좀 알아보고 관심을 가져 주기 원해서라는 것쯤은 쉽게 짐작할 수 있는 일이었다. 경국 역시 그들이 처음 만날 때 곁에서 지켜보며 가졌던 예감을 서영이 확인하려 하고 있다는 사실에 야릇한 흥분을 느꼈다.

MP3의 성능을 점검하고 배터리까지 새것으로 교체하여 농장을 나설 때는 낚시를 떠나던 때 기분이 들었다. 고기를 잡을 수 있을지 없을지 몰라도 월척을 기대하며 낚시장비와 미끼를 챙겨 떠날 때와 같은 기분이었다.

경국은 학교에 도착하여 도서관을 먼저 뒤졌다. 메이와 다니엘은 도서관에 없었다. 서영의 도서관 스터디 룸에 있을지 모른다는 말은 빗나갔다. 그렇다고 도서관에서 무작정 기다리느니 캠퍼스나 한 바퀴 둘러보고 싶어졌다. 학교 건물 사이 사이에는 나무와 잔디로 잘 가꾸어진 교정들이 자연스러우면서도 안정감을 주었다. 학생 수가 늘어나고 있는지 풋볼 경기장 옆에서는 큰 공사가 진행되어 울퉁불퉁하고 비탈진 길이 연못으로 이어졌다. 오리와 고니가 한가롭게 수영을 하며 자맥질을 하고 있는 그 연못가 한 귀퉁이 의자에 메이와 다니엘이 앉아 있는 것이 보였다.

경국은 되도록 천천히 그들을 발견하지 못한 것처럼 딴전을 피우며 잔디밭을 가로질러 다가갔다. 연못가에 축 늘어진 버드나무가 그의 행동을 지켜보며 도와주었다. 가능한 눈치 채지 못하게 가까이 접근해야 그들이 나누는 대화를 정확히 들을 수 있는 일이었다.

연못가는 공사장에서 들려오는 소리 외에는 크게 잡음이 없어 다행이었다. 메이가 앉아 있는 의자에서 잘 보이지 않는 의자에 모자를 깊이 눌러 쓰고 앉았다. 가방에서 책을 꺼내고 태연하게 MP3를 꺼내 이어폰을 귀에 꽂고 전원을 켰다. 여러 소리들이 잡혔다 사라지기를 반복하는 중에 다니엘의 서툰 한국말과 영어가 섞인 목소리가 잡혔다.

"메이, 차이나는 왜 한국 통일에 중요해? 나는 정치학이 전공이 아니고 비즈니스를 전공하면서 선택과목으로 처음 정치학 과목을 들어서인지 자료를 찾아 읽어도 잘 몰라."

　"너 그러면, 조별 토의 때나 나중에 발표할 때 어떻게 하려고 그래?"

　"메이하고 같이 공부하면서 정리하면 되지 뭐. 나는 이런 것 잘 몰라도 돼. 메이 만나서 같이 공부하는 것이 더 좋아."

　"나도 사실 차이나가 한국 통일에 어떤 영향을 미칠지 쉽게 말할 수 없어. 내가 맡은 북한도 자료를 통해 북한이 주장하는 통일정책을 요약해서 말할 수밖에 없는 처지야. 다니엘, 너도 알아서 그렇게 정리해 봐. 언니가 너 만나는 것 싫어하는 것 같아. 차라리 경국 아저씨에게 물어보는 게 어때. 통일에 관심을 가지고 청강하고 있는 것으로 보아 많이 알 것 같아."

　"언니가 왜 나 만나는 것을 싫어해? 그리고 앤드류한테 물어보고 싶지 않아. 앤드류 아저씨 같은 어른들은 무조건 이런 거라고 자기들 생각만 말하고 그렇지 않으면 다 틀리다고만 해. 나는 그렇게 말하면 맞는 말도 거부감이 생겨. 적어도 몇 가지 생각들이 있는데 자기 생각은 이렇다고 말해야 되는 것 아냐? 나는 메이하고 데이트하고 싶어."

　"다니엘, 그런 말 하지 말라고 했지. 언니가 알면 나 학교 못 다니게 될지도 모른다고 말했잖아. 너는 나보다 나이도 세 살이나 어리고 나는 공부 외에는 다른 데 신경 쓰고 싶지 않아."

　"그것 봐. 언니나 앤드류 아저씨 같은 분은 무조건 공부 잘하라는 말만 하는데, 나는 그게 싫어. 공부도 맘에서 우러날 때 해야지 억지로 한다고 되는 거야?"

"그래서 너는 어리고 철이 없는 거야. 너는 하고 싶으면 하고, 하기 싫으면 안 하고를 네 마음대로 할 수 있을지 몰라도 나는 그렇게 못해. 나는 하고 싶은 것보다 하고 싶지 않은 일을 더 많이 하고 살아왔고, 하고 싶지 않아도 해야 하는 일과 하고 싶은 말이 있어도 다 말하지 못하는 생활을 떠날 수 없을 거야. 안 되겠다. 너하고 이런 얘기해서 뭐하니. 언니 기다리겠다. 나 먼저 갈게."

"누나, 오후 수업시간에 봐."

"다니엘, 누나라고는 부르지 말라 했지."

차가 지나가는 소리, 공사장 소리, 학생들의 웃음소리와 새소리들이 크고 작게 섞여 들렸지만 두 사람의 대화를 이해 못할 정도가 아니라 다행이었다. 한편으로는 MP3 성능에 놀라기도 하면서 두 사람 몰래 엿들은 얘기들이 무엇인가를 알아내고 있다는 기쁨보다 메이와 다니엘에게 미안한 마음이 앞섰다.

대화 내용으로 보아 몇 번 만나지 않은 다니엘이 메이와 사귀고 싶다는 말을 한 것 같았고, 메이는 강력히 거절하고 있지만 메이의 차분하고 안정된 평상시 말씨나 행동으로 보아 부정 속에 긍정을 내포하고 있는 것 같았다. 누나라고 부르지 말라는 메이의 말이 더욱 그런 생각을 갖게 했다. 그들은 이미 서로의 나이도 알고 있었고 다니엘이 막무가내로 접근하는 것을 메이가 조심스럽게 뿌리치고 있는 것으로 정리되었다.

경국은 생각에 잠겼다. 가방 속에 넣어 둔 캔 커피를 꺼내 마셨다. 생각에 잠기면서도 생각을 정리하지 못하고 멀뚱하게 오리들을 바라보았다. 앤드류 아저씨 같은 사람은 공부 잘하라는 말만 하고 자기 생각이 꼭 옳은 것처럼 말한다고 불쑥 튀어나온 다니엘의 말이 경국의 가슴을 두드렸다.

경국은 두 사람의 대화 내용에서 무거운 세대차를 느꼈다. 한반도 통일만큼이나 어려운 세대차가 존재할 것 같은 생각이 밀려왔다. 다니엘이 경국에게 무슨 질문을 하면 훨씬 조심해서 대답해야 할 것 같았고, 가르치려 해서는 대화가 이루어지지 않을 것이 분명했다. 조심스럽게 의견을 던져 주고 스스로 판단하고 결정하게 만드는 수밖에 없을 것같이 느껴졌다.

생각해 보면 다니엘을 이해할 수 있을 것 같기도 하다. 경국도 10살 정도 선배나 형들의 세대와 비슷한 갈등을 겪고 있는 것이 사실이기 때문이다. 그렇게 보면 세대차를 느끼게 만드는 것은 세대차가 있어서라기보다 대인관계 기술의 미숙함에서 느껴지는 것일 수도 있다. 유교적 사고일까? 왜 나이 많은 것은 경험을 많이 한 것이고, 경험이 많은 것은 경험이 적은 사람보다 유리한 것이라고 단정 짓는 경향이 있는 것인가? 어차피 기성세대의 경험을 다음세대가 뼈저리게 체험할 수 없는 일이라면 기성세대가 다음세대의 변화에 적응하는 방법뿐이 없지 않을까? 요즘처럼 빠르게 변하고 넘치는 새로운 지식 사회구조에서는 과거의 경험보다도 새로운 것에 대한 적응이 더 중요할 것이다. 새로운 것에 대한 적응을 잘하는 사람일수록 세대차를 느끼지 못하고 살 수 있을 것만 같이 느껴졌다. 분수대 물이 갑자기 솟구치는 바람에 경국의 멀뚱거리던 눈에 초점이 잡혔다.

서영에게 전화를 해야 할 것 같았다. 핸드폰을 꺼내 입력된 서영의 전화번호를 찾아 눌렀다. 서영은 특별히 하고 있는 일이 없었는지 두 번째 신호가 가기 전에 바로 통화가 연결되면서 경국보다 앞서 서영의 음성이 흘러나왔다.

"경국 씨, 어쩐 일이세요?"

서영은 이미 경국의 전화번호를 전화기에 저장해 놓은 모양이다. 경국이 전화한 것을 알고 전화를 받았다. 경국은 그런 짐작을 하면서도 생각과는 다른 엉뚱한 대답을 했다.

"저인지 어떻게 알았어요? 혹, 제 전화를 기다린 건 아니죠?"

"용건이나 말해 보세요."

서영은 강하게 느껴지다가도 여린 모습이 중간 중간에 보였고 나이에 어울리는 규격과 안정감을 주다가도 금방이라도 넘어질 것 같은 위태로움을 지닌 여자라는 생각을 하게 했다. 경국은 처음 전화 목소리에서는 여리고 위태한 감정을, 용건이나 말하라는 가라앉은 목소리에서는 강하고 안정감 있는 느낌을 받았다. 그런 서영의 모습에 경국은 가능한 마음을 쓰지 않으려 해도 마음이 끌려들어가는 것을 느끼고 있었다.

"자료를 좀 찾을까 해서 학교에 왔다가 메이와 다니엘이 같이 있는 것을 보았어요. 전화로 걱정하는 말을 하기도 해서 그냥 말해야 할 것 같아 전화했어요."

"고마워요. 농장에 바로 가시는 것 아니면 지난번 만난 스타벅스 커피점에서 잠시 차라도 해요."

"그러세요. 지금 바로 그리로 가겠습니다."

커피 한 잔에 웬만한 점심값은 되는 비싸고 독한 커피를 마시기 위해 커피점은 학생들로 붐볐다. 경국은 독한 커피가 싫었다. 지난번 서영이 마신 라떼 커피를 한 잔 시키고 컵과 뜨거운 물을 달라고 해 나눠 마시자고 하고 싶었다. 서영의 옷차림이나 화장으로 보아 생활자체는 소박하게 할 것 같았고 전체적인 그녀의 인상도 소박하다는 느낌을 주었기 때문에 좋아할 것 같기도 했다.

주문한 커피가 아직 나오지도 않았는데 서영이 도착했다. 서영은 카운터에서 주문한 커피를 기다리는 경국에게 다가와 벌써 혼자 주문을 했느냐고 웃으며 말했다. 경국은 서영이 좋아하는 커피로 주문했고 너무 독한 것 같아 나눠 마시려고 한다고 의중을 드러냈다.

"어찌 저하고 같은 생각을 했어요. 오늘은 뭔가 통했나 봐요. 저
도 오면서 그렇게 말해야겠다고 마음먹었거든요."

경국의 생각은 우연히 맞아 떨어졌고 서영과 단 둘의 처음 만남
이 서먹함보다는 자연스러워졌다. 사실 중년을 넘기는 두 사람에게
서먹한 만남이란 남녀 간의 애정적인 감정 없이는 그리 흔한 감정
도 아닐 것 같기도 했다. 모든 것이 새로운 경험이기보다 이미 경
험한 것을 반복해 가기 시작하는 나이들이었다. 감정도 서서히 무
뎌가고 있었고 이미 정해진 룰에서 벗어나 보려는 모험은 거의 포
기해 가는 나이였다. 그런데 서영을 만나기 시작하면서 경국은 아
내에게 미안한 감정이 자리 잡으며 미동치고 있었다.

"경국 씨, 미안하지만 도움이 필요하면 부탁 좀 해도 되죠?"

밑도 끝도 없는 말이 서영의 입에서 차분하게 흘러나왔다. 거절
해도 할 수 없다는 말로 들리기도 했고 그래도 부탁할 사람은 이곳
에서 경국밖에 없다는 어감도 느껴지는 말투였다. 그 말은 경국의
미동치는 마음에 불을 붙였다. 서영이 의도한 감정이 아니라는 것
을 알면서도 경국은 강한 동정과 보호의식이 순간 온몸을 감쌌다.

"부탁할 것이 있으면 언제든지 해요. 이 지역에는 누구 아는 사
람도 없는 것 같은데. 서영 씨 5분대기조 하리다."

"저는 군대 용어가 몸서리치도록 싫은데 경국 씨가 쓰니 그렇지
도 않네요. 이상한 일이네요. 최근 들어 모든 일이 답답해요. 메이

152

일도 그렇고.”

순간 경국은 MP3로 들은 메이와 다니엘 이야기를 할 뻔 하다가 스스로 움칠하고 말았다. 서영이 경국의 놀라는 모습을 보고 왜 그러느냐고 물었다. 경국은 화장실에 가고 싶은지 진저리가 쳐진다고 하며 자리에서 일어났다. 짓궂은 표현이라는 생각을 하며 서영의 얼굴을 훔쳐봤다. 서영은 눈을 흘기며 상기된 얼굴로 경국을 바라봤다. 그 얼굴에서 조금씩 느껴지던 여자로서의 모습이 진하게 느껴졌다.

경국은 시원스럽게 오줌 줄기를 뽑지도 못하며 서영의 상기된 얼굴이 떠올랐다. 왜 몸서리치도록 군대 용어를 싫어했을까? 지금까지 그녀의 삶과 무관하지 않을 것 같았다. 메이를 어떻게 만났을까? 북한은 다녀왔을까? 서영이 경국의 마음에서 자꾸 커지는 것은 꼭 여자로서의 감정이라기보다 겉으로 나타난 안정된 모습 뒤에 숨겨진 일로 홀로 힘들어하는 모습을 계속 떠올리고 상상하고 있어서인지도 몰랐다. 모든 것을 알고 나면 사라질 수 있는 긴장감이나 애틋함이 아직은 그녀에게 가장 큰 무기로 풍기고 있는 것이다.

커피를 마시며 서영은 경국에게 여러 가지 이야기를 했다. 경국이 메이와 서영의 관계를 어떻게 생각하든 상관이 없다는 이야기도 했고, 경국이 혹 남한 정부의 선봉에서 활동하는 사람이어도 괜찮다는 말까지 했다. 지금 서영은 과거와 멀리 떨어져 가고 있고, 하는 일도 운명적으로 받아들이고 있다고도 했다. 어차피 혼자 살면서 누군가는 해야 할 일을 할 뿐이라고 담담히 말하고 있었다.

경국에게는 그녀의 말이 의심만 더 가중시켰고 궁금한 생각만을 배가시켰다. 그녀는 속내를 감춘 채 아슬아슬한 말을 계속했다. 경국을 의심한다는 말도 아니고 믿겠다는 말도 아니었다. 경국은 그녀의 말에 약간 불안하기 시작했다. 일방적인 말들을 들으며 경국처럼 누군가가, 어쩌면 미스터 강이 보낸 사람이 두 사람의 이야기를 도청하고 있지 않나 하는 생각이 비집고 들어오자 자꾸 주변을 살피고 싶어졌다.

경국에게서 초조한 빛을 감지한 서영이 농장에 가야 하느냐고 물었다. 꼭 그런 것은 아니지만 농장을 떠나 시간이 좀 지나면 불안한 생각이 든다고 얼버무렸다. 서영은 다음에는 자기 아파트에서 점심을 대접할 테니 미리 연락하고 오라고 말했다. 미리 경국에게 말하려고 준비한 것은 아니라도 모처럼 속마음을 털어 놓고 난 서영의 표정이 편하게 느껴져서 다행이었다.

경국은 그녀의 편안해지는 표정을 보면서 자신도 뭔가를 말해야 할 것 같은 의무감이 생겼다. 강압적인 마음이 아니라 자발적인 마음이었다.

"메이와 다니엘 문제는 너무 걱정 말아요. 우리도 다 겪었잖아요. 남녀 사이에 감정이라는 것이 마음대로 되던가요. 차라리 두 사람이 스스로 느껴지는 감정에 진솔할 때 가장 좋을 결과가 주어지지 않겠어요. 설령, 그 결과가 꼭 우리들이 생각하는 결과가 아니더라도.”

“제 입장에선 그렇지 않아야 되는데, 자꾸 내버려두고 싶은 것이 겁나요. 진짜 재들 가까워지면 어떻게 하지요. 메이는 결국 북한에 가야 해요.”

“메이가 그것을 모르는 것이 아니니 믿어 줘야 하지 않겠어요.”

“다니엘은 어떤 학생이에요? 사실 다니엘에 대해 좀 알고 싶어요. 내가 나설 수 없잖아요.”

“이번 학기를 마치면 졸업할 학생 같은데 철이 들었으면 얼마나 들었겠어요. 전형적인 교포 2세의 모습이라고 생각하면 틀림없을 것 같아요. 영어는 잘하고, 한국말은 서툴고, 아버지 세대에 대한 눌림에 무조건 반항적이고, 마음에 드는 것은 갖고 싶어 하고, 감정을 누르기보다는 솔직히 표현하는 어떻게 보면 순수함 그 자체일 수도 있는 모습이지요.”

“그래서 겁나는 거예요. 메이에게는 그런 점이 다 매력으로 느껴질 것 아니겠어요. 거기다 애가 못생기기나 했어야 말이지요.”

“서영 씨가 봐도 매력적인가요?”

“저는 경국 씨 정도 나이는 되어야 듬직하게 느껴지는 나이가 됐어요. 경국 씨가 과거 군인만 아니었고, 혼자라면 데이트하자고 해

보고 싶어요. 미국 사람과는 사귀고 싶지 않고요.”

서영은 무심히 농담처럼 말을 하다가 경국의 눈치를 살피고 있었다.

“어차피 안 되는 일이니까 쉽게 말하는 거군요. 왜 그리 군인이 싫어요? 제가 결혼한 사람이기 때문에 안 된다는 것은 이해가지만 군인이었기 때문에 안 된다는 것은 이해가 안 되네요.”

“그래도, 경국 씨가 싫다는 것보다 나은 것 아니에요. 제 입장이 되면 경국 씨도 그런 말 하게 될 거예요. 과거 일을 말해서 뭐 하겠어요. 모르죠. 어느 날 푸념처럼 말하게 될지도. 우리 이렇게 해요. 제가 말하면 듣고, 말 안하면 모르는 척하세요. 저도 경국 씨에게 똑같이 대할게요.”

경국은 서영의 과거가 궁금하기는 했지만 더 이상 캐물을 입장이 아니었다. 더구나 서영의 제안은 경국에게도 편한 일이었다. 경국은 서영에게 한 가지 약속을 했다. 메이와 다니엘 사이에 문제가 있으면 서영을 돕겠다고. 그리고 다니엘과 가능한 가깝게 지내면서 두 사람의 관계에서 일어나는 일은 아는 대로 알려주겠다고. 그런 약속을 서영에게 하고 나자 미스터 강의 첩자에서 이제는 서영의 첩자 노릇까지 하는 이중간첩이 된 기분이 들었다.

12

힐 교수의 남북한 통일 정책에 대한 강의가 시작되었다. 하지만 학생들의 흥미를 끌 만한 주제가 아니어서인지 혹은 어느 정도 내용을 파악한 후여서인지 강의가 흡사 교수 혼자만의 독백처럼 들렸다. 경국은 통일 문제가 당사자인 남북한을 제외한 다른 나라는 관심이 있는 것처럼 하지만 남북한만의 독백일 수도 있겠다는 생각이 들면서 착잡한 기분에서 벗어나지 못한 상태로 강의를 들었다. 교수는 듣는 학생의 반응이나 이해 수준을 전혀 고려하지 않고 강의를 계속했다. 지금까지 강의와는 다른 분위기였고 자신의 주장이나 의견을 전혀 가미하지 않은 말만 하고 있었다.

한반도 주변이 때로는 급변하고, 때로는 정체된 모습으로 변화하여 왔고, 남북한도 분단 이후 대립 속에서도 변화해 왔다고 말할 수 있습니다. 전체적으로 볼 때 변화의 방향은 통일된 한반도의 미래를 꿈꾸고 있는 것입니다.

　남한 정부는 지금까지 통일을 늦추는 일이 있더라도 한반도에서 다시는 민족 간의 무력충돌은 피해야겠다는 것이 일관된 입장입니다. 이러한 국가목표를 이루기 위해 한편으로는 방위력을 키우고 다른 한편으로는 미군을 한반도에 주둔시킴으로써 북한의 무력남침에 대비하는 큰 틀을 유지하며 경제력을 키워 왔습니다.

　미군의 일본과 한국 주둔은 두 가지 측면이 있습니다. 냉전시대에는 공산주의 이념이 한반도를 넘어 일본과 동남아로 더 이상 세력을 확장하지 못하게 억제하는 것이 미국 국가 이익에 부합되었기 때문이고, 냉전 이후는 중국의 팽창정책의 저지선으로써 전략적 가치가 충분히 인정된다는 것입니다. 남한 정부는 이러한 미국의 국가 이익 추구가 남한 정부의 체제 유지에 필요한 일이었기에 지금까지 이를 수락하고 있는 것입니다. 일본 역시 같은 맥락에서 이해할 수 있습니다.

　남한 정부는 새 정권이 들어설 때마다 통일을 국가 우선과제로 설정하고 다각도의 노력을 경주해 왔습니다. 통일에 대한 구체적 절차에 작은 차이는 있지만 크게 보아 '민족공동체 통일방안'의 틀에서 이해할 수 있습니다. 이 통일방안은 단기간 내에 법적, 제도적 통일을 달성하려는 것이 아니라, 남북한이 전쟁의 공포를 느끼지 않는, 즉 서로 공존할 수 있는 여건을 조성한 후에 체제적 통일을 이루자는 것입니다. 그래서 남한 정부는 통일 전단계로 '남북연합체' 같은 중간 통일체제가 먼저 이루어지기를 바라고 있습니다.

이러한 통일 방안에 대한 가시적인 성과와 진전이 있었음도 알 수 있습니다. 1982년에 남한 정부는 '통일은 민족자결의 원칙에 의거하여 겨레 전체의 의사가 골고루 반영되는 민주적 절차와 평화적 방법으로 성취되어야 한다.'는 원칙을 천명했습니다. 1988년에는 좀 더 진전되고 포용적 개념이 통일정책으로 발표되었는데, 남한은 북한을 대결 상대가 아닌 '선의의 동반자'로 간주하고 남과 북이 같이 발전하고 공존하는 민족공동체적 관계로 발전하자고 했습니다.

남한의 변화는 그동안 이룬 경제성장과 군사력 불균형이 어느 정도 회복되었음을 의미하는 정책이었습니다. 1994년부터는 3단계 통일 방안으로 불리는 '화해협력단계—남북연합단계—통일국가완성단계'의 통일 방안을 구체화시키고 북한을 설득했습니다. 2000년 6월에는 평양에서 남북 정치지도자 정상회담을 가짐으로써 한반도 통일이 초읽기에 들어가는 것은 아닌가 하는 생각들을 했습니다.

이 와중에 불거진 것이 북한이 핵을 개발하고 있다는 사실이 증명되며 수면으로 부상하면서 남북한의 급진적인 관계 개선에 제동이 걸리고 말았습니다. 현재의 입장에서 북한이 핵무기 개발을 포기하고 비핵화 선언을 하지 않는 한 정세가 호전되기 힘들 전망입니다.

　북한은 냉전시대에서는 남한에 비해 체제경쟁에서 우위에 있다고 믿었던 것 같습니다. 구 소련의 지원을 받은 북한은 분단 후 한동안 경제적 군사적 우위에 있었습니다. 북한은 이때까지만 해도 공산주의 이념으로 남한을 통일하는 통일정책을 일관했습니다.

　그러다가 소련이 무너지고 동독이 서독과 통일이 되는 등의 국제 정세의 변화가 북한에도 영향을 미치게 이르렀습니다. 북한은 냉전시대 종식으로 경제력이 약화되기 시작했습니다. 경제력 약화는 곧 군사력 증강에 영향을 미쳤고, 더 나아가 기존 군사력 유지에도 어려운 상황이 되고 말았습니다. 반면에 남한의 경제력과 자체 방위력으로 말하는 군사력은 더욱 빠르게 회복하여 남한의 군사적 열세가 회복되는 상황으로 발전한 것입니다.

　더구나 공산주의 이념을 존중하던 중국마저 새로운 공산주의를 표방하며 자본주의를 받아들이자 북한만이 공산주의 이념을 고수하는 국가가 되었던 것입니다. 북한도 주변국가의 변화에 폐쇄적일 수만은 없었고 서서히 변화를 추구하는 징조가 나타났습니다. 결국 남한과의 부분적인 대화와 개방을 시작한 것입니다. 아직은 남한과의 줄다리기식 대화를 계속하면서 미국과의 직접 대화를 통해 그들의 체제를 국제사회에서 새롭게 부각하려는 노력을 하는 것 같지만 미국은 남한 정부와의 협력 없는 직접 대화에 아직까지 관심을 보이지 않고 있습니다.

북한이 주장하는 통일정책은 북한 노동당 규약에 '조선노동당의 최종 목적은 한반도 전체의 주체 사상화 및 공산주의 사상을 건설하는 데 있다.'는 규정을 근간으로 연방제 통일방안을 주장하고 있습니다. 연방제 통일방안을 통해 그들은 통일원칙으로 3개 항을 제시하고 있습니다. 그것은 자주적 통일, 평화적 통일, 그리고 민족대단결입니다. 북한은 자주적 통일을 위해서는 한반도 통일에 미국과 같은 외국 세력이 간섭해서는 안 된다고 합니다. 그러면서도 평화적 통일을 위해 미국과의 평화협정을 체결할 것을 주장합니다. 그리고 민족대단결 원칙을 이루기 위해 남한 내에서 공산주의 활동을 보장하라고 주장하고 있습니다.

남북한의 원칙적 통일정책만으로 보면 통일은 쉽게 합의될 내용이 아니라는 인상을 짙게 받습니다. 그러나 국제 정치나 외교 관계라는 것은 꼭 그렇지만도 않습니다. 서로가 말하는 원칙이 있지만 그 원칙은 정치체제를 주도하는 이익집단의 논리에 따라 얼마든지 수시로 수정되고 포기하기도 하기 때문입니다.

현재 남한은 한쪽의 힘의 우위에 의한 통일보다는 공존과 화해, 협력을 통해 북한과 지속적인 대화를 통해 통일목표를 달성하려 하고 있습니다. 북한 역시 겉으로는 연방제통일 원칙을 고수하면서도 부분적인 대화를 통해 그들의 체제를 유지하며 남한과의 경제적 격차를 줄여가려는 것으로 보입니다. 그러면서도 대화 과정에서 국력의 열세로 인한 불리함을 상쇄하려고 핵 개발 같은 극단적인 카드를 이용하고 있다고 판단해도 될 것입니다.

강의 마지막에 로버트가 아직은 남북한이 합의한 통일원칙은 없는 것이냐고 물었다. 힐 교수는 남북한이 원칙적인 대화를 하고 있고 원론적인 합의가 이루어지기도 했지만 아직은 통일의 큰 틀을 확정한 내용은 없다고 했다. 그런 합의단계까지 가려면 더 많은 시간이 필요할지도 모른다고 답변했다. 경국은 남북한이 주장하는 통일 원칙은 있되 구체적으로 합의된 원칙이 없다는 말에 가슴이 아렸다. 어서 빨리 그런 합의가 이루어지고 주변국가나 국제사회가 이 원칙을 받아들이게 되면 한반도 통일은 가시화되는 것일 것이다.

이어진 조별 모임에서 메이는 힐 교수는 북한이 대화를 거부하고 있다는 인상을 주는 강의를 계속했는데, 지금까지 북한이 대화에 응하지 않았다면 그동안 남북한 동시 유엔가입, 남북기본합의서 채택, 한반도 비핵화 공동선언 같은 합의는 어떻게 나왔으며 남북정상회담이나 적십자회담, 이산가족상봉이 가능했을 수 있느냐고 반문했다.

미국이 대화하려는 북한을 테러국가니 '악의 축'이니 하며 한반도에서 강력한 영향력을 행사하려고 오히려 대화를 막고 있다고 하자, 미국을 담당한 로버트가 손을 들며 말했다. 북한에서는 미국이 대화를 하지 않으려고 일부러 그런 말을 했다고 말하고 있지만 사실은 이미 합의된 핵 개발 중단을 검증하는 문제를 거부하기 때문이 아니냐고 했다. 메이는 로버트 말대로라면 모든 국제적 합의는 직접 그 나라에 사람을 보내 합의문 이행여부를 감시해야 하는 것이냐고 따졌고, 로버트는 합의문을 이행하지 않는 것을 정보기관에서 알아낸 것이라고 하며 북한이 거짓말하는 것이 문제라고 했다. 그러자 메이는 국제사회에서 진실을 말하는 나라가 어디 있느냐고 되물었다.

경국은 메이의 모습이 국제사회에서 북한의 모습같이 느껴지는 것이 서글펐다. 이런 식의 논쟁은 한국에서도 있었다. 학생운동을 하는 학생은 메이처럼 말했고 경국은 로버트처럼 말했다. 한국의 진보주의자 중에는 메이와 같은 말을 하는 사람이 있었고 보수주의자 중에는 로버트같이 말하는 사람이 있었다. 남북한 통일문제는 한국에서도, 북한에서도, 미국에서도 서로의 주장들만 있을 뿐 합의되지 못하고 있었다.

경국이 두 사람 대화에 끼어들었다. 현재 한반도 통일을 논의하는 데 있어 가장 큰 문제는 메이와 로버트의 대화에서도 드러났듯이 서로가 신뢰하지 못하기 때문이다. 설령 남북한이 지금 당장 통일원칙에 합의한다 해도 서로가 신뢰하지 못하는 상황에서 합의는 이행되지 못할 것이다. 국가만이 아니다. 인간관계에서도 신뢰가 무너지면 헤어지게 되거나 그것으로 싸우게 되어 있다. 반세기가 넘는 남북한 대립도 서로 신뢰하지 못해서다. 남한은 북한이 공산주의 이념으로 남한을 점령하고자 한다는 생각을 버릴 수 없다. 북한은 말이 아닌 신뢰할 수 있는 행동으로 이를 보여주어야 한다. 남한도 북한의 지도자에게 통일이 되는 것이 북한에 도움이 된다는 신뢰를 심어 주어야 할 것이다.

이 말은 간단한 말이 아니라는 것을 안다. 현재로서 북한의 지도자와 신뢰를 회복하는 것이 북한 사람들과 직접적인 관련이 있을지 의문시되기 때문이다. 남북한이 서로 다른 이념체제를 가진 정부이기 때문에 어쩔 수 없이 생기는 불신이다.

경국의 말에 메이의 표정이 일그러져 있었다. 로버트도 그리 밝은 표정이 아니었다. 다른 학생들은 강 건너 불구경하듯 멍한 상태였다. 조별 모임이 앞으로 어떻게 진행될지, 통일에 대한 어떤 원칙이나 대안을 도출할 수 있을지 걱정스럽기만 했다.

조별 모임이 끝나자 다니엘이 메이에게 다가가 오늘 대단했다고 말했다. 그 말을 듣자 메이가 경국을 바라보며 눈치를 살폈다.

"아저씨, 오늘 보니 경험도 많고, 통일에 대해서 할 말이 많으신 것 같던데 다니엘 좀 가르쳐 주세요."

메이가 경국을 아저씨라고 부르고 있었다. 지금까지는 경국 씨라고 했었다. 메이와 다니엘 둘이 있을 때 쓰던 호칭이 튀어나온 것이다. 그래도 아저씨란 호칭이 좋게 들리지는 않았다.

"아저씨란 호칭 싫으세요?"

"아니, 언니도 경국 씨, 메이도 경국 씨 하는 것보다 메이는 아저씨라고 하는 것이 낫겠다. 앞으로 그렇게 불러. 다니엘이 힘들게 해?"

"아니에요. 중국에 대해 자꾸 묻는데, 제가 뭐 중국에 대해 아는 것이 있나요."

경국은 메이의 마음을 짐작할 수 있었다. 그들 둘만이 있는 시간을 피해 보려는 것 같았다. 다니엘이 싫어서가 아니라 다니엘의 애정적인 접근을 감당하지 못하고 있어 보였다.

"다니엘, 메이가 바쁜 모양인데 앞으로 궁금한 것이 있으면 연락해. 내가 아는 범위에서 말해 주지. 판단은 다니엘이 직접 하고."

"제가 좀 더 자료를 찾아 공부한 다음에 필요하면 연락할게요."

그런 대화중에도 다니엘은 메이 곁을 떠나지 않았다. 메이는 다니엘이 먼저 갔으면 하는 것 같았지만 다니엘은 경국이 왜 메이와 같이 있는지 싫어하는 기색이 역력했다. 결국 경국이 농장에 바로 가야 한다는 핑계로 그 자리를 비켜 주었다.

토의 때 당차던 메이도 철없는 다니엘 앞에서는 어떻게 행동해야 할지 당황하고 있었다. 경국은 다니엘이 메이에게 차를 마시자고 졸라대는 소리를 뒤로 하며 도서관을 빠져나왔다.

도서관에서 나올 때까지만 해도 생각지도 않았던 마음이 경국에게 불쑥 찾아들었다. 서영에게 전화하고 싶은 마음이 생긴 것이다. 경국은 서영에게 전화를 해야 할 구실을 생각해 보았지만 떠오르는 것이 없었다. 전화를 하면 어쩐 일이냐고 물을 것이고 그때는 적당한 이유를 말해야 할 사이였다.

다니엘이 메이에게 하는 것처럼 막무가내로 밀어붙이면 서영은 뭐라 말할까? 가정을 가진 사람이 이래도 되는 거냐고 하면 더 이상 할 말이 없게 되는 것이다. 경국은 순간적이기는 했지만 떳떳할 수 없는 생각에 당황하고 있었다. 가정이나 아내에게, 사는 것 자체에 아무 불만이 없는 경국이 파괴적인 생각을 스스로 하고 있다는 사실이 믿기지 않았다.

이제껏 경국은 자신이 희생하더라도 다른 사람에게 필요한 사람이 되어 사회나 국가에 도움이 되는 모습을 꾸준히 생각하며 살았다. 가끔 영웅을 꿈꿨던 것은 사실이지만 자기희생을 통해 다른 사람에게 도움을 주는 그런 평범한 영웅의 범주를 벗어난 적이 없었다. 혁명을 꿈꾼 적은 더욱 없었다. 군사정부에 직접 활동하지 않은 것을 내심 다행이라고 생각했다.

홍길동이나 일지매 같은 의적을 꿈꾸지도 않았다. 빈민촌에 들어가거나 소록도 같은 곳에 가서 평생을 봉사하는 그런 숭고한 영웅을 꿈꾸지도 않았다. 그런데 이게 무슨 생각이란 말인가? 지금 경국의 생각은 주변을 허물어 자신의 순간적 쾌락이나 만족을 꾀하려 들고 있지 않는가?

경국은 그런 생각이 드는 자신에게 화가 치밀었다. 주먹으로 벽이라도 쳐 아픔을 느끼고 싶어졌다. 그러면서도 서영에게 전화하고 싶은 마음을 떨쳐내지 못했다. 주머니에서 동전을 꺼냈다. 공중에 동전을 던져 사람이 나오면 서영에게 전화하고, 숫자가 나오면 그냥 농장으로 갈 거라 다짐했다.

눈을 감아야 할 이유가 없는데 감고 던졌고 슬쩍 눈을 떠서 동전을 내려다보았다. 동전이 애매하게 잔디 사이에 끼어 있었다. 이런 경우 윷놀이 판에서는 서로 우기며 목소리 큰 편이 이길 만한 상황이었다. 동전을 집으러 허리를 굽히면서는 양심껏 말하면 숫자가 더 보인다는 생각을 했지만 묵살해 버렸다.

다시 동전을 던졌다. 눈을 떴다. 숫자였다. 할 수 없이 동전을 집으며 집으로 가야 한다는 마음을 굳혔다.

"여기서 혼자 뭐하는 거예요. 흘린 동전이에요, 주은 동전이에요?"

서영이 경국 앞에 서서 의아한 표정을 지으며 물었다.

“아니, 뭐, 그냥.”

“무슨 대답이 그래요. 메이 못 봤어요?”

“아까 바쁜지 먼저 나가던데.”

경국은 서영에게 엉겁결에 거짓말을 하며 편한 말투를 쓰기 시작했다. 경국이 한 행동을 설명할 수도 없고 차라리 메이에 대한 이야기로 몰고 가는 것이 좋겠다는 생각이 거짓말 뒤를 이었다.

“오늘 메이 토의에서 대단했어.”

경국이 다니엘이 한 말을 그대로 하고 있었다. 대단했다는 말은 적절치 않았다. 어찌할 수 없었겠지만 메이는 억지를 부리고 있다는 느낌이 더 들었었는데 경국은 지금 서영에게 대단했다고 말한 것이다.

“뭐가요?”

“서영 씨, 시간 있으면 어디 조용한 데 가서 얘기 좀 하지.”

“메이에게 연락이나 해보고요.”

“그냥 두지. 어디서 공부하는 모양이지. 그 나이는 누구 간섭받는 것을 싫어하는 나이지 않아? 서영 씨는 학창시절에 안 그랬어?”

서영이 전화하는 것을 그만두면서도 경국의 말을 듣는 것이 싫었는지 눈을 흘기며 한쪽 입술을 모아 뾰로퉁한 표정을 지었다. 경국은 그 모습이 싫은 것이 아니라 귀엽게 느껴졌다. 시골 도시라 특별히 갈 곳이 없었다. 맥도널드에 들러 감자튀김과 커피를 시켜 가까운 공원에 가서 이야기나 하자고 했다.

　차 안에서 경국은 메이가 무슨 이야기를 했는지 설명했다. 서영은 경국에게 그 말이 진짜 대단하게 느껴졌느냐고 되물었다. 경국은 할 말을 잃었다. 그러자 그녀는 말했다. '메이가 그 이상 무슨 말을 할 수 있겠느냐고.' 메이에게는 가능한 발표기회를 주지 않는 것이 좋을 것이라고도 했다. 서영의 말은 대단히 현실적이었다. 메이가 북한의 입장에서 말을 할수록 그녀에게 여러 질문이 쏟아질 것이고 그녀는 개인적인 의사를 자유롭게 표현하지 못할 것이 분명했다.

　서영은 감자튀김에 왜 이리 소금을 많이 치는지 모르겠다고 투덜대며 종이로 소금을 털어내 경국에게 주었다. 소금과 설탕이 만병의 원인이라고 하면서. 아내도 경국에게 같은 소리를 자주 했다. 경국은 아내도 같은 소리를 한다고 말하려다 그냥 삼켜 버렸다.

　"안 물어보려다 정말 궁금해서 그러는데, 아까 도서관 앞에서 왜 그랬어요? 제가 처음부터 다 보았거든요."

　경국은 암담했다. 그대로 말할 수도 없고 특별히 둘러댈 말도 생각나지 않았다. 피하느니 정면으로 밀어붙일까? 그 순간 그런 감정이 들었다는 것에 무슨 문제가 있어. 사람이 혼자는 무슨 생각을 못하겠어. 생각하는 것으로 죄가 되면 감옥은 초만원일 거야.

　"대답은 안 하고 무슨 생각을 그리해요? 정말 오늘 경국 씨 이상하다."

“나 거짓말 싫은데 솔직히 말해도 돼?”

“경국 씨는 호탕하게 느껴지다가도 소심한 모습이 가끔 보여요. 경국 씨는 호탕한 모습이 더 어울리고 좋아요. 무슨 말을 해도 눈 깜짝 안 할게요. 말해 보세요.”

“그래, 말하지.”

경국은 그러면서도 머뭇거리기만 했다. 말이란 한번 뱉고 나면 주워 담을 수 있는 것이 아님을 누구보다 잘 알고 있고 충분한 경험도 한 경국이었다. 서영이 지금은 무슨 이야기인지 몰라서 눈 하나 깜짝하지 않겠다고 장담하고 있지만 경국의 진심을 알면 어떻게 나올지 예측할 수 없는 일이었다. 그래도 더 이상 물러나 거짓말을 늘어놓을 처지도 아니었다. 경국은 자포자기 심정으로 담담하게 입을 열었다.

“사실, 서영이 생각했어. 자꾸 전화하고 싶어지는데, 왜 전화했느냐고 물으면 할 말이 있어야지. 지금까지 살면서 누구를 속이고, 남에게 거짓말하며 살지 않았는데 요즘 이상해지고 말았어.”

경국은 더 이상 말을 못하고 그렇다고 서영을 바라볼 용기도 갖지 못한 채 농구를 즐기는 학생들을 바라보고 있었다. 경국에게도 저런 젊은 시절이 있었다. 생각보다 행동을 먼저 해야 기분 좋은 시절, 하고 싶은 것을 하다가는 당장 죽어도 좋을 것같이 단순했던 시절, 좋아하면 좋다고 말하고 고개를 빳빳이 쳐들고 바라보던 시절, 그런 시절이 모래시계에서 모래가 흘러내리듯이 다 흘러내려 이제는 누군가 시계를 뒤집어 주지 않으면 기억도 안 날 만큼 한 곳에 묶여 있는 것 같았다. 도덕 윤리에 묶여 있고, 사회관습이나 제도에도 묶여 있고, 자신의 가치관에도 묶여 움직이지 못하는 모습이었다.

"그래, 동전이 뭐라고 했어요. 전화를 하라고 했어요? 하지 말라고 했어요?"

서영이 가라앉은 목소리로 물었다.

"처음 시도는 실패했어. 잔디에 동전에 서 있었거든."

"핑계였겠죠. 경국 씨는 결국 전화했을 거예요."

"그걸 어떻게 장담해?"

"제가 그 시간에 경국 씨를 생각하고 있었으니까요. 이심전심(以心傳心)이란 말도 몰라요. 편하게 하세요. 우리 친구해요."

경국은 속에서 뭔가 무너져 내리는 감정을 느꼈다. 갑자기 그녀의 감정이 경국의 감정과 섞여 핏줄로 흘러들어가는 느낌이 새롭게 일어서는 감정이 아닌 허물어지는 감정이었다. 그러자 울컥 하고 아내에게도 서영에게도 미안한 생각이 솟구치는 것을 억제하지 못했다. 경국은 서영에게 엉뚱한 생각을 해서 미안하다고 말하려 했지만 말문이 열리지 않았다. 경국은 매사에 신중한 편이었고 말이 앞서는 사람도 아니었다. 그런데 지금 경국은 경솔했고 속으로 품고 있어야만 할 말을 한 것이다.

서영은 어두운 여자가 아니었다. 어둡게 살 것 같은 환경에서 구김살 없이 비교적 쾌활한 모습을 보이고 있었다. 경국은 그런 그녀의 모습에서 자신의 아픔을 감추고 참고 있는 애연한 모습을 보았다.

그런 그녀의 모습에는 책임을 느껴야 할 사람이 있는데 그중 하나는 군인일 것이라 짐작했다. 군인이었던 경국이 직접 책임져야 할 일이 아닌 것을 잘 알면서도 책임감이 느껴졌다. 그러면서 그녀에게 뭔가가 될 수 없나를 생각하게 되었다. 서영이 알든 모르든 모든 것을 포함해서 미안하다고 말하고 태연해지고 싶어졌다.

"서영 씨, 미안해. 여러 가지로……."

"미안해할 것 없어요. 모처럼 여자가 된 기분이 들어 내가 고맙다고 말하려 했어요. 우리가 10대, 20대도 아닌데 그냥 서로 이해할 수 있는 감정은 이해하며 편하게 지네요. 저도 부끄럽지 않도록 조심할게요."

경국은 일을 벌이고 서영은 추스르는 꼴이 되고 말았다. 벌레를 보면 질겁하는 여자에게서 저런 균형 잡힌 자태를 본다는 것이 믿겨지지 않았다. 경국은 무슨 변명 같은 구실을 찾아 말한 것에 대한 합리화를 꾀하려다 그녀의 마음을 안 이상 예의가 아니라는 생각이 들었다.

"요즘 내 주변에서는 내가 감당하기 벅찬 일들만 벌어지네. 나이가 들면 모든 것에 더 자신 있을 줄 알았는데, 그것마저도 마음대로 안 되는 것이 현실이구먼."

"무슨 복잡한 일이 그리 많아요?"

"서영이 앞에서 이게 뭔 꼴이람. 부끄럽구먼. 젊은 애들은 이럴 때 쪽팔린다고 하던데."

"진실한 것은 부끄러운 것이 아니에요. 진실하지 못하고, 감추며 거짓말하는 것이 더 부끄러운 거예요. 저는 오히려 저를 가볍게 생각하고 대하지 않는 경국 씨가 고마워요. 사실 처음 만났을 때 얼떨결에 백악관 뒤편에서 도시락 얻어먹은 것 고백하고 한동안 후회 많이 했어요. 그런 말 듣고 놀라지 않는 사람 거의 없어요."

"특히 보수적인 어른들은 미친년 취급해요. 지금도 메이를 돌보는 것을 알면 간첩이니, 북한에서 얼마나 돈을 받고 하는 일이냐고 말할 사람이 대부분이에요. 하지만 당분간은 제가 해야 할 일이에요. 신분이 드러나지 않았으면 좋겠어요. 내가 해야 한다고 믿는 일이 남의 입방아의 대상이 되고 싶지 않아요. 남한에 있었으면 이런 일도 못했겠죠."

경국은 서영의 말에 당황하지 않을 수 없었다. 서영이 경국 앞에서 신분을 노출하면서 하는 말은 변명이 아니었다. 경국을 믿고 답답한 마음을 열어 제친 것이었다. 경국은 그녀가 무슨 말을 해도 막을 수 없다는 생각을 순간 했다. 전 남편에 대한 이야기라든지 군인에게 맺힌 한이라든지 첫사랑의 이야기라든지 뭐든 다 토해내고 가벼워지려는 것 같았다.

그러나 서영은 더 이상 말이 없었다. 서영이 더 이상 말을 못하는 것은 경국을 배려한 처사라는 생각이 들었다. 더 알게 되면 다친다든가, 더 부담스럽거나 신경을 쓰는 것이 싫어서 그런 것이라고 여겼다.

서영의 핸드폰 벨이 울렸다. 전화를 꺼내 전화번호를 확인하던 서영 얼굴에 엷은 긴장감이 보였다. 서영은 의자에서 일어나 좀 떨어져 있는 나무 밑으로 가 전화를 받았다. 뒷모습을 보이며 전화를 받는 서영의 모습이 낯설었다. 문득 MP3를 꺼내 전화 내용을 들어볼까 하다가 그래서는 안 된다는 양심의 소리가 징소리처럼 마음에 울렸다. 서영의 순수한 말을 듣고도 경국이 똑같은 행동을 한다는 것은 앞으로 서영을 떳떳하게 대할 수 없을 것 같았다. 해야만 할 일이라고 믿었던 일이 해서는 안 될 일로 변하는 순간이었다.

서영은 태연한 얼굴로 돌아와 다시 경국의 곁에 앉았다. 경국에게 미스터 강과 같은 사람이 서영에게 전화했을 것이라는 짐작을 하면서 애써 다른 화제를 찾으려 했으나 그러지 못하고 있었다. 서영이 자리에서 일어나며 메이가 와 있을지 모르니 집으로 가야겠다고 했다. 두 사람은 하고 싶은 말을 다 하지 못했지만 훨씬 가까워진 감정을 지니고 헤어졌다.

창밖에 흐르는 구름처럼 모든 일들이 지나가 버린다. 과거에 소중하게 여기며 보내고 싶지 않았던 것들마저 기억에서 지워져 가는 것을 느끼는 것이 두렵다. 지금 고민하는 것도 지나갈 것이고 잊히겠지. 또 새로운 고민이 생길 것이고……. 결국 잊힐 새로운 감정이 밀려오는 것이라고 생각하면서도 그 감정을 놓지 못하고 있다. 서영은 익숙한 습관에는 항상 안주하려 하면서도 익숙한 생각은 잊어 버렸으면 하는 마음으로 지내는 경우가 많았다. 새로운 것을 하기 위해서는 묵은 생각은 버려야 하나?

서영은 경국의 얼굴이 떠올랐다. 그리고 과거의 얼굴이 떠올랐다. 죽은 남편의 얼굴이었다. 두 사람의 얼굴이 같이 떠오르는 것이 싫었다. 남편에게 미안한 생각이 울컥 치솟았다. 경국이 가정을 가졌다는 점에서도, 군인 장교였다는 점에서도 남편에게 미안한 일이다. 경국은 군인이었으면서 거칠거나 강하게 느껴지지 않는 사람이다. 서영의 눈에 비친 그는 남편보다도 더 여리게 보이는 사람이다. 어쩌면 경국이 남편처럼 했어야 했고 남편은 경국처럼 살았어야 어울릴 것 같았다.

남편은 소심한 사람이었지만 한번 가진 신념을 쉽게 포기하지 못하는 사람이었고 유연성이나 융통성이 없었던 성격을 지닌 사람이었다. 서영의 눈에 비친 경국은 유연하고 자상한 사람이었다. 나이에 맞는 적당한 지식과 경험을 한 사람에게서 풍기는 여유 같은 것이 느껴졌다. 그러면서도 엉뚱하리만큼 자신의 대한 이야기에 수줍어하고 어린애 같은 표정을 짓기도 했다. 그런 경국이 남편에게서 느끼지 못했던 듬직함이 느껴지기도 하고 모성애를 자극하는 행동과 말에 편해지기 시작했다.

서영은 또다시 지나가 버릴 생각과 일상의 일들 앞에서 같은 고민을 반복하며 메이를 기다리고 있었다. 메이가 장난스럽게 서영의 어깨를 치더니 목을 끌어안았다. 그 순간 서영에게 메이의 따뜻한 기댐이 전해져 왔다. 서영은 메이의 순진한 감정이 고맙다는 생각이 들다가 미안한 생각이 들더니 결국 안쓰러운 감정으로 이어졌다.

운명을 말한다면 메이처럼 북한에서 태어난 것이 운명이다. 외교관 자녀로 태어난 것도 운명이다. 그 두 운명으로 남은 인생은 흘러가고 있는 것이다. 메이는 이 두 가지 운명의 틀에서 벗어나지 못하고 살아왔고 살아가야 할 것이다.

그러고 보면 서영도 마찬가지였다. 메이와 다른 점이 있다면 남한에서 태어난 것과 부모가 다르다는 것, 한 가지 더 있다면 남편을 사랑하게 된 일이다. 그는 죽었어도 아직도 그 운명에서 벗어나지 못하고 있었다. 서영에게 주어진 운명은 세 가지다. 한국 사람인 것, 엄마와 아빠, 그리고 사랑. 나머지 일들은 이 세 운명 속에 다 묶여 있는 것들에 불과했다.

"언니, 아는 척도 안하고 무슨 생각을 그렇게 해. 언니 혹시 경국 아저씨 생각하는 것 아냐. 요즘 느낌이 좀 이상해."

"네 걱정이나 해. 오늘은 다니엘인가 하는 아이 안 따라오네?"

"언니는, 다니엘이 철이 없고 뭘 몰라서 그래. 그러다 말겠지."

"나는 다니엘이 걱정돼서 그러는 것이 아니라, 메이 네가 걱정돼서 그런다. 왜?"

"언니, 그런데 만약 다니엘이 계속 저렇게 따라다니면 어떻게 하지? 미국에서 자란 아이들이 진짜 순진하다. 거짓말을 못해. 금방 내가 싫어할 줄 알면서도 거짓말로 대답하는 것을 못 봤어. 중국에서 만난 학생들도, 남한에서 온 학생들도 거리낌 없이 거짓말도 하고 책임도 못질 말을 하는데, 다니엘은 그렇지 않아서 걱정돼. 나이가 어려서 그런가?"

같이 걸으며 차분하면서도 쾌활하게 말하는 메이의 표정과 말에서 서영은 메이가 이미 다니엘에게 마음을 열기 시작했다는 느낌을 받았다. 지금 물어보면 부정하겠지만 어느 순간에 무너질지 모르는 마음을 겨우 붙들고 있는 것처럼 느껴졌다. 메이에게 세 번째 운명이 다가오고 있음을 서영이 먼저 알아차렸다.

"언니, 지금 아파트에 가서 라면 먹자. 그리고 비디오 보고 싶어. 오늘은 아무것도 하기 싫고 언니하고 놀고 싶어. 언니 가끔 부르는 노래도 듣고 싶고. 언니, 그러자 우리."

"인터넷 기사를 보니 '20대는 덜 먹고, 30대는 덜 놀고, 40대는 덜 입는다.'고 하던데 너는 점심 먹고도 라면이 또 먹고 싶어?"

"갈수록 미국 음식보다 한국 음식이 먹고 싶고 특히 칼칼하고 매콤한 국물이 생각나. 그럴 때는 라면 국물이 최고지. 언니도 먹고 싶지?"

서영은 메이의 요구를 거절하고 싶지 않았다. 아파트에 혼자 죽치고 있는 것도 싫었고 혼자 있으니 자꾸 경국의 얼굴이 스치는 것도 부담스러워 바람을 쏘이러 나왔던 차에 차라리 잘됐다는 생각이 들었다. 오늘은 흘러간 노래를 흐드러지게 불러 보며 영화라도 보고 싶은 심정이었었다.

서영은 라면물이 끓는 소리를 들으며 편안한 옷으로 갈아입다가 거실로 나와 이미 뜯어 놓은 라면을 물에 넣었다. 메이에게 달걀을 넣을 거냐고 물었다. 메이는 언니 맘대로 하라고 방에서 소리쳤다. 라면이 풀어지기를 기다리는데 또 경국 생각이 났다. 라면을 끓여

주겠다고 약속했던 말이 떠올라서다. 차라리 전화를 해 오늘 같이 라면을 먹자고 할까 하는 생각이 치솟는 것을 눌러 내렸다.

"언니, 냄새 끝내준다. 언니. 뭐 보고 싶어. 내가 찾아볼게."

메이가 컴퓨터 앞에 앉으며 말했다.

"그러지 말고 라면 먹고 노래 한번 하자. '숨어 우는 바람소리' 한번 검색해 봐. 원래 김재성 씨가 부른 노래일 거야. 대학가요제에서 상 받은 노래야. 가사가 시처럼 아름다워. 라면 먹으면서 먼저 그 노래 들어 보자."

서영이 김이 나는 라면을 대접에 붓고 식탁으로 가지고 가는 사이에 전주가 흘러나왔다. 굵직한 남자 목소리에 잘 어울리는 노래라고 늘 생각했었다.

갈대밭이 보이는 언덕 통나무 집 창가에 / 길 떠난 소녀같이 하얗게 밤을 새우네 // 김이 나는 차 한잔을 마주하고 앉으면 / 그 사람 목소린가 숨어 우는 바람소리 // 둘이서 걷던 갈대밭 길에 달은 지고 있는데 / 잊는다 하고 무슨 이유로 눈물이 날까요 // 아~아~아~ / 길 잃은 사슴처럼 그리움이 돌아오면 / 쓸쓸한 갈대숲에 숨어 우는 바람소리

"언니, 참 좋다. 라면 먹고 나도 한번 불러 볼래."

서영과 메이는 라면을 먹으며 노래를 여러 차례 들었다. 서영은 이미 아는 노래라 옛날 처음 이 노래를 들었을 때를 회상하며 추억에 잠겼다. 누구에게도 과거는 있었고 추억도 있다. 그 과거 중에도 어린 시절이나 젊을 때 과거, 추억이 더욱 소중하게 느껴지는 것은 처음으로 모든 것을 경험했기 때문일 것이다.

서영은 메이의 앞날이 걱정스럽고 안타깝기만 했다. 저렇게 자본주의 문화를 좋아하며 나중에 어떻게 속에 감추고 살 수 있을까 하는 생각이 미쳐서다. 메이는 라면을 서둘러 먹더니 노래를 따라했다. 갑자기 아파트는 노래방으로 변했다. 메이가 서영에게 혼자 불러 보라고 하자 서영도 기다렸다는 듯이 노래를 불렀다. 속이 다 탁 트이는 것 같았다. 노래를 한참 부르고 나자 두 사람은 마음이 열리고 순수해지고 있었다. 서영이 먼저 메이에게 자유로움을 주고 싶었다. 서영이 메이로부터 자유로워지고 싶어서인지도 모른다.

"너 다니엘 좋으면 상처받지 않을 정도로 잘 생각하며 사귀어봐. 언니 의식하지 말고. 너 감정을 혼자 삭이려다 병난다. 공부도 안 될 것이고. 학창시절에 나는 그렇더라."

"언니, 다니엘이 신경 쓰이지만 그런 사이는 아니야. 그런데 다니엘은 안 된다고만 해서 될 것 같지 않아. 좀 달래기도 해야겠고, 어차피 같이 듣는 과목이 있어서 안 만날 수도 없고……."

"그러니까. 편하게 하라고. 너 편해지라고 내 얘기 해줄까?"

“언니, 무슨 얘기. 혹시 경국 아저씨 이야기 아냐?”

메이는 서영에게서 느껴지는 직감을 이미 믿고 있었던 것 같았다. 서영도 어린 메이에게지만 잠시나마 마음을 열고 의지하고 싶었다. 경국에게 남자의 감정을 느끼는 것 같다고 고백했다. 메이의 앳된 얼굴에 애틋한 동정이 넘쳐나고 있었다. 서영은 그 애틋한 표정에 서글픈 위로를 느꼈다. 나이도 어리고 경험도 서영보다 훨씬 없는 메이에게 위로를 받는다는 것은 사는 것이 외롭게 느껴지는 증거였다. 홀로 서 보려다가 서서히 지쳐가는 모습이었다. 왜 하필 경국에게 마음을 열게 되었는지 답답한 일이었다.

“언니, 나 모른 척 할게. 마음 가는대로 해. 그 아저씨 편안한 사람 같아 좋긴 한데. 그래도 언니 걱정된다. 이 시골도시는 언니와 어울리는 사람 하나 없어. 아! 짜증나. 언니 나 졸업하고 돌아가면 좋은 사람 만나야 할 텐데.”

“너도 돌아가서 후회하지 말고 마음 가는대로 해. 나도 모르는 척 할게.”

둘은 서로 몸을 기댄 채 소파에 앉아 아무 말도 없이 ‘해피 투게더’라는 토크 쇼를 보았다. 재미있고 웃기는 이야기를 보면서도 서로는 마음이 무거웠고 앞으로 걸어야 할 길이 어떤 길일지 불안한 마음을 떨쳐내지 못했다.

서영은 습관처럼 하는 화장을 하다가 손에 힘이 풀렸다. 어제 화장보다 진한 화장을 하고 있어서였다. 메이에게 말하고 나서 부끄러운 마음이 누그러지는 것도 이상했다. 무슨 면죄부를 받은 기분이 들었고 서영을 이해해 주는 사람이 한 사람이라도 있다는 것이 뿌듯했다. 서영은 경국이 자기에게 소심하게 행동할 수밖에 없는 사람이라는 생각이 미치자 안쓰러운 생각이 들었다. 그가 서영의 전화를 기다리고 있을 것 같기만 했다. 그래 전화 하자. 먼저 마음 가는대로 하고 잘 정리해서 보내고 마무리해야 끝이 날 것이다.

서영은 핸드폰을 꺼내 2번을 눌렀다. 1번은 메이 번호가 저장되어 있었다. 신호가 가고 있었다. 창밖을 보니 청명한 날씨인지 구름 한 점 보이지 않았다. 만약 경국이 만나고 싶다면 가벼운 옷을 입고 나가도 되겠다는 생각을 하는데 신호음이 멈췄다. 잠시 침묵이 흐르는 수화기 속으로 개 짖는 소리가 들렸다. 서영은 경국이 이미 자기 전화인 줄 알고 말을 못하고 있음을 즉각 알아차렸다.

"저 서영이에요."

"알아."

"오늘은 학교 안 오세요."

"갈게. 아파트 주차장으로. 지금."

서영은 무겁게 가라앉은 짧은 몇 마디 대답에 가슴이 아리며 뭔가 뭉클하게 치받혀 올라오는 것 같았다.

창밖으로 주차장이 보이는 곳에 서서 경국을 기다렸다. 소매 없는 푸른 물방울무늬 원피스를 입었다. 몸에 착 달라붙어 몸매가 드러나는 것이 부담스러우면서도 벗고 싶지가 않았다. 치마 길이도 너무 짧다는 생각을 하며 아직은 피부에 탄력이 느껴지는 것이 다행이라 생각했다. 전화벨이 울렸고 경국이 5분 후면 주차장에 도착할 것이라는 목소리가 가깝게 들렸다.

차 안에서 두 사람은 한동안 말이 없었다. 경국은 어디론가 가는 것 같은데 서영은 어디를 가느냐고 묻지도 않았다.

"<메디슨 카운티의 다리(The bridge of Madison County)>라는 영화를 본 적 있어. 책으로 먼저 출판되었는데, 책을 읽었던가?"

"아니요. 이야기는 들었지만 아직 읽지도 보지도 못했어요. 그런데 갑자기 왜 그 영화 이야기는 해요."

"오늘 내가 그 다리까지는 너무 멀어서 데려갈 수 없고, 가까운 곳에 비슷한 다리가 있으니 보여줄게. 먼저 전화해 준 선물이야. 11번 지방도로를 따라 30분도 안 걸려. 옛날 그 다리에서 무슨 영화도 찍었다는 소문이 있는 곳이야."

"기억나면 줄거리라도 먼저 말해 보세요."

"19세 이상 관람가 영화 이야기인데 괜찮겠지?"

"제가 미성년자로 보이면 그만두고요."

"원피스 예쁘네. 몸매가 미성년자 같지도 않고. 영화에서 여자

주인공도 줄곧 원피스를 입고 나오지. 은연중에 자기 몸매를 보여주려는 것을 암시하는 모습으로.”

“그런 소리 그만하고 영화 얘기나 하세요.”

그러지. 책을 먼저 읽은 사람은 책이 더 감동적이라고도 하고, 영화만 본 사람도 많이들 추천하는 영화야. 여자 배우는 모르겠고, 남자배우는 클린트 이스트우드가 주연한 영화지. 클린트 이스트우드가 주연한 서부극이나 형사물은 거의 다 보았으니 그 남자는 확실히 기억해.

영화는 남매가 죽은 어머니 유품과 유서를 보는 장면으로 시작하여 유서 내용에 어머니가 시신을 화장하여 메디슨 카운티 다리에 재로 뿌려달라는 내용을 읽은 남매의 반응이 엇갈리게 이야기 속에 삽입되어 전개되어 가지.

내셔널 지오그래픽 잡지 사진작가인 주인공인 클린트 이스트우드가 어느 날 낡은 트럭을 타고 사진을 찍기 위해 메디슨 카운티 윈터셋(Winterset)에 도착하게 되는데, 그 도시 근교에 옛날 다리가 하나 있어, 왜 지붕이 있는 다리 말이야. 커버드 브리지(Covered Bridge)라고 말하는 다리.

인생의 황혼기에 접어든 주인공은 자유로운 생각으로 작품 활동을 하는 사람이었는데, 거기서 한때 문학교사였던 여주인공 프란체스카를 만나게 되지. 프란체스카는 가정에 불만이 있는 것은 아니었지만 그저 무뚝뚝한 남편이 농장 일에만 관심을 가지고 사는 변화 없는 생활에 권태를 느끼는 영상으로 그려져.

프란체스카는 남편이 이탈리아 미군부대에서 근무할 때 사랑에 빠져 결혼하게 되고 미국 시골까지 와 남매를 낳고 평범하게 살아가는 삶이 불만이 있는 것은 아니지만 행복하다고 느끼지도 못하는 권태로운 삶이라고 할까? 어쨌든 그런 내용이야.

그러다 남편이 나흘간 아이들과 같이 일리노이 주 축제에 가게 되는데, 이때 메디슨 카운티 다리를 찾는 클린트 이스트우드를 만나게 되고 그를 다리까지 안내하게 돼. 결국 두 사람은 사랑의 감정을 느끼게 되고, 대책 없이 자유로운 생각을 하는 주인공과 사랑에 빠지게 돼.

프란체스카는 남편과 아이들만을 위해 살다가 갑자기 되살아난 사랑의 감정에 생활의 활력을 느끼게 되고 사랑에 빠지지만 결국 가정을 포기하지는 못하지. 클린트 이스트우드의 같이 떠나자는 말을 따르지 못하고 비가 억수로 쏟아지는 날, 비를 맞고 서 있는 클린트 이스트우드를 다 낡은 트럭 백미러로 바라보는 프란체스카가 차문을 열고 싶어 하는 동작은 인상적인 장면이었어.

영화가 여기서 끝났으면 감동이 덜할 텐데, 프란체스카가 세상을 떠나고……. 그래, 남자 주인공 이름은 킨 케이트였어. 킨 케이트의 유서에 따라 프란체스카가 한때 아빠 아닌 남자와 사랑에 빠졌다는 것을 알게 되지. 이 사실을 안 자식들이 어머니라고만 생각했던 그들의 어머니도 평범한 여자였고, 한때 열정적인 사랑에 빠졌다는 사실에 눈물을 흘리는 장면은 참으로 많은 여운을 남기는 장면이었어.

엄마의 진실된 사랑의 고백을 통해 두 남매의 가정에 갈등이 결국 해소되는 내용도 인상적이었고 죽어서도 어머니는 갈라서기 일보직전의 두 남매 가정을 다시 하나 되게 했으니 말이야.

보는 사람에 따라 무뚝뚝한 남편이라는 이유로 바람을 핀다면 이 세상에 남아날 가정이 몇이나 되겠느냐고 말하기도 하지만, 중년을 넘기는 여자의 마음을 잘 그리고 있어 사랑을 받는 것 같아. 오늘 다리 구경하고 나중에 한번 영화를 봐. 보고 난 후에는 감상문 제출하고.

경국은 서영의 반응을 기다렸다. 그녀는 말이 없었다. 이야기 제대로 들었느냐는 말에도 고개만 끄덕였다. 한동안 가만히 창밖을 보더니 '우리와 비슷한 얘기네요.'라고 말했다. 경국의 의도는 그것이 아니었다. 단지 영화의 다리와 비슷한 다리를 가 보다 보니 자연히 흘러나온 이야기였다. 그래도 서영의 말이 틀렸다고 말할 수도 없어 그렇게 들리기도 하겠다고 생각하며 침묵했다.

창밖으로 보이는 경치는 산, 작은 강, 초지, 소, 옥수수 밭, 형태를 달리한 크고 작은 집들의 연속장면이었다. 다리를 향해 진입하는 진입로 좌우편으로 옥수수 밭이 있고, 옥수수 밭에 미로를 만들어 놓고 손님을 기다리고 있었다. 다리 밑으로 깨끗한 물이 제법 흘러내렸다. 다리의 노면과 지붕은 원래 목재로 된 그대로였지만 교각은 새로 콘크리트로 만든 것이 메디슨 카운티 다리와 다른 점인 것 같았다. 다리 밑에 앉아 잠시 쉬기로 했다.

"아름다운 다리인데 이야기를 듣고 나니 어쩐지 슬프게 보여요. 오늘은 경국 씨 이야기로 비추어 보면 나는 남자 주인공이고, 경국 씨는 여자 주인공으로 역할이 바뀐 것인가요?"

경국은 아무 대답도 하지 않았다. 이 시간 침묵이 긍정을 뜻한다 해도 할 수 없는 일이었다. 애꿎은 돌을 주워 강물에 던져 파문을 일으켜 볼 뿐이었다.

"경국 씨는 영화 이야기를 했는데, 저는 제 얘기 해 줄게요."

잠시 침묵이 흘렀다.

시골 가난한 집안에서 태어난 한 청년이 큰 꿈을 안고 서울 명문대학에 입학하게 되었어요. 동네에는 합격축하 플래카드가 걸리고 가난한 살림에도 돼지를 잡는 잔치를 부모님은 베풀어 주며 아들을 서울로 보냈다고 해요. 서울에 특별히 아는 사람도 없고 원래 내성적인 성격도 좀 있는지라 도서관에서 늘 공부를 하며 지냈어요. 시골에서 온 이 착한 학생에게는 도서관에 읽을 책이 너무 많았어요.

그에게 한 선배가 접근했어요. 자기 동아리에서 활동하자고 하면서. 그는 그 선배를 따라 동아리에 가입했죠. 그런데 그 동아리는 학생운동을 하는 색깔이 강한 동아리였어요. 자연히 선배와 같은 학년 동아리 친구들도 진보적인 생각을 많이 하는 학생들이었어요. 선배들이 권하는 책을 읽기 시작했죠. 지금까지 공부하던 내용과 교수가 가르쳐 주는 내용과 다른 내용이 많았어요. 대학생활이 계속되고 학년이 올라가면서 서서히 사회관이 바뀌어 갔어요.

자기의 가난과 농촌의 현실이 사회적인 구조적 모순이나 국가정책에서 기인한 것이지 아버지나 시골 사람들의 잘못이 아니라고 생각하기 시작했어요. 원래 내성적인 사람이 어느 일에 몰입하면 앞뒤를 안 가리는 면이 있잖아요? 이 청년도 그랬어요. 학교공부보다도 더 중요한 것은 이런 구조적 모순과 국가정책을 바로잡아야 하는 것이라고 생각한 거지요. 그 학생은 학생운동에 가담하게 되고 데모대에 휩쓸려 끌려가 유치장에 다녀오기도 했어요.

그러다 자기를 처음 동아리로 데리고 간 선배가 군대에 강제로 징집되어 끌려가 사고로 죽게 되는 불행한 일이 발생했어요. 이 사건은 분명 사고로 다들 인정했지만 가족과 동아리 선후배들은 그렇게 믿지 못했어요. 군대에 가게 된 동기가 그 당시 학생운동에 가담하여 블랙리스트에 오른 학생은 군대연기가 안 되어 강제로 간 경우가 되어서 그런 의심을 계속 샀어요. 의심이 가는 사고도 실제로 있었으니 더 그랬죠.

이 청년을 이해하고 가깝게 지내던 여학생이 있었어요. 군대에 가 의문사한 학생의 여동생이었어요. 이 청년은 그 선배일로 더욱 과격해졌고 그런 그의 행동을 지켜보던 여학생은 더 안타까워하며 가까워졌어요. 한편으로 자기 오빠 때문에 시골에서 올라온 순진한 학생이 역사의 격랑에 휘말려들었다는 미안한 감정이 있기도 했어요.

이 여학생도 민주주의란 획일적인 사고로는 발전할 수 없고 다양한 의견이 있어야 일방적인 방향으로 진행하는 것을 막을 수 있다고 믿었어요. 많은 사람이 위험을 감수하지 않으려고 비겁하거나, 기득권을 포기하지 않으려고 묵인하는 경우가 많다는 것을 느끼기도 했으니까요.

불행히도 이 청년의 행동을 부모님은 이해할 수 없었어요. 동네에 플래카드까지 걸고 돼지를 잡아 잔치를 해서 보낸 아들은 적어도 판사나 검사가 된다든가, 행정고시나 외무고시에 합격하여 다시 한번 고향에 플래카드를 걸어야 했어요.

그런데 그는 돌이킬 수 없었어요. 굳은 이념과 신념 때문만은 아니었어요. 한 번 학생운동에 가담한 학생은 다시 돌아갈 곳이 없었어요. 군대에 가 개과천선(改過遷善)하여 돌아와 사회에 동화되거나 스스로의 생각을 바꾸고 사는 수밖에 없었어요. 부모님마저도 이해해 주지 않는 환경에 처한 그는 생각을 같이 하는 사람들끼리만 나누며 행동하는 고립된 사람이 되고 말았어요.

사회는 뜻을 같이한 사람들끼리만 어우러졌고, 사회의 뜻이나 특정 정치이익집단의 뜻과 어긋나면 서로 물고 뜯으면서도 학생들의 생각은 무시되고 짓밟히고 북한의 앞잡이니 선동자니 하는 식으로 몰아가며 정치에 이용했어요. 물론, 경국 씨가 지금 제가 하는 말에 다 동의하리라 생각하지는 않아요. 정부나 보수적인 입장에서는 학생운동이 위험스럽고 너무 진보적이며 공산주의자들에게 이용당하고 있다는 생각을 할 수도 있었겠지요. 그러나 세월이 흘러보니 학생들이 순수하게 부르짖었던 외침이 현실화된 것도 많아요.

정치를 위해 통일이라는 이름으로 북한과는 앞다투어 대화하려 하면서 학생들의 의견은 내부 분열을 명목으로 묵살하고 감옥에 처넣어 두려 했지만, 이념이나 생각은 가둘 수 있는 게 아니었어요. 가두어지는 게 아니에요. 우리 둘만 봐도 그래요. 오늘과 같은 감정으로 서로 만나서는 안 된다고 느끼며 지금 만나고 있잖아요. 지금 우리 감정은 당장은 감옥에 가두어야 할 생각이 아닐지 몰라도 더 발전하면 사회는 우리를 감옥에 가둘 수도 있을 것이고 그래야 한다고 믿는 사람이 얼마든지 있을 거예요. 사실 자신들의 감옥 갈 일은 대부분 감추려 하면서 남을 감옥에 보내며 자신을 숨기려는 사람이 너무 많은 것 같아요.

마무리할게요. 그 청년도 결국 군대에 가게 되었어요. 그런데 사회에서 환영받지 못한 그는 군대서도 환영받지 못했고 선배들의 기압과 동료들의 따돌림, 상관의 감시 틀을 벗어나지 못했어요. 그는 사회에 보복하고 싶은 충동이 자꾸 일었어요. 수류탄을 터뜨리고 싶었어요. 그러나 그런 엄청난 일을 할 성격을 지니지도 못한 소심한 사람이었어요. 그는 결국 내무반에서 스스로 목매 죽었어요.

이 사건으로 부대장은 부하관리 소홀의 책임을 물어 보직해임이 되고 부대는 한동안 어수선했다고 그래요. 그분들에게는 미안하지만 사실 그분들의 잘못이라고 말하기는 어려움이 많아요. 그의 죽음은 부대뿐 아니라 밖에서도 피해자가 있었어요. 부모님과 가족들이 그랬는데, 그와 사랑에 빠진 한 여자도 엄청난 충격에 쌓여 힘들어했어요.

그 여학생이 바로 저예요. 우리는 부모님이 허락하지 않는 결혼과 동거생활을 했었으니까요. 결혼신고도 안 했으니 법적인 것으로 말하면 결혼한 적도 없네요. 저는 그 사람처럼 자살도 못하고 미국으로 왔어요.

생각해 보면 옛날 우리가 그 시절에 어디에서 만났다면 경국 씨는 나를 신고하거나 잡아가려 했을지도 모르겠네요. 경국 씨가 오빠나 남편 부대에 근무했을 수도 있었겠네요. 세월이 흐르니 엉뚱하게도 이런 고백을 군인이었던 경국 씨에게 하다니. 눈물도 없이……

경국은 아무 말 못하고 듣고 있을 수밖에 없었다. 서영이 하고 싶은 말을 다 토해내게 그냥두면서 서글픈 생각이 들었다. 왜 사람은 자기와 다른 점이나 생각을 받아들이기보다 거부하려는 성향이 강한 것일까? 서영은 그가 처한 환경에서 어쩌면 가장 가족적이고 우정적인 선택을 했을 뿐인데, 그 선택이 삶의 짐이 되다니. 경국이 만약 그런 상황에 처한다면 서영과 다른 선택을 할 수 있었을까?

경국이 서영과 같은 생각에서 자유하며 반대편에서 공부하면서 삶의 가치를 높여갈 때 다른 한편에서는 그와 반대되는 가치관 때문에 고통당하는 사람이 있었다는 것을 미처 생각하지 못했던 것이 서영에게 미안했다. 아니, 학생들의 가치관은 눌려야 하고 없어야 한다고 배웠고 그 배움을 그대로 믿었었다. 그래도 서영이나 그들의 생각을 받아들이지 못했다 해도 적어도 같은 인격체로 존중했어야 했던 것 같았다.

경국은 흐르는 강물을 말 없이 바라보는 서영의 얼굴을 쳐다보았다. 눈에 눈물이 고여 있었다. 울고 싶으면 그냥 울어 버리지 울지도 못하는 그녀에게 강한 동정과 책임감 같은 것이 엄습했다. 경국은 그녀를 강하게 끌어안았다. 서영은 경국의 품에 안긴 채 서럽게 울었다. 그녀의 흐느낌이 가슴에 느껴질 때마다 경국의 가슴도 시리고 아팠다.

14

메이는 도서관을 나오며 언니를 찾으려 주위를 두리번거렸다. 언니가 보이지 않았다. 다른 때 같았으면 산책을 나와 그녀를 기다릴 시간이었다. 언니의 모습이 보이지 않자 걱정스럽기도 하고 궁금했다. 아파트에 들러보았지만 거기에도 없었다. 전화를 하려다 번뜩 언니가 경국 아저씨와 같이 있을 것 같다는 생각이 들었다.

언니 옷장을 열어 보았다. 평상시 잘 입지 않은 물방울무늬 원피스가 없었다. 언니는 언젠가 그 원피스를 입어보며 거울 앞에서 어떠냐고 물었었다. 그때 언니는 혼자 이렇게 늙어가다가는 이 원피스 한번 입어보지 못할 것 같다며 이성으로 느껴지고, 한순간이라도 기대보고 싶은 남자가 생기면 그 옷을 입고 나가고 싶다고 했었다.

메이는 언니가 자기보다 더 안쓰러운 사람이라는 생각을 했다. 메이는 공부를 마치면 돌아갈 곳과 가족이 있지만 언니는 혼자 남아야 할 처지였다. 언니는 남한에 다시 돌아갈 수도 없고 돌아가고 싶지도 않다고 했다. 그렇다고 언니가 북한에 간들 적응할 수 있는 사람도 못 된다는 생각이 앞섰다. 미국에 누구 하나 뚜렷이 의지할 사람이 있는 것도 아니다. 오빠와 남편 때문에 반정부운동을 하다가 그와 동조하는 사람들을 만나 결국 메이를 돌보는 일까지 하게 됐지만 메이 눈에는 언니가 민주주의자도 공산주의자도 아닌 평범한 여자였고 사상의 고아였다. 사상의 고아들은 설 땅이 없었다. 어느 곳에서나 이용당하거나 배척당하기 일쑤였다.

메이는 사랑받고 싶은 사람이 사랑받지 못하는 아픔과 외로움이 뭐라는 것을 안다고 느끼며 살았다. 오늘만은 언니가 그 원피스를 입고 경국 아저씨에게 사랑받고 돌아왔으면 하는 생각이 아리게 가슴에 스며들었다.

그 아린 감정은 다니엘에게로 연결되었다. 아무것도 모르고 메이를 좋다고 따라다니는 그가 안쓰러웠다. 차라리 같이 있을 때라도 잘해주다 헤어지면 될 것 같았다. 아직 어리니 내일이라도 다른 여자를 좋아한다고 떠날 수 있을 거라는 생각도 들었고, 지금은 자주 만날 수 있어서 그렇지 헤어지게 되면 쉽게 잊을 수도 있는 일이었다. 한 아파트에 불행한 운명을 지니고 태어난 두 여자가 같이 산다고 느껴지자 우울하기까지 했다. 다니엘에게 처음으로 전화를 걸었다.

“누나, 웬일이야. 전화를 다하고.”

메이는 다니엘의 반가워하는 목소리에 가슴이 뭉클했다. 이렇게도 좋아하는데 진작 전화해줄 걸 하는 후회가 이어졌다. 메이가 존재하는 것으로 기뻐하다니.

따지고 보면 고마운 일이었다. 메이는 이제껏 다른 사람에게 부담스런 사람이었지 기쁨이 되었던 사람이 아니었다는 생각도 들었다. 메이로 인해 다니엘이 기뻐한다는 것은 소중한 일인데 그동안 너무 소홀히 대했다고 느껴지자 이제부터라도 다니엘이 원하는 감정을 받아 주고 싶어졌다.

“시간 있니. 너 한국 음식 먹고 싶다며? 사 줄게.”

“오케이! 누나. 회덮밥 사줘.”

다니엘은 메이가 도서관에 있다는 말을 듣기가 무섭게 전화를 끊더니 어디서 달려온 것인지 5분도 안 되어 메이 앞에 숨을 헐떡이며 나타났다.

“누나, 오늘 해가 서로 가겠다.”

“그럼, 해가 서로 지지 동으로 지니. 해가 서쪽에서 뜨겠다.”

“오! 해가 서쪽에서 뜨겠다.”

어디서 한국말을 주어 들었지만 들은 것만 가지고 어쩌다 한 마디씩 하려니 힘들기도 하겠다는 생각이 들었다. 메이는 다니엘에게 꼭 한국말을 배워야 한다고 말해 주었다. 이중 언어를 일부러라도 배우는데 이중 언어권에 살면서 배우지 않으면 나중에 후회하게 될 것이라고 했다. 다니엘은 기분이 좋은 탓인지 메이의 말에 무조건 예스라고 대답했다가 예라고 대답하곤 했다. 다니엘은 회색 소나타를 타고 다녔다. 원래는 아버지 차인데 아버지가 새 차를 사고 헌 차를 자기에게 주었다고 했다. 새 차는 그가 돈 벌면 살 것이라고 했다.

다니엘은 기특한 사고방식을 가지고 있었다. 철없이 보이다가도 어른스러움과 자립심이 강했다. 부모의 도움을 미안하게 여기고 감사하는 마음이 강한 것을 느꼈다. 그런 점에서는 메이가 더 부끄러운 처지였다. 지금까지 메이는 부모가 자기를 돌보는 것은 당연하고 부모 된 의무라고 생각하며 지냈는데 다니엘은 전혀 다른 생각을 하고 있었다. 성인이 되어 부모의 도움을 받는 것은 좋은 생각이 아니라고 말하기도 했다.

유학생들 중에 부모로부터 도움은 받으면서 간섭은 받지 않으려 하는 것은 이기적인 생각이라고 속 깊은 소리도 했다. 다니엘은 전에도 한국 학생들끼리 음식점에 가 본 적이 있다고 하며 캠퍼스를 가로지른 지름길로 식당에 도착했다. 일본 음식과 한국 음식을 같이 한다는 의미의 상호 'JaKo' 간판이 눈에 들어왔다.

실내가 넓지 않은 식당이었다. 주인이 손수 만든 식탁과 의자, 고등학교에 다니는 주인 아들이 그렸다는 해변과 바다, 고기, 조개껍

데기의 벽면 그림이 뭔가 서툰 것 같으면서도 편안한 느낌을 풍기는 조화를 이루고 있었다. 창 쪽 식탁에 앉겠다고 다니엘이 웨이터에게 말하자 그렇게 하라고 했다. 다니엘은 이 식당은 깨끗하고 음식도 깔끔하고 맛이 있어서 좋다고 했다.

두 사람은 같이 회덮밥을 주문해서 먹었다. 모처럼 먹는 회덮밥이 다니엘 말처럼 맛있었다. 한국 사람들이 경영하는 식당이어서인지 한국 동포가정에 초대받아 대접받는 기분이 들었다. 다니엘은 밥을 먹으면서도 싱글벙글댔다.

"다니엘, 그렇게 좋아."

"응, 누나 다음은 내가 살게. 오늘은 누나가 산다고 했으니 누나가 사는 거야."

"알았어. 그런데 그게 그리 중요하니. 미국 애들은 꼭 각자 내던가, 한 번 사면 다음에는 자기가 사겠다고 하며 숙제하듯이 그렇게 하더라. 너도 그래."

"응, 그게 편하고 서로 부담이 없잖아. 어른들은 그렇게 하면 정이 없다고도 말하지만, 나는 안 그래. 습관이 되어서인지 마음이 편치 않고, 또 한 사람이 많이 사고 다른 사람이 그렇지 못하면 그런 관계는 건강한 인간관계가 아니야."

생각이 다른 점도 많은 것 같았다. 그동안 살아온 환경이 다르고 다른 문화에서 서로 자랐기 때문에 어쩔 수 없는 일이기는 했다.

다니엘 생각은 개인주의적인 면이 강하면서도 합리적이었다. 개인주의가 강하다고 하지만 더불어 생각하는 것이 이기주의와는 확연히 다른 생각을 하고 있었다. 중국이나 집에서 느낀 것은 합리주의를 가장한 이기주의가 강한 반면 이곳은 보편타당한 이기주의를 추구하는 사회같이 느껴졌다.

서양의 가치관은 자기 경험이나 기성세대의 경험과 가치관이 존재하면서도 지나친 강요는 하지 않는 것으로 느껴졌다. 무슨 약을 먹었더니 효과 있더라. 그 약 사먹어라 그 약 말고는 효과가 없다는 식의 대화를 많이 접해 왔는데, 이곳에서는 물어보지 않는 한 자기 경험이나 의견을 쉽게 말하거나 강요하지 않았다.

국가 지도자에 대한 불신도 이곳에서는 그리 문제되지 않게 느껴졌다. 대통령의 이름을 모르는 것이 하도 신기해서 어떻게 그럴 수 있느냐는 물음에 더 놀라던 미국 학생들의 얼굴이 스쳤다.

강한 것은 유연한 것이고 포용하는 것이지 허세일 수 없다. 강하게 보이는 것이 더 잘 부러지는 경우를 많이 보아왔다. 이라크 후세인도 그렇게 강한 것 같더니 어느 날 땅 속에서 발견되는 비참한 모습이 스쳤다.

메이는 철없이 보이지만 경직되지 않고 미국 문화와 언어에 잘 적응된 유연한 힘을 지닌 다니엘을 마주보고 있었다. 메이는 그런 다니엘 앞에서 자꾸 작아지고 말려드는 느낌이 들었다.

"누나, 우리 드라이브할까?"

"어디로? 멀리는 안 돼. 언니 집에 오면 걱정 할지 몰라."

"30분만 남쪽으로 가면 공원이 있어. 조용하고 좋아 금방 돌아올 수도 있고. 다음에는 가까운 국립공원에 데리고 갈게."

"그래, 가자. 오늘은 기분도 별로다."

식당을 나와 81번 하이웨이를 타고 남쪽으로 5분쯤 달리다가 서쪽방향으로 빠져 꾸불꾸불한 시골길을 달렸다. 가끔 밭에서 동물 배설물을 뿌린 탓인지 시골 특유의 쾨쾨하고 구린 냄새가 스며들었지만 싫지 않고 그래서 시골스러운 느낌이 더 들었다.

조용한 공원이었지만 그리 뛰어난 경치랄 것도 없는 곳이었다. 넓은 잔디밭은 어느 공원에서나 볼 수 있었고, 고기를 굽는 철판이며 운동할 수 있는 장소도 마찬가지였다. 한 가지 인상적인 것은 제법 높게 수직으로 선 입석이 있었는데 금강산의 바위들에 비하면 명함을 내놓을 수도 없는 돌이었다. 미국 사람들을 그 입석을 굴뚝으로 보고 '자연 굴뚝(Natural Chimney)'이란 이름의 공원을 조성해 놓고 사람들이 안전하게 여가를 보낼 수 있도록 하고 있었다. 그래도 다니엘과 처음 데이트하는 장소라는 점이 특별한 것이었고 오래 기억될 장소가 될 것 같기만 했다.

"누나, 오늘부터 우리 정식 데이트하는 거야?"

"그런 것을 꼭 그렇게 확인하고 시작하니?"

“그럼. 미국은 서로 정식 데이트를 시작하려면 약속을 하고 시작해. 그리고 친구들에게도 정식으로 데이트하는 사이가 되었다고 말을 하고. 그래야 다른 애들이 싱글인 줄 알고 접근하는 것을 피할 수 있거든.”

메이에게는 생소하기만 한 얘기였다. 이런 다니엘에게 메이가 북한에서 왔고 돌아가면 부모님이 정해준 사람이나, 당에서 허락하는 사람과 결혼해야 한다고 하면 무슨 말인지 알아듣기나 할까 하는 의문이 생길 뿐이었다.

“누나, 허락해. 지금부터 데이트하는 거다.”

“그래, 한 가지 조건이 있어. 우리 둘만 아는 비밀 데이트를 하자. 언니는 알게 되면 내가 말할게. 공개적으로는 안 돼.”

“왜?”

“그냥 그러고 싶어. 이유는 묻지 말고. 학생들 특별히 이유를 대지 못하면 ‘비코스(Because)’라고 말하던데, 나도 오늘은 비코스다.”

메이의 대답이 떨어지자마자 다니엘이 메이의 손을 잡았다. 그러더니 갑자기 가벼운 포옹을 하며 ‘탱큐(Thank you)’라고 귓속말을 했다. 가슴이 뛰었다. 남자 품에 처음으로 안겨 보는 순간이었다.

“다니엘, 왜 이래. 미국 데이트는 이렇게 시작하는 거니?”

“아니, 누나가 고맙고 좋아서.”

메이는 다니엘 품에서 벗어나 그에게 손은 맡긴 채 나무그늘에 잠시 앉자고 했다. 앞으로 일들이 막연하고 두려웠지만 지금 순간을 놓고 싶지 않았다. 우뚝 선 바위를 바라보았다. 바위틈에서도 살아 있는 나무들이 있었다. 비록 키가 제대로 자라지 못한 상태로 가지를 맘대로 뻗으며 자란 것 같지 않지만 나무는 나무였다. 오히려 속이 더 단단할 것 같은 나무가 눈에 들어왔다.

메이의 가슴에도 저런 나무들이 자라고 있었던 것은 아닌지. 그중 하나가 이성에 대한 갈망 같은 본능이었을 것이다. 이거였다. 나이가 들며 열심히 살고 학점이 잘 나오고 예쁘다는 소리를 들어도 늘 답답했던 것이 있었는데, 다니엘이 다가올 때마다 꿈틀대던 것이 이거였다. 무엇이 이 아름다운 감정을 자라지 못하게 하는 걸까?

그래, 사랑의 감정이라고 말해버리자. 사랑은 아무리 해도, 메이 자신이 아무리 사랑을 한다고 해도 다른 사람에게 피해를 주는 것이 아닌 것 같은데, 다니엘을 사랑하는 것은 안 되고 부모님이나 당에서 허락하는 사랑은 왜 용납되는 걸까?

"누나, 나 꼭 누나라고 불러야 돼?"

"그러면 뭐라 부르고 싶은데. 내가 너를 오빠라고 부를 수는 없잖니. 내가 나이가 많은데."

"한국 이름 없어? 나는 메이라고 부르는 것보다 여자친구가 생기면 한국 이름 부르고 싶었거든. 원래는 나보다 나이 먹은 누나를 좋아하리라 생각도 못했고. 나는 왠지 미국 여자는 사귀고 싶지 않았어.”

“왜, 미국 여자 예쁘고 좋던데.”

“몰라. 나는 미국 여자가 편하게 느껴지지 않아. 나는 엄마를 좋아하는데, 엄마 같은 여자가 좋아. 엄마가 미국 여자가 아니잖아?”

“너 그러면 내가 나이 많은 것이 엄마처럼 느껴져서란 말이야?”

다니엘은 그런 뜻이 아니라고 정색을 하며 고개를 절레절레 흔들어 댔다. 메이는 오랫동안 숨겨둔 이름을 말해야 할지 망설였다. 그래도 이름이 알려지는 것이 부담스러웠다. 다니엘만 자기를 한국 이름으로 부르면 이상할 테니 그냥 메이라고 부르라고 했다. 다행히 다니엘은 더 이상 보채지 않았다.

다니엘은 메이 손을 놓아 주지 않고 계속 잡고 얘기했다. 어느 시인은 그리움이 끊긴 마음이 지옥이라고 했는데 이제 메이는 지옥에서 나오는 기분이 들었다. 다니엘과 헤어지고 나면 그가 보고 싶어질 것 같았다. 다니엘더러 아무도 모르는 무인도로 가서 살자고 하면 따라올까 하는 생각을 하다가 혼자 웃었다. 드라마에서나 듣던 대사를 자신의 입으로 뱉으려 하다니. 너무도 큰 변화가 한꺼번에 밀어닥치고 있었다.

“다니엘 언제부터 나 좋아한다고 느꼈니?”

“첫 강의 시간에.”

“그럼 처음 봤을 때란 말이야?”

"응, 이름을 메이라고 하는데. 처음 쳐다봤지. 그때 옆모습이 너무 예뻤어. 작고 하얀 귀와 그 밑으로 내려진 목선이 너무 예뻐서. 얼른 앞모습이 보고 싶더라고. 진짜 일어나서 앞으로 갈 뻔했어. 그리고 첫 수업시간에 계속 훔쳐봤지만, 고개를 돌려야 말이지. 결국 수업을 마치고 앞모습과 얼굴을 보는 순간 필(feel)이 꽂혔어. 거짓말 아냐. 메이는?"

"글쎄, 언제부턴지 네가 자꾸 따라다니는데 서서히 좋아진 것 같아. 모르겠어. 좋아졌으면 된 것 아냐?"

다니엘은 메이의 무릎을 베고 덜렁 누워 버렸다. 데이트하면 하고 싶었던 일 중에 하나라고 하며. 메이를 사랑스럽게 올려다보는 다니엘 눈을 더 이상 내려다보지 못하고 눈을 감으며 쳐다보지 말고 잠시 있자고 했다.

메이는 하찮은 말과 대화에서 전에 느끼지 못하던 행복한 감정이 일었다. 그동안 여러 땅과 물을 건너 여기까지 온 메이였다. 그녀의 어깨에는 부모님 뒤에 가린 여러 사람들의 요구가 숨겨져 항상 누르고 있었다. 의무였고 피할 수 없는 운명 같은 것이라고 여겼던 거였다. 남들이 감히 꿈도 못 꾸는 운명적인 행운이었는지도 모른다. 그런데 그런 주어진 운명과 의무보다 앞선 것이 그녀 앞에 찾아와 간직하고 살아야 할 것이라 믿었던 것들을 밀어내려 했다. 사랑하는 마음은 의무나 책임보다 먼저인 감정인 것처럼 생각됐다.

사랑을 운명이라고 말할 수 있다면 사랑에는 선택하고 결정해야 하는 순간이 찾아온다. 메이는 지금 그 순간에 있는지도 모를 일이다. 메이에게 다니엘이 그런 선택적 운명의 주인공이 된다는 것은 엄청난 파장과 상처를 줄 것이 분명해 보였다. 사랑은 한 사람의 선택만도 아니었다. 두 사람의 선택이 사랑이란 이름으로 하나 되는 것을 의미했다. 지금까지는 그 선택에 다니엘이 앞서 나가고 있었지만 앞으로 남은 것은 메이 차례가 되고 있었다. 다니엘은 이미 그 운명적인 선택을 했는데 메이가 선택할 수 없는 것이면 어떻게 되나?

사실 문제는 그런 이성적인 것이 아니었다. 메이의 가슴에 소중하다고 믿었던 가치들이 더 이상 중요하게 느껴지지 않기 시작했다. 흐려져 가는 가치들 위에 다니엘이 그 자리를 메우고 있는 것이었다. 사랑이란 지금껏 간직하며 소중하다고 느끼는 것들로부터 떠남으로 시작되는 것 같았다. 부모를 떠나 새로운 가정을 이루듯이 떨어내지 않으면 안 되는 생각과 일들이 있었다. 메이는 다니엘과 같이하기 위해 헤어져야 할 것들 앞에서 두려웠다.

메이는 두려움이 생길 때마다 자기 위치를 부러워하는 사람들을 떠올리며 위로를 받았다. 앞으로 자기가 돌아가 누리게 될 일들을 생각하며 참아내고 있었다. 그런데 그런 일들이 개인적인 일이 아닌 세상일이고 메이가 아니어도 할 수 있는 일임을 늦게나마 느끼고 있는 것이다. 이런 모든 생각이 나이도 어린 다니엘 때문이라는 사실이 믿기지 않았다.

언니 생각이 났다. 언니가 경국 아저씨와 사랑을 하려면 보내야 할 것이 무엇인지 생각해 보았다. 윤리나 도덕적인 것만 떨어낸다면 문제될 것도 없어보였다.

경국 아저씨 입장은 전혀 달랐다. 가정을 깨고 헤어져야만 가능한 일이었다. 사랑의 선택이 파괴적일 수도 있다는 생각이 들자 더 두려웠다. 사랑을 이루기 위해 떠나야 하고 버려야 할 가치관이 있다는 것은 이해할 수 있지만, 사랑의 결과가 파괴와 두 사람의 상처가 아닌 다른 사람에게 피해를 주는 사랑이라면 그것은 사랑이 아닌 본능의 유혹에 복종하는 행동이라고 볼 수밖에 없지 않을까?

원래 사랑이란 아름다운 것이지 파괴적인 결과를 초래하는 속성은 없는 것일 게다. 그래서 파괴하는 사랑은 사랑일 수 없다. 다른 사람을 파괴하지 않기 위해 헤어지는 사랑을 한다면 그 사랑이 귀하고 숭고한 사랑일 것이다. 언니의 사랑도 그래서 안 되는 것이고, 메이의 사랑도 그래서 안 되는 것이다. 생각은 깊어지지만 그렇다고 정리되는 감정은 아니었다. 막 시작한다고 해놓고 혼자 정리한다고 해서 될 일도 아니었다.

“다니엘, 그만 가자. 언니 생각을 하니 걱정된다.”

“10분만 더.”

메이는 다니엘의 그 간단한 말 한마디에 갑자기 눈물이 고였다. 자기와 10분이라도 더 같이 있고 싶어 하는 다니엘 마음이 고맙게 마음에 못 박히듯 박혀서였다. 눈물이 고인 것을 첫 데이트부터 들키지 않으려 다니엘을 일으켜 세우며 그를 가볍게 안았다. 다니엘의 팔에 힘이 주어지면서 메이는 그의 품에 오그라들었고 다니엘의 첫 키스까지도 받아들였다.

메이가 아파트에 돌아 왔을 때는 서영이 먼저 집에 와 있었다. 평상시 같으면 찌개 냄새가 나든가 저녁은 뭘 먹을 것인가를 서로 물으며 심각하지 않은 일로 심각해하며 지내는 시간이었다. 서로에게 말할 것이 있지만 선뜻 말을 꺼내지 못하고 엉거주춤한 어색하고 무거운 분위기였다. 서영이 먼저 입을 열었다.

"도서관에서 오니? 저녁 뭐 먹을래?"

"어, 아니. 우리 나가서 간단하게 빵이나 사먹고 때울까? 나, 언니한테 고백할 거 있어. 여기서는 싫고 조용한 데 가자."

"그래, 나도 뭔 이야기든 하고 싶다. 경국 씨와 갔던 스테이크 집이 생각난다."

"오늘은 너무 멀고 늦었어. 언니."

"알아. 그렇다는 거지."

대학교 주변이라 음식점은 많았다. 많은 음식점 중에 어디 가서 무엇을 먹을지가 매번 고민되는 것은 이상한 일이었다. 오늘은 음식을 먹기 위해 외식을 하는 것이 아니라 얘기를 나누기 위해 외식을 하는 격이었다. 두 사람은 외각에 있는 허름하면서도 조용한 샌드위치 전문점으로 갔다.

1952년부터 온 가족이 대를 이어가며 하는 레스토랑이었다. 특히 점심에는 가격도 저렴하고 칠리독을 먹으려 많은 사람이 줄을 서서 기다리는 그런 식당이었다. 조용할 것이라는 기대는 허물어졌다. 손님들이 꽉 차 있었다. 차라리 두 사람의 가라앉은 분위기로는 붐비는 것이 더 좋을 것 같기도 해 10분 정도 줄을 서 기다리다 구석자리로 안내받았다.

수백 마리는 족히 보이는 세라믹 돼지들이 진열장과 곳곳에 놓여 있었다. 들어오는 입구에는 낡은 성경이 펼쳐 있었고 몇 십 년 동안 모은 것 같은 소품들이 무질서하리만큼 흩트려 놓여 있었지만 이 식당에서는 어울리는 것들이었다. 주문을 했지만 한동안 기다려야 할 것 같았다. 먼저 가져온 음료수를 마시며 서영이 입을 열었다.

"고백할 것이 있다니, 부모님께 무슨 연락 있었어?"

"아니, 실은 나, 다니엘하고 데이트했어."

"데이트를 하다니. 너희들 매일 학교에서 만나지 않았어?"

"그런 것 말고. 정식 데이트"

메이는 정식 데이트라는 말을 들은 서영이 다니엘이 말한 의미로 받아들이지 못하는 것 같아 다니엘에게서 들은 설명을 해야 했다.

"그러면 나도 오늘 경국 씨와 정식 데이트를 한 셈이네."

"언니도 데이트했어? 어땠어?"

"너부터 이야기 해봐."

서영은 메이의 고백이 부럽기도 하고 불안했다. 묘한 질투심까지 느껴지는 것을 어쩌지 못했다. 메이가 첫 데이트부터 키스까지 하는데 어쩌지 못했다는 고백까지 하자 가슴이 죄어 오는 느낌이 순간 들기도 했다.

"언니, 그때는 그런 생각 못했는데 다니엘 바람둥이 아닐까?"

"그렇게 사람을 쉽게 단정하는 것 좋지 않아. 다니엘이 무턱대고 키스하고 싶다고 대들데?"

"아니. 10분만 더 있다 가자는 말에 눈물이 왈칵 솟아 눈물 안 보이려고 다니엘을 살짝 안았거든, 그랬더니 한참을 꼭 안고 있다가 그냥……."

"그것 봐. 분위기는 네가 잡아 놓고 누굴 나무래. 사람에 따라 신체 접촉이 빠를 수도 있고 느릴 수도 있지만, 그때 서로 감정이 문제지 시간으로 판단할 수 없는 거야. 다니엘은 이미 데이트를 정식으로 신청하고 허락을 받고 났으니 억제하고 있었던 사랑의 감정이 말과 행동으로 터졌을 수도 있고. 너 다니엘 순수하고 꾸밈이 없다며. 믿어 줘."

웨이터가 주문한 음식을 가지고 오는 바람에 대화가 잠시 끊겼다. 확인할 수 없고 증명할 수 없는 의심을 품고 집착하는 것은 불행의 첫걸음이 될 수 있다고 서영이 말했다. 메이는 자기 얘기를 하면서도 언니는 경국 씨와 첫 데이트가 어땠느냐고 운을 뗐다.

서영은 무슨 생각에 잠겨 헤어나지 못하는 얼굴이었다. 메이는 언니가 하고 있는 생각에서 벗어나지 못해 힘들어하는 표정 속에는 그 생각을 놓지 않으려는 또 다른 마음에 매달려 있어서라고 여겼다.

"나 그 사람 좋아하면 안 되는 줄 아는데, 당분간 좋아하기로 했다. 경국 씨 나한테 연락하고 싶어도 못하는 성격 같아서 내가 먼저 전화했어. 지금은 나도 그 사람 곁에 마음을 연 상태로 있고 싶기도 하고."

"언니, 우리 큰일 났다. 지금 사고치는 거야. 우리 나중에 훌쩍 떠나면 두 사람 어떻게 해. 우리가 참고 말하지 말았어야 했던 것 아냐?"

"그런 말은 메이 네가 해서 되는 말이 아니라, 언니인 내가 해야 되는 말이야."

메이와 서영은 그날 같은 침대에서 자자고 하며 레스토랑을 나왔다. 같은 범죄자끼리는 서로 죄를 폭로할 수 없을 것이라는 생각을 믿고 두 사람은 누구에게도 말하지 말자는 약속을 속으로 서로에게 했다.

15

농장은 여전히 조용했다. 바람으로 나뭇잎이 흔들렸지만 소리를 내지는 못하고 있었다. 경국의 귀에 안 들려서 그렇지 주위는 온통 소리로 가득할 것이다. 경국은 그동안 들리는 소리에만 매달려 살아왔다. 듣기 좋은 소리, 자기를 반기는 소리에만 집착하며 살았다. 고요 속에도 소리가 있다는 평범한 진리를 한 번도 생각한 적이 없었다.

그 들리지 않는 소리 중에 가장 무서운 소리가 양심의 소리라는 생각이 들었다. 그 소리는 들으려 하면 들리고 묵살해 버리면 들리지 않는 소리였다. 안 들린다기보다 안 듣는 소리로 변해 버리는 이중성이 강한 소리였다. 경국의 가슴에 전에 안 들렸던 소리가 들리기 시작했다. 이성을 찾으라고. 서영과 더 이상은 안 된다고. 서영과 메이를 인간적으로 보지 말고 북한에서 온 공산주의자로 보라고. 앞으로 큰일을 낼 여자들인지 모르니 나중에 후회하지 말고 미스터 강의 요구에 충실하라고.

　그런데 문제는 양심은 그런 소리만 내는 것이 아니었다. 그들의 인간성을 무시하고 이념적으로만 대해서는 안 된다고. 인간성을 무시한 신뢰회복은 불가능하다고. 이념으로 모든 것을 묶어 다 받아들이지 않는다면 이 상태로 그만두자는 거라고. 서영과 메이를 가까이 하면서 새롭게 생긴 감정, 전 같으면 말도 안 되었던 감정은 서로가 사랑하고 하나 될 수 있는 이념 이전의 인간이라는 것을 증명하고 있는 것이라고. 어디에선가부터 누구에선가부터 그런 감정을 무시하는 일을 그만두기 시작해야 하나가 될 수 있는 것이라고. 전에 들리던 양심의 소리와 반대되는 새로운 양심의 소리가 들릴 때는 후자가 더 옳을지 모른다고.

　경국은 두 양심의 소리가 싸우는 소리를 들으면서도 서영을 생각했다. 경국은 그 소리들을 잠재우기 위해 일을 하기로 했다. 때로는 노동이 약이 되고 땀이 정신을 맑게 해주기도 했기 때문이다.

　닭장에 들어갔다. 한 달이 다 되어가는 닭장 안에는 대형 환풍기를 10개나 돌려 실내 공기를 뽑아내도 여전히 암모니아 냄새가 강하게 풍겼다. 앞으로 일주일 정도면 출하할 수 있을 만큼 벌써 몸집이 불어나 움직이기를 싫어했다. 죽은 닭을 주워내며 제대로 자라지 못해 상품 가치가 없어 보이는 닭들을 골라내면서도 서럽게 울던 서영의 모습을 털어 내지 못했다.

텃밭으로 가 고추밭에 잡초를 뽑기 시작했다. 기계식 쟁기가 있는데도 삽으로 빈 텃밭을 뒤집었다. 땀이 온몸을 적셨지만 서영이 생각을 멈추지 못했다. 샤워를 하고 서영에 대한 생각을 다른 무거운 생각으로 덮어 버리고 싶었다. 도서관에서 복사해 온 북한 핵에 대한 자료가 생각났다. 그래, 그 자료를 읽고 정리하다 보면 서영과 메이를 어떻게 대해야 할지 정리될 거야. 경국은 그런 생각을 하며 자료들을 검토했다.

'북한과의 새 대응원칙'의 자료를 살펴보았다. 짧은 기사지만 많은 것을 시사하고 있었다. 2002년 10월 미 국무장관 보좌관 켈리가 평양을 방문하고 돌아 온 시점에서 나온 기사였다.

한국전쟁 재발 가능성이 가장 높았던 1994년의 북한 핵 위기가 다시 재연될 조짐이 이라크 전쟁이 한창 가열되는 가운데 불거지고 있다. 북한의 핵무기 보유는 37,000명의 주한미군과 남한 그리고 일본에 심각한 위협이 되고 있다. 북한의 핵 개발은 이미 핵확산금지조약에 동의한 한국과 일본의 핵 개발과 보유 필요성을 자극하게 될 것이다. 종국에 가서는 이미 1994년에 합의한 북한과 미국 사이의 핵 개발 프로그램의 동결 약속을 깨는 것이고, 부시 정부의 평양에 대한 정책 결정에 운신의 폭이 좁아져 지금까지 클린턴 정부와 유지해 오던 대화와 협상의 분위기는 중단된 상태다.

이 문제를 대화로 해결하기 위해 다국적 노력이 진행 중에 있지만 만약 대화에 실패하면 미국은 한국, 일본, 중국과 함께 강경자세를 취할 수밖에 없게 될 것이다. 최근 평양이 주도권을 쥐고 있는 남한 정부와 일본과의 대화도 지장을 받게 될 것이다. 하지만 현실적으로 북한과 이라크에 대한 동시적인 다국적 강경자세를 취하기는 쉽지 않을 것이며 외교적 노력이 더 활발할 것이다.

부시정부는 최근 세 번째 옵션에 대한 입장을 검토한 것이 드러났는데, 이는 북한 핵 시설에 대한 선제공격을 고려하고 있다는 것이다. 하지만 현재까지 검토의 초기 단계라고 할 수 있고 실현 가능성은 희박해 보인다. 이를 망설이는 데는 충분한 이유가 있다. 1,000만 인구의 수도 서울은 비무장지대에 너무 가깝게 있고, 북한의 수천 기의 재래식 포병무기의 사정거리 안에 있다. 미국의 핵 시설 공격은 남북한의 다양한 군사행동이 뒤따르게 될 것이다. 미국이 아무리 강국이라 하더라도 이라크 전쟁과 동시에 북한을 상대할 수 없을 것이다.

이어지는 기사는 그동안 북한이 핵 개발을 중지하는 대가로 중유 공급과 같은 한국과 미국의 경제지원을 다루고 있다. 외교적 노력의 가능성은 아직 있다는 전망을 하고 있는 기사다. 그러면서도 만약 외교적인 노력이 실패하게 되고, 이 협상의 실패가 북한의 책임임이 우방 국가들과 인식을 같이하게 된다면, 미국은 힘으로 해결하고자 하는 국제적인 행보를 강하게 추진할 전망이라고 결론을 내리고 있다.

25페이지나 되는 '궁지에 몰린 개는 때로 물 수 있다.'는 글은 그동안의 북한 핵에 대한 전반적인 내용을 종합한 글이다. 다양한 이야기를 담고 있지만 제목에서 느끼듯이 두 가지를 말하려는 기사라고 정리되었다.

북한이 궁지에 몰리면 핵무기를 사용하려 할 것이라는 가정하에 첫째는 북한을 궁지로 몰지 않아야 한다는 의미가 있고, 둘째는 북한 내부 붕괴로 인한 내부 분열이 있어도 핵무기는 사용될 소지가 있다는 경고인 것이다. 경국은 두 번째 암시가 첫 번째 암시보다도 더 위험한 것이라는 생각이 들었다.

경국은 검토하던 자료들을 덮었다. 자료를 읽는 중에 계속 떠오르는 사람이 있어서였다. 우연히 골프장에서 같이 골프를 치게 된 노인이었다. 미국 사람으로는 한국말을 제법 한다싶었다. 몇 홀을 치자 자기가 과거에 한국에서 CIA 요원으로 일했다고 했다. 그 당시 경국은 과거 정보요원이 자기 신분을 노출하는 것에 그의 말을 미심쩍게 들었다. 그는 경국이 크게 관심을 두지 않는 것을 느꼈을 텐데도 준비된 대사를 말하듯이 말을 이어갔다. 그 말을 한국 사람에게 꼭 해주고 싶었던 것 같았다. 경국이 대사관에 무관으로 근무한 사실을 안 후 더 그랬는지도 모른다.

한국전쟁 이후 한국에 전쟁 재발 가능성이 가장 높았던 때가 두 번 있었다. 하나는 1976년 8월 18일 판문점 공동경비구역 안에서 미루나무 가지치기를 하던 미군장교 2명이 북한 군인들에 의해 도끼로 살해된 사건이 발생한 때였다. 이때는 거의 전쟁 일보 직전까지 갔었다. 한국군은 진지에 전원 투입되었고 휴가병들에게 귀대명령까지 내려졌었다. 후방 지원시설에 있는 탄약이 전방부대로 일부 추진되기까지 했다.

다른 사건은 북한이 핵을 개발하고 있다는 정황이 포착되면서 미 국방부가 영변 핵 시설을 폭격할 계획을 수립하면서부터다. 1991년 국방부 고문이었던 리처드(Richard Perle)는 의회에서 말하기를 북한 핵 문제 해결을 위한 유일한 방법은 폭격하는 방법 외에는 없다고 주장했다. 1981년 이스라엘은 이라크의 핵 시설을 선제공격하여 성공했는데, 영변을 폭격하는 것이 왜 안 되겠느냐고 말하기까지 했다.

미국의 대외정책으로 볼 때 북한의 재래적인 도발로는 미국이 경솔하게 전면전을 펼치지 않겠지만 핵 개발이 지속되는 한 미국은 이미 검토된 선제공격카드를 쓰지 않을 수 없을 것이다. 미국은 위협은 주었지만 프레블로호 납북 때나 도끼 만행사건 때도 북한을 공격하지 않았다. 이유는 재래적인 도발로 북한을 공격하는 것은 국제적인 호응을 받아내기 쉽지 않아서였다고 볼 수 있다. 하지만 핵 개발을 저지할 목적의 선제공격은 주변국가와 서방국가들의 호응을 받을 수 있을 것이라 믿어진다.

그 사람은 자기 과거 경험을 바탕으로 북한의 핵 개발이 한반도 미래와 얼마나 밀접한 관계가 있는지를 말해 주고 싶었던 것이란 생각이 새삼 들었다.

국력은 '국가가 자기의 의사를 타국에 강요하는 능력'이라는 말이 생각나면서 다른 생각들이 꼬리를 물고 이어졌다. 국제사회에서 국력은 경제력과 군사력을 바탕으로 한 정치력이다. 경제력만 가지고 있어도 큰 영향력을 행사하지 못한다. 일본과 독일이 그런 경우다. 물론 이 두 나라의 군사력이 만만치 않지만 세계는 지금 이상의 군사력 증강에 제동을 걸고 있다. 이미 세계를 전쟁의 공포로 몰고 간 전력이 있기 때문이다. 경제력이 있는데 뭐가 문제냐고 단순하게 생각하면 곤란하다. 두 나라의 경제력은 자립경제력이 아니다. 다른 나라와 무역이 없이는 힘이 없어지는 경제구조다.

경국은 우연한 기회에 주미 일본 국방무관의 말을 들을 수 있었다. 일본과 독일은 이라크에 전투 병력을 파병하지 않는 대가로 100억 불이 넘는 전비를 부담했지만, 전후 복구사업에 있어 직접 병력을 파병한 국가가 아니라는 이유로 제대로 참여하지도 못하고 영향력을 행사할 수 없었다고. 결국 국제사회에서 힘은 자립경제력을 바탕으로 한 군사력이 뒷받침되어야 영향력을 발휘하게 되는 것이라고 말할 수 있다.

그러면 경제력이 뒷받침 안 되는 군사력은 국제사회에 어떤 영향을 미치게 되는가? 북한 같은 경우다. 경제력의 부재는 이념을 강조할 수밖에 없을 것이고 어느 시기까지는 유지될지 몰라도 국민들이 계속 배고프게 되면 참지 못할 것이다. 전쟁이란 개념은 '국가 간 무력충돌, 국가정책의 계속, 혹은 영웅의 광적 발작'으로 이해되고 있는데, 체제 유지를 위해 전쟁을 택하는 경우가 있을 수 있다는 것이 불안한 점이다.

북한의 핵 개발이 미국의 군사력 개발에 이용되고 있는 점도 무시할 수 없는 일이다. 미국은 소련이 무너지자 소위 '악의 축'이라 부르는 국가가 주적이 되고 말았다. 속으로 러시아나 중국의 군사력 증강을 견제하면서도 겉으로는 이 주적 국가들 때문에 군사력을 개발하고 유지해야 한다고 하며 국민을 설득하고 의회에서 예산을 확보한다.

북한이 핵을 개발해서 이미 실험 발사한 대포동 미사일에 탑재하여 미국 본토를 공격할 것을 가상하여 이를 요격할 미사일방어 (MD) 시스템의 개발을 지속하고 실전배치해야 한다고 하고 있고, 몇 번의 실험 발사를 했다. 전 같으면 소련의 미사일 공격에 대응하기 위해서라고 했을 것이다. 북한이 사거리를 6,000킬로미터까지 보낼 수 있다고 말하는 '광명성 2호' 발사가 실패한 것으로 보이지만 미국은 민감하게 반응하고 이에 대응할 것이 분명하다. 미국은 이란 같은 나라에 북한 미사일이 수출되는 상황을 어떻게든 막으려 할 것이기 때문이다.

일본도 마찬가지다. 군사력은 증강하고 싶고 경제력도 있는데 국제적인 여론 때문에 참고 있었던 것을 북한의 핵 개발이 이를 부추기고 여론몰이에 성공하고 있는 것이다. 아이러니하게도 북한의 핵은 체제 유지에는 도움이 될지 몰라도 한반도 통일에는 도움이 되지 못하는 것이 현실이다.

그렇다면 북한이 핵을 개발해서 가지고 있으면 통일 후에 결국 남한에도 도움이 되는 것이 아니냐는 생각을 가진 사람들의 판단은 대단한 위험 요소를 내포하고 있다고 볼 수 있다. 한반도 주변 국가들은 통일에 동의할 수 있을지 몰라도 핵보유는 용납하지 않으려 할 것이기 때문이다. 전쟁을 치르고라도 핵을 가져서 어쩌자는 건가?

경국은 모처럼 후배들 앞에서 무기와 정치의 상관성과 같은 수

준 높은 강의를 준비하고 있다는 착각이 들다가도 들어 줄 사람도 없는 처지에 별 생각을 다한다는 겸연쩍은 마음이 들었다.

역시 복잡하고 심각한 생각에 빠지다 보니 서영 생각을 잊을 수 있었다. 하지만 그것도 잠시였다. 아내의 퇴근 시간이 다가오면서 경국은 혹 아내가 있을 때 서영에게서 전화가 오면 어떻게 해야 할지 걱정스러웠다. 아내가 퇴근하기 전에 전화하고 싶어졌다.

전화를 걸자 서영의 밝은 목소리가 들렸다. 잘 지내느냐고 물었고 잘 지낸다고 대답했다. 침묵이 흘렀다. 안부 외에는 할 말이 없었다. 서영도 말이 없었다. 지난번 원피스 입은 모습이 예뻤는데 제대로 표현을 못했다고 했다. 그때 말했다고 했다. 말이 한참 없더니 다음에 한 번 더 입고 싶다고 했다. 그 옷만 계속 입고 만나도 된다고 했다. 차라리 그러면 쉽게 싫어질 수도 있겠다고 서영이 말했다.

개 짖는 소리가 났다. 서영이 왜 개가 짖느냐고 물어, 아내가 퇴근하는 것 같다고 했다. 학교 오는 날 만나자고 서영이 말하며 그동안 전화하지 않더라도 그러려니 생각하자고 했다. 경국도 그러자고 했다. 전화를 끊자 맘이 놓이면서도 아내 얼굴을 똑바로 보지 못할 것 같았다.

16

바쁘면 바쁜 대로 살아가게 되어 있나 보다. 전 같으면 농장일 하나만도 힘겨워했던 경국이 요즈음 농장일은 뒷전에 밀어 놓은 것처럼 생활하고 있다. 살아 있는 동물들이라 계속 신경을 쓰기는 했지만 정성이 덜 들어가는 것은 어쩔 수 없는 일이었다.

학교를 내려가며 미스터 강에게 전화를 하려다 그만두었다. 필요하면 먼저 하겠지 하는 생각으로 금세 바뀌었다. 바로 뒤따르는 생각이 성구 부인이 잘 지내는지 궁금했고, 안부전화라도 해야겠다는 생각이 들었다. 성구는 그때 이후 전화 한 통화 없었다. 성구가 연락처를 주고 간 것도 아니어서 연락을 하지 못했다. 이유가 있어서 전화번호를 안 주었을 수도 있다고 생각했다.

유진 엄마는 특별한 일은 없다고 했다. 목소리에 그렇다고 모든 일이 잘되어 가는 것도 아니라는 느낌이 전해졌다. 유진과의 관계를 물어보았다. 아직도 크게 달라지지 않았다고 했다. 미국 남자친구는 계속 만나냐고 물어보았다. 그녀는 그 말에 한숨을 쉬었다. 그게 대답이었다. 사춘기 때는 너무 몰아붙이면 더 반발을 하는 시기니 조심스럽게 관찰하고 어른 취급 해주라고 권했다.

경국은 부모들에게는 쉬운 일이 아닐지 몰라도 사춘기 때부터 아이들을 독립적인 인격체로 대해주는 것은 많은 문제를 없애는 데 도움이 된다고 믿고 있었고, 자신은 그 방법으로 효과를 보았었다. 경국은 성구 안부도 묻고 아이들 데리고 농장에 한번 다녀가라고 말하는 사이에 '삐~삐~. 삐~삐~.' 하는 전화 걸려오는 소리가 들렸다. 누군가 전화를 하는 것 같다며 다음에 연락하자고 했다. 성구 부인은 전화해 주어 고맙다며 아이들과 상의해 농장을 방문하겠다고 했다.

서영의 전화였다. 전화받을 수 있느냐고 물었다. 학교에 가는 중이라고 했다. 수업 끝나고 아파트에 오면 약속한 라면을 끓여 주겠다고 했다. 다니엘과 메이도 같이 오라고 했다고 하면서. 경국은 라면이라면 자기가 끓여 줄 테니 그냥 기다리라고 했다. 다른 요리는 못 해도 군대에서 배운 것 중에 하나가 라면 끓이는 것이라고 했다. 군대라는 말을 괜히 했나 하는 생각을 하다가 서영이 어차피 경국과 같이 지내는 한 적응하고 익숙해져야 할 말 같아 변명하지 않았다. 서영은 라면 끓이는 데 준비할 것은 없느냐고 물었다. 군대라면의 특징은 냉장고에 있는 재료를 보아가며 그때그때 다르게 끓여 먹는 것이 묘미라고 했다. 서영은 맛이 있을지 없을지 몰라도 벌써 입안에 침이 돈다고 했다. 경국은 그 말을 빨리 왔으면 좋겠다는 뜻으로 받아들였다.

힐 교수는 평상시와 다름없는 분위기와 동작을 반복하며 중국이 앞으로 한반도 통일에 미칠 영향과 중요성에 대해 설명해 나갔다. 경국은 힐 교수의 강의 내용이 자신이 알고 있는 내용과 대동소이 (大同小異)하다 느끼며 차라리 다니엘이 중국의 한반도 정책에 대한 자료를 달라고 하면 말해 주고 싶은 것을 교수 강의를 필기하는 척 하며 적어 내려갔다. 가능한 영어로 써 나가려 애쓰면서도 스펠링 이 생각 안 나는 단어는 한국말을 섞어가며 메모를 시작했다. 메모 를 주며 말로 설명하면 될 것 같아서였다.

소련이 강자로 군림할 때는 한동안 중국은 '종이호랑이(Paper Tiger)'라는 말을 들을 정도로 세계 정세에 영향력을 행사하지 못 하던 나라다. 그러나 지금은 누구도 중국을 '종이호랑이'라 부르 는 나라가 없다. 잠자던 호랑이가 잠에서 깨어났다고 생각하는 추세다. 중국은 영리하게도 냉전시대에 미국과 소련의 양극화된 구조를 인정하며 힘을 키워오고 있었다고도 볼 수 있다. 지금도 중국은 대만 문제를 제외하고 국제사회에서 미국과 러시아처럼 큰 목소리를 내지 않는다.

미국은 한동안 소련의 팽창정책을 저지하는 수단으로써 중국의 역할을 중요시했고, 한반도 안정을 유지하는 데도 중국의 역할을 비중 있게 여기고 있다. 중국은 경제적인 가치로도 그렇고 인구나 땅의 크기로 보아도 세계 경제성장에 다른 국가나 대륙에 비해 훨씬 전략적 가치를 지닌 나라다. 탈냉전시대를 맞아 공산주의 이념이 해체되는 과정에서 중국은 공산주의라는 이념을 고수하는 정책을 일관하는 것처럼 하면서도 실제로는 자본주의 시장경제를 받아들여 새로운 공산주의 국가의 개념으로 개방과 개혁을 가하면서 놀라운 경제 발전을 이루었다.

현재는 중국의 군사력 증강과 경제발전이 미국과 일본의 '떠오르는 중국'에 대한 거부반응과 견제가 이루어지고 있는 실정이다. 앞으로 중국이 세계 정치나 경제에 엄청난 비중으로 작용하면서 목소리를 높일 것이고 이런 점에서 한반도 통일에 미국에 버금가는 영향력을 행사하는 국가가 될 전망이다. 최근 미 국방성 모의게임에서 중국이 미국경제를 이겼다는 보도는 여러 의미를 내포하고 있는 것이다.

'떠오르는 중국'을 견제하기 위해 미국은 중국의 인권을 문제시 삼아 티베트를 자극하고 있는 것은 아닌가 하는 생각이 든다. 얼마 전 티베트의 민족 지도자 달라이 라마가 우리 대학에도 와서 강연하여 많은 군중이 모이고 미국 사람들이 동양철학에 심취해 가는 것처럼 신문들은 보도했지만 그가 떠난 뒤에도 미국은 변하지 않았다.

남아프카공화국이 민주화하는 과정에서 넬슨 만델라도 이와 비슷한 역할을 했다. 한국의 민주화 과정에서도 김대중 전 대통령이 이와 같은 역할을 했다고 본다. 앞으로 어떻게 될지 몰라도 중국 정부를 견제하는데 대만과 티베트 카드를 계속 사용하려 할 것 같지만 성공할 수 있을지 알 수 없다.

서방 세계에서는 중국이 자본주의 시장경제 체제를 받아들이면 혼란과 자체 붕괴가 있을 것으로 예측하기도 했다. 그러나 중국은 점진적 개방과 이념의 개혁보다는 정책개방을 통해 혼란을 극소화하는 데 성공했다. 누구도 중국이 원래의 공산주의 국가로 돌아가리라고 믿지 않지만, 그렇다고 당분간 공산주의 이념을 표방한 체제를 쉽게 포기하지도 않을 것이다. 이 말은 중국은 모든 것을 현상유지하면서 그들에게 유리한 것을 선택하며 힘을 키우는 정책을 계속할 것이라는 전망을 낳게 한다.

중국과 북한은 1949년 10월에 정식 외교관계를 수립했다. 북한은 정권을 수립하자마자 소련과 수교하였고, 불가리아, 루마니아에 이어 네 번째 외교관계를 중국과 수립한 것이다. 북한정권은 소련에 의해 수립된 것이나 다름없으며, 중국은 러시아 다음의 2인자로서 만족하며 북한 정권에 영향력을 행사해 왔다. 한국전쟁에서 중국의 개입 역시 소련 다음의 역할을 유지하려는 계산이었다.

그러나 중국과 북한 수교가 60년이 되는 이 시점에서 상황은 변했다. 소련은 붕괴되었고, 우위에 섰던 경제력이나 군사력에서 러시아는 중국에 견줄 정도가 아니라고 본다. 러시아는 한국뿐 아니라 중국에서도 돈을 빌려 쓰는 형편이 되었다. 올림픽을 성공적으로 개최하고 유인 인공위성을 발사한 중국의 성장과 잠재력은 한반도 통일에 그들의 역할과 입김을 짐작하게 한다.

남한 정부의 입장에서 다행인 것은 중국의 개방정책에 한국이 참여하여 외교관계를 수립하고 경제적인 결속이 강해졌다는 것이다. 이는 중국이 북한의 의견만 듣고 통일 문제를 다룰 수 없는 상황으로 발전하고 있다는 것을 의미한다.

그렇다고 중국이 국제 정세에서 그들의 입김을 강하게 반영하려 하는 것 같지도 않다. 미국은 한반도 핵 문제 같은 것을 해결하는 데 중국이 더 강한 역할을 해주기 바라지만 적당한 입장에서 서두르지 않고 있다. 어차피 미국이 북한을 상대하는 데 중국의 지원이 필요함을 이용하는 것으로 보인다.

대충 정리가 된 것 같다는 생각을 하는데 힐 교수 강의도 끝났다. 경국은 조별 모임에 참석하러 도서관으로 갔다. 다니엘이 중국에 대한 내용을 발표하는 순서였다. 다니엘은 뒤통수를 긁적거리며 쑥스러운 웃음을 짓더니, 힐 교수의 강의가 너무 구체적이어서 특별히 더 말할 게 없다고 했다. 학생이 교수의 강의보다 더 깊게 이런 문제에 접근할 수 없는 점도 이해되었다. 로버트가 경국에게 의견을 물어보는 바람에 강의 도중에 메모한 것을 꺼내 대충 읽어 나가자 교수 강의가 원론적인 것이었다면 경국의 의견은 현실적이고 이해하기 편하다는 반응들을 보였다.

조별 모임이 끝나고 아파트로 갔다. 메이와 다니엘은 벌써 와 있었다. 경국이 들어서자 서영이 그들로부터 무슨 말을 들었는지 한마디했다.

"오늘 조별 모임에서 히트 쳤다면서요. 경국 씨, 알아 가면 알아 갈수록 무서운 면이 보여 겁나네."

"그런 소리 말고, 라면이나 내놔. 약속대로 라면 끓여 줄게."

서영은 이미 라면을 준비해 놓고 있었다. 라면을 보면서도 그 말이 튀어나왔다. 메이와 다니엘은 경국이 라면을 끓이기로 했느냐며 재미있어했다. 다니엘이 조별 모임에서 발표한 자료를 줄 수 없느냐고 물어봐 주겠다고 대답했다.

냉장고를 열었다. 휑했다. 음료수, 한국 상회에서 사온 김치 병에 절반 정도 남은 김치, 역시 사온 듯한 반찬 용기가 몇 개 더 있을 뿐이다.

"뭐하고 밥 먹어. 햄 같은 건 없어. 파나 양파 같은 것도?"

"제가 찾아 줄게요."

서영이 오더니 햄과 야채 통에서 파를 끄집어냈다. 경국은 남은 멸치조림 통을 꺼냈다. 이미 서영이 불에 올려놓은 물이 끓기 시작했다. 경국이 뒤늦게 올려놓은 물에서 김이 나기 시작했다. 메이가 왜 물을 따로 끓이는 거냐고 물었다. 라면은 보관상 이유로 인체에 해롭지 않은 방부제를 쓴다고 해 먼저 한번 끓인 물에 넣고 씻어낸 다음에 요리를 하는 것이라고 했다. 끓는 물에 라면을 넣고 끓어오르기를 기다리는 중에 다른 그릇 끓는 물에 햄과 김치 국물, 멸치조림을 넣었다. 파를 잘게 썰어 넣기도 했다. 라면이 끓자 찬물로 씻었다. 기름기 있는 물이 씻기어 나갔다. 라면 면발이 졸깃졸깃하게 느껴졌다.

라면을 다시 끓는 물에 넣고 스프는 절반 정도만 넣었다. 다른 양념이 이미 들어가 간을 맞추는 데 문제되지 않았다. 계란을 넣자고 다니엘이 말했지만 군대 라면에는 안 넣고 끓인다고 하며 그냥 끓였다. 라면이 식탁으로 솥째 옮겨졌고 김치와 김이 반찬으로 식탁에 따로 올랐을 뿐이지만 풍성한 느낌을 주었다.

"보기는 그럴듯하네요."

"언니, 나는 남자가 끓여 주는 라면 처음 먹어. 언니도 그렇지?"

서영과 메이는 라면 맛보다도 남자인 경국이 끓여준 라면에 대한 감상이 더 강한 것 같았다. 다니엘은 배고프다며 우선 먹기에

급급했다. 먹는 것 앞에서 사람은 이렇게 순수해질 수 있구나 하는
생각이 들었다.

한국 사람의 피가 흐른다는 이유로 한국을 떠나 사는 경국이나
서영이, 북한을 떠나 잠시 있는 메이가 미국에서 태어난 다니엘과
자연스럽게 어우러져 지내는 것이다. 공통점이란 핏속에 같은 모습
으로 태어나게 하는 DNA가 같다는 것뿐일 것이다. DNA가 같다는
이유로 같은 생각을 해야 하고 같은 이념을 가져야 되는 것은 아니
다. 그것은 환경에 따라 영향을 받는 것이며 후천적 환경에 좌우되
는 면이 강하다. 외모와 언어가 같은 우리는 환경만 변하면 하나
될 수 있다. 외모와 언어가 같은 민족은 다들 그렇게 살고 있지 않
은가? 우리도 꼭 하나로 합해야 한다.

"라면은 안 먹고 무슨 생각을 해요. 자기가 끓여서 맛이 없나 봐
요. 나는 맛있는데."

"아냐, 같이 한 식탁에서 라면을 먹으니 감격스러워서."

"경국 아저씨, 언니하고 있으니 좋아서 그렇죠?"

"그럼 메이는 다니엘과 있으니 좋겠네?"

메이가 부끄러워하는 모습도 감격스러웠다. 경국은 그런 메이의
얼굴을 처음 대하기도 했지만 왠지 북한 여자들은 웃을 것 같지도
않고 부끄러워하지도 못할 것 같은 선입견에서 아직 벗어나지 못하
고 있었기 때문이었다. 경국은 메이 앞에서 미안한 감정이 일었다.

경국 자신이 변하지 않으면서 상대방만 변하기를 기다리고 강요한다는 것은 맞지 않은 것이다. 이념을 말하는 것이 아니라 인간적인 성품의 원리가 그런 것일 것이다.

라면을 다 먹자 서영이 설거지를 했다. 서영의 아파트에도 인스턴트 다방커피가 있어 같이 커피를 마셨다. 같이 영화관이나 가자는 다니엘의 의견은 뒷전으로 밀려났고, 서영의 윷놀이를 하자는 말도 경국이 고스톱을 칠 줄 알면 치자는 의견도 화투가 없다는 이유로 쉽게 묵살됐다.

그러나 경국은 집을 나설 때 화투를 챙겨 차에 두었었다. 무슨 이유인지 화투를 가지고 가고 싶었고 필요할 것 같았다. 고스톱을 쳐본 경험이 있는 서영이 화투가 있다는 말에 모처럼 고스톱 한번 쳐보자고 적극 나서는 바람에 경국이 차에서 화투를 가지고 왔다.

서영은 생각보다 화투를 잘 쳤고 다니엘과 메이는 아무래도 서툴렀지만 머리가 좋은 젊은이들이라 쉽게 배우고 적응했다. 이 화투판에서도 초짜가 빛을 발했다. 경국과 서영이 팀이 되고 다니엘과 메이가 팀이 되어 게임을 했는데 경국과 서영이 지고 만 것이다.

경국이 벌칙으로 저녁을 사야했다. 미국에서 유일하게 집으로 배달되는 음식은 피자뿐이었다. 경국은 '한국 같으면 자장면을 불러 먹는 것인데'라고 아쉬워하면서 피자를 시켜 먹자고 했다. 서영은 경국의 말에 맞장구를 치는데 메이는 냉면이 먹고 싶다고 했고 다니엘은 피자가 좋다고 했다. 확실히 서로 다른 점이 있었다.

경국은 미국에 살면서 하고 싶어도 못하는 것 두 가지가 있다고 했다. 하나는 자장면을 먹고 싶을 때 한국처럼 배달해 주는 곳이 없는 것과 다른 하나는 공중목욕탕이 없어 때를 못 미는 것이라고 했다. 다들 두 번째 말에는 정색을 하며 경국을 밉살맞다는 듯이 쳐다보았다. 다니엘이 한국 드라마를 보자고 제안했고 젊은 세대가 좋아하는 개그 프로를 같이 보며 시간을 보냈다.

한 프로가 끝나자 서영이 경국 씨는 먼저 가야 하니까 잠깐 배웅하고 오겠다고 말하는 바람에 경국도 같이 일어날 수밖에 없었다. 메이가 언니 바로 안 들어와도 된다는 말을 하다가 멈칫했다. 그 말이 다니엘과 둘이 있고 싶다는 오해로 받아들여질까봐 그런 거였다. 서영은 잠깐 있다 올 것이라고 하며 걱정하지 말라고 진담을 섞어 대꾸했다.

둘이 차를 탔지만 갈 곳도 없었다. 시간이 많은 것도 아니었다. 가까운 공원으로 차를 말도 없이 몰았다. 주차장에서 내리려는 경국을 서영이 잡았다. 그냥 차에 조금 앉아 있다가 헤어지자고 했다.

"오늘 고마웠어요. 남편 보내고 남자와 같이 같은 방에서 처음 식사했어요. 오래 기억될 것 같아요. 메이가 걱정이에요. 다니엘 좋아하나 봐요. 쟤들 어떻게 해요?"

"누구도 어떻게 하라고 할 수 없는 문제야. 우리는 만약 도와달라고 하면 그들 편에서 도와주는 수밖에."

경국이 서영의 손을 잡으며 말했다. 서영이 긴장하는 듯 하더니 그대로 손을 맡겼다. 부드럽고 따뜻한 감촉이 전해졌다.

"메이는 걱정하면서 왜, 다니엘은 걱정 안 돼?"

"그래도 다니엘은 낫지요. 북한에 돌아가서 사랑하지 않는 사람과 결혼하게 되면 메이가 너무 불쌍하지 않아요."

"좋은 환경에 있는 다니엘은 괜찮을 거라고 생각하는 것은 객관적인 우리 생각이지 다니엘이 어떻게 생각하느냐에 따라 마찬가지일 수 있어. 그냥 우리들 생각이나 하자고."

서영은 손을 빼며 반응이 없었다. 전 남편에게서 느끼기 시작한 감정은 오빠로 인해 어려워진 사람이어서 사랑하는 감정이 생기기도 전에 가까워졌고, 가깝고 편안 감정이 곧 사랑의 감정인 줄 알았는데 시간이 지나면서 확신이 안 설 때가 많았다고 했다. 지금은 그때와 다른 마음이 든다고 했다. 동정할 처지도 아니고 책임을 느낄 처지도 아닌데 좋아진 감정이라고 했다. 그때와 비슷하면서도 새로 느껴지는 감정이 두렵지만 좋다고 했다. 그러더니 사랑하는 마음은 나이도 안 먹는 것 같다고 투덜댔다.

경국이 그녀의 손을 다시 잡으며 말했다. 아내를 사랑하는 마음이 전혀 변하지 않으면서 서영을 원하는 마음이 무엇인지 혼란스럽다고. 지난번에 친구하자고 했던 말 외에는 더 이상 좋은 말이 없는 것 같다고.

경국과 서영 두 사람이 심각한 대화를 나누는 사이 메이와 다니엘은 개그 프로에 빠져 웃어대고 있었다. 가벼운 신체 접촉도 부담스럽지 않았고 마냥 서로 가까워지고 추억이 되는 시간에서 헤어나지 못하며 즐거워하고 있었다.

17

개가 짖어댔다. 한밤중에 개들이 짖는 것
은 야생동물들이 집 가까이로 접근하기 때문이다. 낮에는 실컷 자
고 밤이면 자기 몫을 하며 밤을 지새우는 것이 개들의 습성인 것을
사람들은 집안에서 키우는 것이 개를 사랑하는 것으로 착각하고 있
는 것이다. 그렇게 길들이고 적응하는 개를 영리하다고들 한다. 자
기에게 길들여진 사람은 똑똑하고 예쁘게 보고 자기를 거부하는 생
각은 틀리다는 논리에 인간도 길들여지고 있는 것은 아닌지?

잠을 설치며 누워 창밖을 바라보았다. 바람이 불어 소나무도 잠
들지 못하고 흔들리고 있었다. 경국은 잠자리에서 뒤척이는 아내를
보며 서영이 생각을 하고 있었다. 아내에게 미안하고, 들춰낼 수
없는 감정이 허전했다.

경국은 자신의 의지와 관계없는 생각이 들고 때로는 그대로 행
동하게 될 때마다 철이 덜 들어서라는 말이 떠올랐다. 나이에 맞는

지각과 행동을 해야만 철이 들었다고 할 수 있는 일이었다. 경국이 지금 하고 있는 생각은 아직도 자신의 정신적 연령이 낮은 탓이라는 생각에 미치며 장딴지를 꼬집고 비틀어 스스로 고통을 느끼며 '정신 좀 차려라.'고 속으로 외쳤다. 이어지는 생각 역시 '언제나 철 들래.'였다.

꼬집힌 통증을 느끼며 뒤척이려는데 전화벨이 울렸다. 밤 11시가 지난 시간의 전화는 거의 없는 일이었다. 혹 늦은 시간에 전화가 걸려 와도 반가운 소식일 리 없었다. 장난전화에 갑자기 욕설을 퍼붓는 전화도 있어 한때는 상대방 전화번호를 알 수 있는 서비스를 받으려다 그만두었었다. 귀찮은 마음으로 수화기를 들었다. 유진 엄마를 조사했던 경찰관의 전화였다. 그는 공손하고 또박또박한 말로 늦게 전화해서 미안하다고 하며 유진 엄마 문제로 연락하게 됐다고 했다.

일이 꼬이려면 앞으로 넘어져도 코가 깨진다고 했던가? 유진과 동생이 사소한 일로 말다툼하는 것을 꾸짖으며 '유진이 네가 언니니 참아라.'고 말한 것이 화근이 되고 말았다. 유진은 엄마는 사사건건 동생 편만 든다고 대들었고, 방에 들어가 있으라고 고함을 치자 갑자기 밖으로 뛰쳐나가버렸다. 뒤따라 나간 엄마는 이 밤에 어디 가려 하느냐고 붙잡았고 유진은 엄마 손을 뿌리치고 무조건 어두운 밤길을 걸어가더니 시야에서 사라졌다.

이 광경을 우연히 이웃에서 보고 경찰에 신고해 버린 것이다. 어떻게 알게 되었는지 이웃집에서 유진 엄마가 아동학대혐의로 관찰 대상자라는 것을 알고 있었던 터였다. 인근을 순찰하던 경찰이 금방 도착했고 유진 엄마를 채포해서 경찰에서 유진이 동생과 같이 보호하고 있는 상황이었다.

경찰은 유진과 동생을 엄마와 당분간 격리시켜야 할 것 같다며 경국의 집에서 보호할 수 없겠느냐고 물었다. 경국은 경찰에게 부탁해 우선 유진 엄마와 잠시 통화할 수 있느냐고 물었다. 경찰은 이미 같이 만난 적이 있어서인지 잠시 기다리라고 했다.

경국의 목소리를 들은 유진 엄마는 훌쩍거리기부터 했다. 우선 진정하고 이럴 때일수록 차분하고 냉정해야 된다고 무거운 목소리를 높였다. 유진이는 어디 있느냐고 물었다. 아직 찾지 못했다고 했다. 핸드폰을 가지고 갔느냐고 물어 보았다. 전화를 해도 가져갔는지 안 가져갔는지 받지 않는다고 했다. 경국은 유진의 전화번호를 받아 적고 지금 그곳으로 갈 테니 안심하고 기다리라고 위로하며 경찰을 바꿔 달라고 했다. 경국은 경찰에게 지금 경찰서로 가겠다고 말하자 그렇게 해주면 고맙겠다고 했다.

아내도 유진 엄마에 대해 이미 알고 있던 터라, 수화기를 내려놓는 경국을 잠이 달아난 초롱초롱한 눈으로 걱정스럽게 올려다보고 있었다.

“같이 갈게요.”

“괜찮아. 당신 내일 출근도 해야 되는데.”

“혼자 누워 있는다고 잠이 오겠어요? 늦게 당신 혼자 운전하다가 졸리면 어떻게 해요. 말동무라도 하고, 당신 힘들면 나라도 운전해야죠.”

부부의 정이 듬뿍 베인 아내 말이 양심까지 파고들었다. 아내에게 미안하고 부끄러웠다. 방금 전까지도 같이 누워서 서영이 생각을 했던 순간이 스치고 지나가서였다.

“알았어. 당신 내일 피곤하다 소리 없기야.”

경국이 생각해도 비겁한 말이었다. 고맙다고 하며 같이 가자고 하면 될 것을 가끔 이런 식의 대답으로 아내에게 들키고 싶지 않은 마음을 더 깊숙이 넣어 보려했다.

“당신은 내내 잘하다가도 엉뚱해. 요즘 더 그렇고. 그냥 그러자고 하면 될 것을?”

경국은 운전을 하면서 유진과 연락을 계속했지만 연결이 안 되었다. 옆에서 가만히 앉아 있던 아내가 메시지를 남겨 엄마가 경찰서에 있다는 말을 하라고 했다. 순간 아내의 판단이 훨씬 사리 있고 세심함을 느꼈다. 경국은 유진 핸드폰 음성함에 메시지를 남겼다.

5분도 채 안 되어 유진으로부터 전화가 걸려왔다. 유진은 자기 집에서 멀지 않는 한국 여자 친구 집에 있었다. 경국은 유진을 데

리러 갈 테니 그대로 있어야 한다고 당부했다.

다행히 유진은 경국에 대해 알고 있었다. 어색한 첫 만남이지만 전혀 이야기를 듣지 않은 것과는 확연히 달랐고 유진은 당황하고 있었다. 일이 이렇게 커지리라 상상을 못했던 같았다.

"아저씨, 엄마가 유치장에 갇혀 있다니 무슨 말이에요?"

경국을 만나자마자 인사도 없이 급하게 물었다. 유진의 앳된 얼굴은 소녀티를 아직 벗지 못했고 그 얼굴에서 중학교 때 성구 얼굴을 기억할 수 있었다. 유진의 친구 부모들은 변호사를 선임해야 하지 않느냐고 물었지만 우선은 경찰서에 가서 어떻게 해야 할지 상의해 보겠다며 그 집을 나섰다.

"유진아, 잘 들어야 한다. 지금 경찰서에 가서 네가 어떻게 말하고 행동하느냐에 따라 문제가 쉽게 풀릴 수도 있고 엄마가 재판에 회부될 수도 있다. 지난번하고 상황이 전혀 다르다. 이제는 네 동생이 어떻게 말하느냐에 따라 상황은 또 다르고 엄마 감옥살이할 수도 있어."

유진은 말없이 듣기만 하더니 울음을 터뜨렸다. 울음은 상황에 따라 여러 의미로 표현된다. 유진의 울음소리에는 잘못했다는 반성과 어떻게 하면 좋을지 모르겠다는 망연자실함이 섞인 것처럼 들렸다. 경국은 강하게 유진을 설득해도 되겠다는 생각이 들었다.

"유진아, 너 경찰관 앞에서 네가 잘못한 것이라고 말할 수 있어. 다시는 엄마 속 안 썩일 테니 용서해 달라고 말할 수 있어. 미안하지만, 동생한테 네가 먼저 잘못한 것이라고 그렇게 말할 수 있을까? 일단 그렇게 하고 나서 경찰이 어떻게 말하는지 기다려야 할 것 같은데. 누군가는 잘못했다고 먼저 말해야 실마리가 풀린다. 그렇게 하면 적어도 나쁜 쪽으로 상황이 기울지 않을 거야.”

경국은 유진이가 그렇게만 해주면 될 것 같았다. 그런 생각이 드는 것이 스스로 대견스럽게 느껴졌다. 유진 옆에 앉아 말없이 어깨를 두드려 주던 아내가 세상에 자식을 사랑하지 않는 부모가 어디 있느냐고 말하며 너희들 때문에 아빠하고 떨어져 지내는 엄마의 외로움은 느껴지지 않느냐고 말했다. 그러면서 같은 여자로서 유진 엄마가 대단하고 안쓰럽게 느껴져 마음이 아프다고 했다. 아내는 같은 선택이 자기에게 다가오면 절대 자식을 위해 남편과 떨어져 지내지 못 할 것이라고 강하게 말했다. 경국은 아내가 이 상황에서 너무 심하게 말하지 않나 하는 생각이 들었다. 지금은 유진이 편을 들어주고 달래야 할 것 같아서였다.

그런데 의외로 아내의 말에 유진이 무너져 내렸다. 흐느끼는 소리가 굵어지며 아내의 무릎에 고개를 묻었다. 경국은 경찰서 주차장에 차를 세우고 유진이 진정되기를 말없이 기다렸다. 쉽게 진정을 못하자 아내가 엄마 혼자 기다리는 것이 얼마나 무섭겠느냐며 유진을 설득했다. 경국은 유진이 몸을 일으키며 눈물을 닦아내는 것을 보며 차문을 열었다.

유진 엄마는 이미 경찰서 유치장에 있었고, 유진이 동생만 여자 경찰의 보호를 받으며 소파에 앉아 있었다. 유진은 동생을 보자 달려가 와락 끌어안더니 다시 울음을 터뜨렸고 동생도 마찬가지였다. 아내도 울고 경국 눈에도 눈물이 맺혔다.

잠시 후 여자 경찰의 보호를 받으며 유진 엄마가 들어왔다. 겁에 질린 창백한 얼굴로 흐늘흐늘 걸어 들어오는 모습에 울음소리가 더 커졌다. 서로 미안하다는 말을 한국말로 하면서 울고 있었다. 지금 서로 뭐라 하느냐고 담당 경찰관이 통역을 부탁했다. 서로 잘못했다고 용서를 빌고 있다고 했다. 경찰관도 그러는 것 같아서 물었노라고 하며 숙연한 인상으로 경국을 바라보며 진정시키고 조사할 수 있도록 협조해 달라고 했다.

세 모녀가 경찰관 앞에 나란히 앉았다. 경국은 통역이 특별히 필요 없는 상황이 되어 아내와 같이 소파에 앉아 상황을 지켜보는 도리밖에 없었다. 경찰이 질문을 시작하기도 전에 유진이 경찰관 앞에 무릎을 꿇고 자기가 잘못해서 그렇게 된 거라며 엄마를 풀어 달라고 애원하기 시작했다. 유진 동생도 언니 행동을 뒤따라 했다. 당황한 건 경찰관과 옆에 있던 경찰들이었다. 유진과 동생의 눈물의 호소가 경찰의 마음을 움직였고 조사는 쉽게 마무리되었다. 경찰관은 관찰기간 중에 신고라 판사에게 보내 약식 재판이라도 받아야겠지만 이웃에서 과민반응을 보인 것으로 간주하여 사건을 마무리 하겠다고 한 것이다.

이 일이 오히려 결과적으로 잘된 일이 되었다. 상처를 주고받을 사이가 아닌데 상처를 주었지만 상처가 약이 되었고 더욱 가까워지는 계기가 된 것이다. 전화위복(轉禍爲福)이란 말은 이런 때 쓰라고 생긴 말일 것이다.

"여보 다행이에요. 결과가 좋아서. 당신 친구랑 언제 같이 농장에 오면 염소 한 마리 잡아 잔치해 줍시다. 너무나 아름다운 장면을 보았어요. 잘못했다는 말이 그렇게 아름다운 말인 줄도 몰랐고, 힘이 있는 말인 줄도 몰랐어요. 문화와 언어의 벽을 쉽게 무너뜨리네요. 살면서 잘못이 느껴지면 바로 잘못했다고 하면서 살아야겠어요. 당신 혹시 나에게 서운한 것 있으면 내가 잘못했어요."

초저녁잠이 많은 경국이 피곤할 테니 굳이 운전을 하겠다며 운전대를 잡은 아내가 앞만 바라보며 담담하게 얘기하고 있었다. 그 말에 경국은 미안한 마음이 다시 울컥 치밀었다.

"당신이 나에게 미안한 일이 뭐 있겠어? 사과할 일이 있다면 내가 훨씬 많을 거야."

"아니에요. 저는 그런 맘 가진 적 없어요. 당신에게 그런 말 들으려고 한 얘기가 아닌데."

"알아. 부부는 느껴지는 감정이 무뎌지면서 한 몸이 된다고 합디다. 서로 자기 살이 되어서 무뎌져 가는 것을 사랑의 감정이 사라

지는 것으로 오해하는 경우가 많다는 거야. 편해서 말 않고, 이해
해 줄 줄 알고 말 않고, 잃어버려서 할 말을 못하는 경우가 많은데
그런 것이 문제가 되어 이혼까지 가는 사람도 있다고 해.”

“그래서 부부는 하찮은 말이라도 서로 해야 돼요. 두 사람만 있
을 때는 야한 이야기도 하면서 지내야 된다고 하던데요. 당신 같이
만 하면 돼요. 걱정 말아요. 나는 당신한테 불만 없으니까.”

불만 없다는 아내의 말에 고맙다는 말을 하면서 서영에 대해 말
해야 할 것 같은 마음이 들다가 얼른 숨겨 넣었다. 그래도 그 말은
해서는 안 될 것 같았다. 딱히 뭐라고 할 말도 없었다. 새벽 3시가
되어서야 농장에 돌아와 잠을 청했다.

선잠에서 깬 아내가 출근 준비를 하고 있었다. 경국은 아내의 출
근에 운전이나 해 주고 미스터 강을 만나 그동안 있었던 일을 서로
나누며 정리하고 싶어졌다. 성구와 연락을 해야겠다는 생각도 들었
다. 유진과 엄마가 서로 용서하고 새롭게 시작하려고 할 때 성구가
다녀가면 더욱 굳어질 것 같아서였다. 그동안 부탁을 받고 한 번도
통화를 못한 점도 부담스러워지기 시작했다.

“여보, 출근 같이 합시다. 잠도 설쳤는데. 아침에는 내가 더 반짝
거리잖아.”

“일어날 때만 그렇지 움직이면 금방 괜찮아요. 누구 만나려고요?”

"약속은 없지만 미스터 강을 좀 만날까 해서."

"당신 그분 도와주는 일 언제 끝나요? 당신 너무 신경 많이 쓰는 것 같고 저도 자꾸 신경 쓰여요."

"벌써 끝나가. 이제 3주면 학기가 마무리되거든."

아내는 '벌써'라는 경국의 말에 학교 가는 것이 그리 좋으냐고 걸고 넘어졌다. 혹, 애인이 생긴 것은 아니냐고 지나치는 말을 했다. 경국은 소설 쓰느냐고 대답하면서도 양심이 찔렸다. 아내는 바람피우고 싶으면 재주껏 자기 모르게 하라고 했다. 그 말은 경국을 믿는다는 말로도 들렸고, 들키면 알아서 하라는 협박으로도 들렸다.

미스터 강에게 전화를 걸어 시간이 있는지 물었다. 아내와 같이 워싱턴 디시로 나가는 중이라고 하면서. 그러자 미스터 강도 경국을 만나려 했다고 했다. 이번에는 땡땡이 치고 싶어서가 아니라 업무적으로 만나고 싶다고 했다.

아내는 벌써 나뭇잎들이 단풍이 들어 떨어지기 시작한다고 했다. 그러고 보니 그랬다. 날마다 변해가는 자연의 모습에 금년 가을처럼 무심한 적도 없었던 것 같다. 단풍이 들어가는 것을 무심히 바라볼 정도로 경국은 누구에게도 말할 수 없는 은밀한 일에 열중하고 있었다. 처음 시작은 공적인 은밀함이었지만 지금은 사적인 은밀함에 더 깊숙이 빠져가고 있었다.

경국은 짬뽕을, 미스터 강은 자장면을 주문했다. 미스터 강이 좋은 음식점으로 모시겠다는 것을 모처럼 시골에서 도시에 나오면 가장 먹고 싶은 것이 짬뽕이라고 해서 중국 음식점으로 장소가 결정되었다. 사실 그랬다. 최근 들어 어릴 때 즐겼던 음식이 더 생각났다. 그중에 으뜸은 중국음식이었다.

성구와도 중국집에 간 적이 여러 번 있었다. 성구는 이상한 버릇이 있었다. 자장면과 군만두를 꼭 같이 시켰다. 먼저 자장면을 먹고 나면 남는 자장면에 군만두를 찍어 먹거나 아주 비벼먹었다. 다른 친구들도 다 이상하게 여겼지만 성구는 개의치 않으며 한번 먹어보라고 오히려 권했다. 경국은 몇 번 성구가 먹어보라고 해 먹어보기도 했다. 싫지 않은 맛을 느끼면서도 다른 친구들을 의식해 그저 그렇다고 말했었다.

"미스터 강, 우리 군만두 하나 더 주문합시다."

"그러세요. 만두를 먼저 시켜야 했는데."

"아니, 오늘은 순서를 반대로 해서 먹어 봅시다. 다른 방법으로. 성구가 먹었던 방법으로."

"이 팀장님이 먹은 방법이라니요?"

경국은 먼저 자장면을 먹으라고 했다. 미스터 강은 의아한 표정을 지어 보이면서도 순순히 경국의 말을 들었다. 미스터 강은 자장을 면과 잘 섞어 맛있게 먹으며 오랜만에 먹는 맛이 괜찮다고 했다. 그 역시 옛날 성구처럼 자장이 많이 남았다. 경국은 만두를 가져온 웨이터에게 자장 조금만 그릇에 갖다 달라고 부탁했다. 자장을 가져왔다. 경국은 군만두를 집어 자장에 묻혔다. 그리고 그때를 생각하며 먹었다. 짠맛은 있어도 나쁜 조화는 아니었다.

"선배님, 이 팀장님이 학창시절에 이런 식으로 먹었다는 겁니까? 보기에는 엽기적입니다."

"미스터 강도 한번 먹어 보고 이야기해."

미스터 강이 만두를 집어 자기 그릇에 넣고 만두 겉에 자장을 묻혀 맛을 음미하며 먹더니 의아한 표정을 서서히 누그러뜨렸다.

"선배님, 보기와는 다릅니다."

"생각하기 나름인 것 같아. 간장에 고춧가루 타서 찍어 먹는 거나, 자장을 찍어 먹는 거나 뭐가 다르겠어. 생각의 차이, 느낌의 차이지."

미스터 강은 살면서 서로 받아들이고 인정해도 될 것을 괜스레 반대하고 자기 것을 주장하는 경우가 많다는 얘기를 꺼냈다. 아마 자장과 같이 만두를 먹다가 든 생각인 것 같았다. 경국이 그 말을 받아 남북관계도 그런 점이 많은 것 같다고 했다. 미스터 강은 순간 주위를 살폈다. 그러며 말했다. 경우가 다르다고. 남북관계에서는 양보해도 되는 것이라는 것을 알아도 그것을 양보하면 또 더 큰 양보를 요구하게 되기 때문에 어쩔 수 없이 버티는 경우가 많은 거라고. 그의 말이 옳다면 양보할 수 있는 것만 붙들고 반세기 넘도록 서로 실랑이 벌이며 버텨 오는 현실이 답답할 뿐이었다. 그는 그런 얘기는 조용한 곳에서 하는 게 좋겠다고 하며 성구 소식을 전했다.

"선배님, 이 팀장님께 좋은 소식이 있습니다. 이번에 진급하셔서 미국으로 보직될 것 같습니다. 새로운 일이 생겼거든요. 당분간 기러기 아빠 신세는 면할 것 같고 그러다 보면 아이들 대학에 다닐 나이가 안 되겠습니까? 정말 잘 되었습니다."

"마침 그 친구에게 전화하고 싶었는데 축하 전화라도 하게 연락처 좀 알려주지?"

"팀장님이 연락처를 안 남기셨습니까? 그러면 제가 선배님이 통화하시고 싶어 한다는 연락을 하겠습니다."

미스터 강은 매사에 치밀한 사람이었다. 이 팀장이 연락처를 남기지 않은 이유가 있을지 모른다고 했다. 경국은 그의 말에 이의를 달 수 없었다.

밖으로 나오자 푸르고 높은 하늘에 제트여객기가 실구름을 뿜으며 서쪽으로 날아가고 있었다. 미스터 강이 보냈던 편지 생각이 났다. 미스터 강은 경국이 자기 편지에 대해 생각하고 있음을 알아차렸다. 가까운 세븐 일레븐에 들러 커피를 샀다. 그리고 물들어 가는 나무 숲이 울창한 공원 벤치에 나란히 앉았다.

"미스터 강은 너무 눈치가 빨라. 어떻게 실구름을 보며 보내준

편지 생각을 하는 것을 알아차렸어.”

“직업적인 것이지요. 선배님 표정이 무심하지 않았어요. 그렇다
면 지금 보는 사물과 무슨 연관이 있는 것이 분명하지요. 그리고 그
연관은 지금 같이 있는 저와 관련이 있다고 판단할 수 있지요. 만약
그때 선배님이 그렇게 오래 여객기를 보지 않았다면 저와 관련이
없었을 거예요. 그러니 자동적으로 그런 일차적인 판단을 하게 되
는 거지요. 틀리는 경우도 있지만 사람에게 보이는 순간적이고 반
사적인 행동은 항상 진실을 담고 있는 경우가 대부분이거든요.”

“놓칠 말이 없군. 여기 그동안 있었던 것 메모형식으로 적어 놓
았으니 참고해.”

경국이 처음으로 미스터 강에게 그동안 있었던 일을 주간별로
요약해 약식 보고서 형식으로 작성한 종이를 가방에서 꺼내 주었
다. 미스터 강은 빠르게 그 보고서를 훑어보았다.

“마침 내일 상황보고를 하려던 차에 감사합니다. 이런 내용이면
충분합니다. 선배님이 이렇게 알아서 해주시니 제가 입장 곤란한
말을 안 해도 되어 너무 좋습니다. 앞으로도 선배님이 보고한 것만
으로 상부에 보고하겠습니다. 저를 도와주고 선배님이 곤란해지는
경우는 없을 것입니다.”

미스터 강은 묘한 뉘앙스를 풍기는 말을 했다. 그리고 경국이 자
기 말이 무엇인지 깊게 설명하지 않아도 알고 있을 것이라 믿고 있

는 것 같았다. 분명 보고서에 언급하지 않은 것을 알고 있다는 말투였다. 경국과 서영, 메이와 다니엘과의 관계를 알고 있다는 말로도 들렸다. 사실 보고서에 빠진 것은 그 내용이었다.

경국은 나름대로 그렇게 말하는 데 두 가지 이유가 숨겨져 있을 거라고 생각했다. 하나는 우리들의 관계를 어떤 채널을 통해서 자세히 알고 있는 경우였고, 아니면 다음 보고서에는 더 상세하게 보고할 수 있도록 넌지시 암시하는 정도일 수도 있었다. 어느 경우든 경국도 모르는 체 하는 것이 나을 것 같았다. 그래서 화제를 바꿔버렸다.

“미스터 강은 아버지 영향으로 정보기관에서 일하게 되었는지 괜히 궁금하던데.”

“꼭 그렇지는 않지만 전혀 영향을 안 받은 것도 아니지요. 어머니는 반대하셨는데 나중에는 아빠 피가 그런 모양이니 하고 싶으면 하라고 허락하시더군요. 전에도 말씀드렸지만 지금은 누군가 해야 할 일이라 생각하고 하고 있습니다. 저희 같은 경우는 이제 와서 다른 일을 하고 싶어도 할 수도 없습니다. 지금 하는 일이 평생 족쇄가 될 것입니다. 그렇다고 돈을 모을 수 있는 직업도 아닙니다. 선배님도 한때 군인이면 다 군사정부에 후광을 받는 큰 세력이나 되는 것처럼 취급받는 때도 있었지만 실제로는 몇 사람의 실세만 그런 혜택을 누리고 나머지 군인들은 그들의 희생양이었습니다. 문민정부가 들어서서는 이제 너희들은 누려 봤으니 내놓으란 식이었지만 진정 누린 사람들 것은 다 빼앗지도 못하고 어정쩡한 사람들 것만 빼앗아 생색을 내고 만 거지요.”

“미스터 강, 그렇게 말해도 돼?”

“선배님 앞에서 이런 말도 못할 처지는 아닙니다. 이해하실 것이고. 선배님, 미국에까지 와서 너무 옴츠러들지 마세요. 저나 선배님 같은 경우는 과거 국가에서 말한 것을 죽을 때까지 지켜야 되는 것으로 믿고 사는 경우가 많은데 그렇지 않아요. 그렇게 말한 사람들은 이미 변해 있고, 변화에 따라 잘 적응하고 있는데, 그 사람들에게 교육받고 훈련 받은 사람은 세뇌되어 그 생각을 버리면 곧 끝장 날 것같이 말해요.”

경국과 미스터 강 사이에 예상치 않은 이야기가 오고 갔다. 서로는 묘한 흥분과 감격을 맛보며 대화를 나눴다. 경국은 그를 만날 때마다 뒷맛이 찜찜했던 기분을 오늘에야 떨쳐버리는 기분이 들었다. 그가 공식적인 입장에서는 정부 말을 대변할 수밖에 없을지 몰라도 시대에 적응하는 능력이 있는 사람임을 확인하는 것이 기뻤다. 두 사람은 오늘 나눈 이야기는 가끔 서로를 기억할 수 있는 시간에 생각하며 지내자고 다짐하며 헤어졌다. 하늘에는 또 다른 여객기가 실구름을 뿜으며 날아가고 있었다.

강의가 있는 날 평상시보다 일찍 서둘러 동물들에게 먹이를 주기 위해 농장을 돌아보며 염소에게 사다 놓은 소금덩이와 마른 먹이를 주고 개들에게도 먹이를 주었다. 오늘따라 인심 후하게 먹이를 부어 주는 경국을 개들이 쪼그리고 앉아 바라보며 먹어도 좋다는 신호를 침을 흘리면서 기다리고 있다. 절을 하라고 했다. 낮은 자세로 엎드리는 것이 절이었다. '이제 먹어'라는 말을 알아들은 건지 그 말만 떨어지면 잽싸게 달려들어 먹이를 먹기 시작한다.

경국은 말이 통하지 않는 개와 가끔 말을 했다. 개들은 경국이 말할 때마다 꼬리를 흔들며 눈빛에 힘이 들어가 있었다. 오늘은 마지막 강의가 있어 서두르는 것이라고 말했다. 다음 두 주는 학생들 발표가 있고, 교수의 마무리 강의를 끝으로 수업이 끝나게 된다고 했다. 서영과 메이가 이번 가을 학기를 끝으로 떠날 것이라는 말을 해주며 원래는 봄에 졸업해야 했는데 한 학기 늦게 졸업하게 된 것이라는 말도 해 주었다. 다니엘도 마찬가지일 것이라고 말을 하면서는 섭섭한 마음이 들었다.

닭장에 들어갔다. 먹이가 막혔는지 모터가 헛돌고 있었다. '서당 개 삼 년에 풍월을 한다.'고 했던가? 중간 라인 먹이통 압력 스위치가 문제였다. 혼자 고칠 수 있을 것 같아 손을 대다 날카로운 부위에 왼손 인지를 베고 말았다. 벤 자리에서 계속 피가 흘러나왔다. '선무당이 사람 잡는다.'는 말도 떠올랐다. 보기보다 상처가 깊은 듯싶었다. 할 수 없이 헛도는 모터 전원을 끄고 집으로 내려와 응급처치를 했다.

어차피 강의 시간을 맞추어 학교에 갈 수 없게 되었다. 고장 난 곳을 고치지 못하면 움직일 수 없는 상황이었다. 어려운 고장이 생길 때마다 고쳐 주는 제리에게 전화를 걸었다. 제리는 학교에 가야 한다는 경국의 말을 듣고, 그대로 두고 학교에 가면 자기가 한 시간 후쯤 농장에 와 고쳐 놓고 연락해 주겠다고 했다. 그래도 불안한 생각에 경국은 제리가 와서 고치는 것을 보고 학교에 가겠다고 하며 가능한 빨리 와달라고 했다.

다니엘에게 전화를 했다. 오늘 농장에 일이 생겨 언제 학교에 갈지 모르니 강의 내용을 잘 정리해서 보여 달라고 부탁했다. 심각한 문제냐는 말에 손을 좀 다쳤다고 했다. 전화를 끊고 10분도 안 되어 서영에게서 전화가 왔다.

"손 다쳤다면서요?"

"별거 아냐. 좀 벤 건데 괜히 말했나봐."

"무슨 말을 그렇게 해요. 오늘 학교 못 오세요? 기다렸는데."

"닭장에 문제가 있어 고치는 대로 가려고. 먹이가 안 들어가니 어쩔 수 없어."

"기다릴게요. 다친 곳도 눈으로 봐야겠어요."

전화를 끊고 경국은 생각이 무뎌지기 시작했다. 며칠 아내에게 쏠렸던 마음이 한순간에 다시 흔들리기 시작한 것이다. 경국의 의지는 별게 아니었다. 개가 나는 새를 보고 한번 짖어보는 그런 정도 것인지도 몰랐다. 자신의 의지라는 것이 개보다 지능이 높아서 조금 더 하던 생각을 지속하며 버티다 잊어버리거나 포기하는 정도의 것인 것 같아 우울했다. 경국은 고개를 흔들며 서영에 쏠리는 마음을 앞으로 한 달만 유예기간을 두자고 자신과 타협하고 있었다.

제리가 도착해 장비를 고치는 사이 집으로 와 샤워를 하고 아내에게 전화를 해 닭장에 문제가 있어 학교에 늦게 가야 할 것 같고 조별 모임이 따로 있어 늦을지도 모른다고 말했다. 아내는 자기도 일 마치고 시장에 들러서 늦게 들어올 테니 걱정하지 말라고 했다. 생각보다 제리가 장비를 고치는 시간이 더뎠다. 어차피 강의와 조 토의 시간에 참석할 수 없게 되었다. 오늘은 학교를 가야 할 이유가 없어진 꼴이 되었지만 다른 때보다 더 빨리 가고 싶어졌다. 서영이 기다리고 있다는 사실이 경국을 그렇게 만들었다.

경국은 학교 대신 서영 아파트로 바로 갔다. 아파트에는 다니엘과 메이도 와 있었다. 서영은 부엌에서 뭔가를 하고 있고 다니엘과 메이는 한국 심야토크쇼 프로를 보고 있었다. 누군가 친절하게 영어 자막을 넣어주어 다니엘에게 큰 도움이 되었다. 젊은이들은 돈을 주는 것도 아닌데 저런 자막을 넣어 한국말을 이해 못하는 나라 사람이나 이곳 2세들에게 한국을 이해하는 데 도움을 주고 있는 것이다. 저런 작은 일이 대단한 일이라는 것을 경국은 한 번도 생각해 본적이 없었다.

"뭐예요. 저한테는 아는 척도 제대로 안하고 컴퓨터만 봐요? 어디 다친 곳 좀 봐요."

"언니, 경국 아저씨 언니한테 쑥스러워서 그러는 거야. 피, 알면서. 오늘 언니가 잡채 해준대요. 다른 것은 몰라도 언니 잡채 맛있어요."

서영이 지난번에 경국이 라면을 끓여 줬으니 오늘은 자기가 잡채를 만들어 대접하고 싶다며 준비하는 것이라고 했다. 다니엘이 오늘 강의 내용과 조별 토의에서 나온 얘기라고 복사한 종이를 주었다. 메이가 한 노트도 있으니 같이 참고하라고 하면서. 메이는 항상 비슷비슷한 내용을 반복하는 것 같기만 하다고 하면서 경국은 이미 다 아는 내용일 것이라고 건너짚어 말하기도 했다. 경국은 농장에 돌아가서 보기로 마음먹고 그냥 가방에 넣었다.

잡채 볶는 소리와 냄새가 거실에 퍼졌다. 냄새를 빼낸다고 팬을 틀었지만 냄새가 쉽게 빠지지 않았다. 창문을 열어 실내공기를 밖으로 내보내며 요리를 하는 서영을 바라보았다. 뒷모습에서 평상시 느끼지 못했던 탐스런 여성미가 느껴졌다. 앞치마 끈을 허리 뒤로 묶어 늘어트린 매듭이 흔들렸다. 서영은 엉덩잇바람을 일으키며 기분 좋은 감정을 숨기지 못한 채 요리를 하고 있는 것이다. 경국은 매듭과 같이 움직이는 엉덩이를 보며 드는 남성 본능의 감정을 누그러뜨리려 자리에서 일어나 출입문을 잠시 열어 놓자고 했다.

우리에게는 익숙한 냄새, 그리운 냄새가 다른 문화권에서는 대접받지 못하는 냄새가 되기도 하고, 반대의 경우도 우리는 얼마든지 느끼며 산다. 경국은 청강생이 된 후로 이런 문화적인 차이점이나 이질성에 대한 것들이 느껴지고 이에 예민하게 반응하고 있었다. 잡채가 거의 다 된 듯하자 메이가 일어나 같이 식탁을 준비했다. 경국은 다니엘 곁에 앉아 그가 보는 프로를 무심히 보고 있었다.

"아저씨, 언니와 갔던 커버브리지 어딘지 다니엘에게 알려 주세요. 우리 그곳에 가서 그 영화 보려고 DVD도 빌려 왔어요."

경국은 식탁에 앉아 다니엘에게 다리 위치 약도를 그려 주며 설명했다. 세상이 많이 바뀌었다는 생각이 들었다. 노트북을 데이트 장소로 가져가 보고 싶은 영화를 보다니. 서영이 잡채를 갖다 식탁에 놓으며 다리가 너무 좋다고 했더니 메이가 오늘 다니엘과 가겠다고 했다고 했다. 언니도 아저씨와 둘이 있고 싶어 하면서 내숭떨지 말라고 반격했다. 서영의 얼굴은 붉어졌고 경국도 어색하기는 마찬가지였다.

그런 대화가 있어서인지 식사 시간은 짧았고 서영은 데이트하며 출출할 때 먹으라고 잡채와 과일을 싸주었다. 혹시 언니도 아저씨와 그 영화 보고 싶으면 보라고 했다. 다니엘이 이미 메이 노트북에 다운로드해 놓았다고 했다. 두 사람이 나가자 아파트는 잠시 어색한 적막이 흘렀다. 서영이 일어나 설거지를 하려는 것을 경국이 하겠다고 우겨 집에서 가끔 하던 것처럼 설거지를 했다.

"집에서도 설거지 하세요?"

"가끔 해. 특히 설거지가 많을 때는. 아내가 세제에 알레르기가 있는지 손가락에서 껍질이 벗겨져 가끔 도와주는 편이야. 잡채 맛있게 먹었어."

서영은 음식이 맛있다는 말은 가능하면 먹을 때 하는 것이 더 효과적이라고 했다. 아마도 잡채를 먹을 때 그 말을 하리라 기대했던 것 같다. 말이란 어떤 말을 어떻게 하느냐 하는 것도 중요하지만 어느 때 하느냐도 이에 못지않게 중요하다는 생각을 다시 했다.

"경국 씨, 느낌과는 달리 참 가정적인 모양이다. 같이 사는 사람 참 좋겠다. 괜히 누군지 샘도 나고 미안하기도 하네."

경국은 그 말에는 대꾸하기 곤란해 가만있었다. 설거지를 마치고 고무장갑을 벗자, 상처 난 손가락에서 압력을 받았는지 피가 흘러 나왔다. 서영은 정신없이 구급상자를 가지고 오며 괜히 설거지는 한다고 해 문제를 만든다고 투덜거렸다.

"손 이리 주세요. 오빠고 전 남편이고 허구한 날 상처를 가지고 집에 와 이런 일은 이골 나 있는데 경국 씨까지 이러네요. 상처를 치료하고 싸매 주면 다 떠나 버리던데. 전에는 안 떠날 줄 알고 사랑하다 보냈고, 이번에는 알면서도 이러고 있으니 내가 나를 모르겠어요."

경국은 서영이 하는 대로 그냥 있었다. 소독을 하면서 상처가 생각보다 깊다고 걱정을 하며 정성스럽게 일회용 밴드 두 장을 연결해 붙여 주며 마무리 지었다. 서영이 일어서면서 커피 끓일 테니 메디슨 카운티 브리지 영화나 틀어 보라고 했다.

둘은 소파에 앉아 영화를 보기 시작했다. 경국이 서영의 어깨에 손을 감자 서영은 경국 품에 안겨왔다. 다시 보는 영화였지만 서영과 같이 본다는 점에서 새로운 감동을 주었다. 영화가 진행되면서 여주인공의 풍만한 육체를 강조하는 장면이 계속 나왔다. 딱 붙은 원피스에 허리와 엉덩이로 이어지는 몸매가 강조되는 화면이 보일 때마다 방금 전에 보았던 서영의 엉덩이가 떠오르며 남자로서 감정이 다시 불끈 느껴지는 것을 억제할 수 없었다. 서영도 숨을 죽이고 보고 있었다.

"서영아, 우리 나가자. 차라리 바람이나 쏘이는 것이 좋겠다. 그러자. 우리."

경국은 서영에게 사정하고 있었다. 한편으로 서영에게 비겁하다는 생각이 들기도 했지만 서로에게 좋은 선택을 해야만 하는 사이임에 분명했다. 이 시점에서 서로에게 좋은 선택이란 한순간 즐거운 기분을 위한 것이 아님이 틀림없었다. 한 사람만 기뻐도 안 되고, 두 사람이 같이 기쁘다고 되는 일도 아닌 선택을 해야 하는 시간이었다. 그런 선택이 무엇인지 경국도 서영도 너무 잘 알고 있었다.

그러면서도 해야 할 선택을 그냥 거부해 버리고 싶기도 했다. 지금 이 바로 그런 생각에 절정을 이루고 있었다. 경국은 이 고비를 넘겨야 한다고 굳게 마음먹었다. 혹 서영이 다른 선택을 해도 나라도 이 고비를 넘겨야 한다. 경국은 다짐했다. 그리고 서영을 안고 일어섰다.

"경국 씨, 고마워요."

두 사람은 말없이 얼마간을 안고 있다가 정신이 들었다. 두 사람은 밖으로 나왔다. 경국은 메이와 다니엘이 데이트했다는 네츄럴 침니 공원으로 차를 몰았다. 별 말은 없었지만 서로에게 부끄럽지 않았고 더욱 친해진 감정을 가지게 되었다.

서영이 말했다. 사람이 흔들릴 수도 있지만 흔들리는 대로 행동할 수만은 없는 거라고. 경국도 말했다. 사람이 행복해질 수 있는 것은 순간의 감정이 아니라 지속할 수 있는 감정이어야 할 것이라고. 그런 감정은 인정받는 가치관과 윤리관을 지녀야 한다고.

"경국 씨, 잘 참았어요. 나 사실 겁났어요."

"미안해. 우리 잘 나왔지. 크게 후회할 뻔했어. 우리가 좋기 위해 다른 사람에게 아픔을 주면서 사랑한다고 말할 수는 없을 것 같아. 사랑은 그런 것이 아니야. 차라리 내가 아파서 다른 사람에게 기쁨이 된다면 그런 선택을 하는 것이 사랑일 거야."

서영이 경국의 손을 잡으며 그런 얘기는 그만 하자고 했다. 서영은 혼자 다시 그 영화를 보고 싶다고도 하며 화제를 바꿔보려고 생각나는 대로 질문을 던졌다.

"경국 씨, 공부해 보니 통일될 것 같아요. 메이에게도 물어봤거든요."

"메이가 뭐래."

"경국 씨가 먼저 말해 보세요? 이야기 하면 말해 줄게요."

경국은 정치적인 통일은 시간이 걸릴 것 같기도 하고 분단을 겪고 상처를 받은 당사자 세대에서는 그리 쉽지 않을 것 같은 느낌이 든다고 했다. 상처받은 사람이 서로 용서해야 하는데 용서가 그리 쉬운 문제냐고 하며 유진이 얘기를 간략하게 해 주었다. 물론 유진 아빠 직업 같은 것은 다 덮어 두고 말했다. 서영은 그래서 통일이 어렵다는 거냐고 결론을 먼저 알고 싶어 했다. 경국은 그런 것이 아니고 시간이 필요한 것 같고 새로운 시도가 이루어져야 할 것 같다고 했다.

"새로운 시도라니요?"

"정치적으로나 이념적으로 안 되면 문화적인 접근이 대안이 아닐까? 다니엘과 메이가 가까워지는 것을 보고 느낀 거야. 비디오를 보면서 둘이 즐거워하는 것을 보고 그런 확신이 더 들어."

"저도 메이가 한국 드라마를 그렇게 좋아할 줄 몰랐어요. 그래서 학생 운동도 아니고, 정치적인 타협도 아니라는 생각이 들더라고요. 정치적인 합의는 일방적으로 상황에 따라 파기해 버리면 그만이지 않아요? 그래서 대중문화의 북한 보급이 통일을 앞당길 수 있는 하나의 방법이 될 수 있다는 생각을 저도 했어요. 그런데 어떻게 북한에 자본주의 문화가 들어갈 수 있어요? 구조적인 문제가 이를 막고 있잖아요."

"겉으로는 그렇지만 북한에서 남한 드라마를 봤다는 탈북자들의 증언을 보면 불가능하지도 않은 것 같고, 남한의 인터넷을 중심으로 한 IT산업의 발달은 우리가 생각지도 못했던 방법으로 통일에 영향을 미치게 될지도 모른다는 생각이 들어. 북한이 원시시대로 돌아가지 않는 한 IT기술이 북한에 계속 보급될 것이고, 이 과학기술이 통일에 영향을 미치게 될 것이라는 생각이 든다는 거지. 정치와 이념이 아닌, 문화와 과학기술이 통일의 핵심 공로자가 될 확률이 점점 높아질 것 같아."

　경국과 서영은 엉뚱한 이야기로 심각해지기 시작했다. 은연중에 지금까지 정치가들은 뭐하고 있었느냐고 비아냥거리기도 했고, 집 안 단속도 못하면서 통일을 운운한다고도 해 보았다. 둘이서 하는 얘기에 뭔 말인들 못하겠느냐는 식으로 나중에는 말도 안 되는 소리를 실컷 해댔다. 속이 후련해지며 정신이 들었다.

　"메이와 다니엘은 그 영화 아무 일 없이 볼 수 있을까요?"

　서영이 메이 걱정이 되는 모양이었다.

　"메이가 잘 알아서 하겠지."

　"젊은 애들이에요. 한번 그 다리로 가 봐요."

　서영이 가자는 것을 경국이 말렸다. 그래서 해결될 일도 아니고 더 불신만 사게 될 것이라고 했다.

　두 사람은 순간의 욕정을 잘 참아낸 것에 서로 흐뭇해하며 돌아오는 차 안에서 헤어지면서도 행복할 수 있을 것이라는 생각을 했다.

　농장에 도착하자 닭장을 먼저 살폈다. 먹이가 잘 들어가고 있어 다행이었다. 아내도 집에 이미 와 있었다. 서영을 만나고 온 후지만 아내에게 미안한 감정이 들지 않는 것이 전과 달랐다. 그래도 서영 생각이 쉽게 정리되지 않아 서재로 들어가 다니엘이 준 강의노트를 읽어 내려갔다. 다니엘은 노트북에 직접 친 거였고, 메이 것은 손으로 쓴 거였다. 메이의 필체가 예뻤다. 경국은 다니엘과 메이의 강의노트를 읽으며 일본과 러시아에 관한 내용을 정리해 나갔다.

　　일본의 한반도 통일정책은 미일 동맹의 연장선에서 정책이 수
립되고 있다고 말할 수 있다. 미국은 동남아 안정을 위해 일본이
필요하다. 일본의 북방진출을 효과적으로 통제할 수 있다면 중국
과 러시아의 남하정책과 팽창주의를 이 지역에서 저지할 수 있는
우방으로 일본이 적합하다고 생각하는 것이다. 일본은 2차 대전
에서 패망한 이후 서방세계와 관계를 강화하여 자국의 안보를 보
장받으며 경제재건에 힘써 왔다. 한국으로서는 불행한 일이지만
일본으로서는 이념분쟁의 전선이 동해나 일본 본토가 아닌 한국
의 38선을 연하여 형성된 것이 천만다행이라는 생각을 하고 있을
것이다.

　　한국전쟁이 발발하자 미국은 일본이 38선을 유지하는 병참기
지로써 필요했다. 일본 역시 한반도가 공산화되면 일본 본토 자
체가 위협당하는 안보현실에 미국의 도움이 절실했다. 서로가 필
요했던 안보적인 이런 결속이 일본 안보에 기여했을 뿐만 아니라
경제적인 도약을 할 수 있게 했다.

　　일본이 한반도 통일을 원하느냐 하는 질문은 예스(yes)일 수도
있고 노(no)일 수도 있다. 공식적인 입장은 '평화적 방법에 의한
한반도 통일'을 지지한다는 것이다. 이 입장은 주변 국가들의 공
통적인 입장이기도 하고 남북한 당사자들 입장이기도 하다. 겉으

로는 이 원칙에 다 동의한다는 것이다. 하지만 속으로는 다른 생각들을 하고 있는데, 다른 생각을 하게 되는 핵심적 이유는 국가 이익이다. 국제 정치에서 겉은 인도주의나 평화주의 같은 원리를 중심으로 한 원칙적인 접근인 반면, 속은 국가 이익을 추구할 뿐이다.

일본은 가능한 현재 상태로 남북한이 대치하는 상황이 자국이익에 도움이 된다고 믿고 있다. 일본은 한반도 현상유지를 원하며 남북한 변화에 민감하게 그때그때 대처하면서 국가 이익을 챙기려 하는 것이다. 남한 정부와는 경제적인 의존도를 높여 영향력을 행사하면서 북한과는 인도주의적인 지원을 통해 변화에 대응하는 전략을 취하고 있는 것이다. 한반도 현상유지가 지속되는 한 일본은 이 지역에서의 경제적인 우위나 기술적인 우위를 계속 유지하며 영향력을 행사할 수 있을 것이다.

일본이 한반도 현상유지를 원하는 다른 이유도 있다. 독도 분쟁에서처럼 한국은 일본이 우방이라는 인식을 하면서도 결국 믿을 수 있는 상대로 인식하지 못하고 있다. 언제 상호대립으로 치닫게 될지 모른다고 생각한다. 북한이 남한은 같은 민족으로 공산주의 이념으로 해방해야 할 대상이지만 일본은 적성국가라고 말하는 것도 신경 쓰일 것이다.

특히 북한이 핵보유국이 된다면 일본은 북한과 핵전쟁을 해야할지 모른다는 생각을 하지 않을 수 없을 것이다. 일본의 입장에서는 헌팅턴이 말한 것처럼 '일본은 통일된 한국이 경제적으로 대국은 물론 군사적으로 대국이 될 것이기 때문에 달가워하지 않을 것이다.'라는 표현은 적합한 말로 여겨진다.

러시아는 과거가 그리울 것이다. 냉전시대의 종식으로 소련이 붕괴되면서부터 러시아는 그동안 누렸던 세계무대에서의 영향력이 급속히 떨어졌다. 이런 큰 틀이 한반도에서도 그대로 작용하고 있다. 러시아는 냉전시대의 연합 국가들의 독립이 그들에게 반기를 드는 경우까지 겪는 내전 국가로까지 인식되게 되었다. 한때는 북한의 가장 큰 우방이었지만 경제적인 지원이 불가능한 러시아의 북한과의 관계는 옛날 같을 수가 없다. 지금까지 지원된 소련제 무기는 이미 낡아 가고 있고 새로운 무기체계를 지원할 형편도 아니다. 경제적인 영향력뿐 아니라 군사적인 영향력에서도 전과 같지 않은 형편이다.
러시아는 러시아가 배제된 상태에서 동북아시아에 새로운 힘의 균형이 형성되는 것을 두려워하며 자국의 영향력을 행사할 방법을 찾으려 하고 있다. 이런 점에서 러시아가 겉으로는 북한의 통일정책을 지지한다고 하면서도 남한과의 관계를 소홀히 하지 않으려 노력하고 있는 것이다. 러시아 역시 일본과 마찬가지로 이 지역에서의 급격한 변화를 원치 않으므로 한반도의 통일보다는 현상유지를 원하고 있다. 특히 자국의 입지가 약화된 시기에 변화는 한반도에서의 러시아 입지가 더 좁아짐과 동시에 안보위협으로까지 간주할 수 있는 형국으로 치닫게 될지 모른다고 판단하는 것 같다. 러시아는 한국이 통일되어 미군과 직접적인 대치를 이루는 최악의 상황은 피하려 할 것이다.

러시아는 북한의 핵 보유가 자국에도 도움이 되지 않는다고 생각하고 있다. 북한의 핵이 일본의 군사력 증강, 미국의 이 지역에서의 영향력 증대로 이어지는 결과가 쉽게 예측되기 때문이다. 러시아는 중국, 일본, 미국의 경제적·군사적 강대국 사이에서 고립되어 가는 현실을 돌파하는 데 한반도 통일보다는 이를 이용하고 싶어 할 것이다.

한반도 통일을 원하는 나라는 주위에 아무도 없다는 것이 지금까지 힐 교수의 강의였다. 현상유지를 통한 자국의 이익을 최대한 챙기는 것이 주변 국가들의 정책이다. 그렇다면 한반도 통일이 그들에게 이익이 된다는 정세로 분위기를 바꾸어야 할 텐데 이 문제가 간단치 않은 것이다. 현재 상황에서의 통일논의는 조별 발표도 그렇고 마지막 강의도 큰 기대를 할 수 없는 상황이라는 생각이 앞섰다. 이제 한반도 통일문제는 우리가 해법을 찾고 남북한이 같이 밀어붙이지 않는 한 쉽지 않을 것 같기만 하다. 남한과 북한이 같이 할 수 있는 방법을 찾아야만 한다.

19

메이는 다니엘과의 관계가 깊어질수록 철 없는 다니엘을 당분간 자기 곁에서 쉬게 해주고 싶었던 마음의 정체를 알아 가게 되었다. 그 마음은 그를 당분간 쉬게 해주겠다는 것이 아니라 그녀 자신이 그의 곁에서 쉬고 싶어 하는 마음이었다. 하나의 의무를 가지고 훈련되고 단련되어 가던 마음이 아무것도 모르고 그냥 좋아하는 다니엘을 통해 지쳐가고 있었다.

메이는 지금까지 자신이 소중한 사람이라는 것을 생각하지 못했다. 자신을 소중히 여기는 것은 개인주의이고 자본주의 사상에 뿌리를 둔 배척되어야 할 생각이라 믿었다. 다니엘은 훈련되거나 세련된 사람은 아니었다. 엉뚱하리만큼 단순한 성격이었다. 누구에게도 거짓말을 하지 않는 다니엘, 안 하는 것이라기보다 못하는 것이라고 해야 맞을 것 같은 그였다. 메이에게 늘 친절했고 거친 말 한마디를 못했다. 그녀의 가진 것을 다 사랑했고 같이하고 있는 시간을 감사하는 그였다.

그런 그를 속이고 있는 자신이 미워지기 시작했고 솔직한 마음을 드러내야 할 것 같으면서도 두려웠다. 메이의 감추어진 것이 드러나도 그가 메이를 사랑할 수 있을까 하는 의문이 떠나지 않았다. 메이는 다니엘에게 색다른 것을 드러내야 했다. 과거가 있다든가, 지금 따로 마음에 둔 사람이 있다든가, 결혼을 약속한 사람이 있다든가 하는 말이라면 당장이라도 하고 싶었다. 그런데 메이가 해야 할 말은 북한에서 온 유학생이라는 말이었다.

대부분의 사람에게는 어디서 태어나 자랐느냐 하는 것은 자랑이 되거나 추억으로 남아 있어야 했다. 어린 시절을 누구와 어떻게 보냈는가를 아름다운 추억으로 간직하고 말하는 것을 그동안 수없이 보아왔다. 메이는 그렇지 못했다.

메이는 과분한 것을 좋아하는 성격도 아니었다. 주어진 것에 충실하며 최선을 다하는 것이 그녀가 할 수 있는 전부라고 믿고 살았다. 태어남과 동시에 주어진 운명적인 환경을 감사한 적이 전혀 없는 것은 아니었다. 그런데 다니엘이 그런 그동안의 생각마저도 흔들어 대고 있었다.

생각이 복잡해지고 깊어지면서 메이는 다니엘 앞에 말수가 적어지기 시작했다. 다니엘은 가능한 메이의 기분을 상하게 하는 질문이나 행동을 자제하고 있었다. 메이는 다니엘에게 충격을 줄이기 위해 하나씩 말해 보려 했다.

"다니엘, 나 이번 학기 마치면 중국으로 가야 할 것 같아."

"그것 때문에 시무룩한 거예요. 나도 이번 학기 마치면 졸업하니까, 졸업하고 중국에 갈 거예요. 졸업하고 취직할까, 공부를 더할까 그동안 고민 중이었는데 메이를 만나 쉽게 결론이 났어요."

다니엘은 메이의 말에 아무 동요도 없이 태연하게 대답했다. 다니엘의 말이나 행동은 항상 그랬다. 다가올 어려움에 조급하지 않았고 일이 생기면 상황에 맞게 적응하며 최선책을 찾으려고만 했다. 다니엘의 대답은 메이를 따라 중국에 가겠다는 거였다. 헤어지지 않겠다는 말이었다. 그의 철없어 보이는 단순한 말과 행동은 메이에게 가장 큰 도전이었다.

"중국에 가서 뭐하려고?"

"영어도 가르치고, 컴퓨터도 가르칠 거예요. 메이와도 계속 만나고. 저 이미 알아보고 있어요. 중국은 영어 선생, 컴퓨터 선생 대환영이래요. 돈도 벌고요."

"그건 아는데, 너 나 때문에 중국에 오겠다는 거야?"

"메이 때문이 아니라, 그래서 가는 거예요. 나 메이와 헤어지지 않아요. 어차피 메이가 이곳에 살 수 없으면 내가 따라가면 되죠."

메이는 다니엘의 건장한 품에 안기고 싶은 마음을 참았다. 그에게 기대어 쉬고 싶은 마음을 억누르며 다니엘을 거부하지 않으면 안 될 것 같다는 마음을 굳혀 보려 애썼다.

"나 때문에 중국에 갈 생각은 하지 마. 중국에 돌아가게 되면 나 너와 이렇게 만날 수 없어. 부모님이 허락 안 하실 거야. 아버지가 다른 나라에 가면 또 따라가야 할지도 모르고. 우리 여기서 만날 때까지 잘 지내다가 그냥 헤어지자."

메이의 헤어지자는 말은 힘이 없었다.

"메이, 나는 중국이든 어디든 따라갈 거야. 나, 누나 사랑해."

메이는 막무가내인 다니엘을 어쩌지 못했다. 그가 사랑한다는 말을 하자 더 버티지 못했다. 메이는 다니엘 가슴에 파고들며 다니엘이 힘들어질 것이라고만 계속 중얼댔다. 그리고 다음 강의에 늦지 말라고 그를 아파트에서 내보냈다.

메이는 안정을 잃기 시작했다. 그녀는 다니엘을 사랑하고 있다는 마음을 점점 확인해 가면서 야위어 갔다. 서영은 메이의 변화를 알아차렸다. 그녀를 도울 수 있는 방법을 생각해 보려했지만 잡히는 것이 없었다. 엉뚱한 공상만 하고 있었다. 돈이라도 많았으면 하는 생각을 해 보았다. 두 사람이 평생 먹을 돈을 주어 아무도 찾지 못할 곳으로 보내주고 싶은 그런 생각만 들었다. 그런 생각을 하며 안쓰럽게 메이를 바라보는데 과일을 깎던 메이 손에서 피가 흘렀다.

"조심하지 않고. 너 요즘 왜 이리 매사에 집중을 못하고 그래."

서영은 메이의 벤 왼쪽 인지를 무의식중에 입에 대고 빨았다. 뜨뜻하고 비릿하면서도 들큼한 맛이 전해졌다.

"언니, 소독하면 되는데."

"그래. 누르고 있어. 습관이 무섭다. 피가 나면 먼저 입으로 빨아내야 한다는 생각부터 드니 말이다."

소독을 하고 일회용 밴드를 붙이며 서영은 경국의 다친 손이 떠올랐다. 살성이 좋아 웬만한 상처는 쉽게 아문다는 그의 말이 들리는 듯했다. 서영은 메이와 다니엘에 대한 얘기를 언젠가 나누어야 할 것이라고 생각했는데 지금이 적합할 것 같다는 생각이 들었다. 서영이 들어가 보지 못한 그들만의 사랑에 야위어 가는 메이를 그냥 보고만 있을 수도 없는 노릇이었다. 서영이 경국과의 관계에서 아파하는 것보다 메이의 아픔이 더 클 것같이 느껴졌다. 이미 서영은 사랑의 아픔을 경험해 보았지만 메이는 처음으로 겪는 아픔이었다. 서영은 경국 이야기를 먼저 꺼내는 것이 메이의 마음을 더 편하게 열게 할 것 같았다.

"나, 경국 씨와 사고 칠 뻔했다."

"언니, 무슨 뜻이야. 사고라니?"

메이는 서영을 호기심 어린 눈으로 바라보고 있었다. 그녀가 예상하는 사고라는 의미를 확인하고 싶은 눈빛이었다.

"지난번 너희들 커버드 브리지 가서 데이트할 때, 경국 씨와 여기서 영화 보다가 그럴 뻔 했어."

"아저씨가 막 대들었어?"

서영은 메이가 실망할 대답을 가지고 있으면서도 뜸을 들이다가 살가운 표정으로 메이를 빤히 보며 말했다.

"경국 씨 웃기더라. 정사 장면이 나오니까 자기가 쑥스러워하고 실수할까 무서워 보던 영화도 못보고 밖으로 나가자고 해서 같이 공원에 가서 이야기하다 헤어졌어."

메이는 그걸 가지고 사고 칠 뻔했다고 했느냐고 삐죽댔다. 언니 기분은 어땠느냐고도 물었다. 큰 위기를 맞았었다고 대답했다. 경국 씨가 원했다면 거부하지 못했을 거라고 솔직히 털어놓았다. 메이는 서영이 안쓰러운 모양이었다. 서영을 위로하려고 그랬는지 메이도 걱정 어린 목소리로 마음을 열었다.

"다니엘 때문에 걱정이야 언니. 나 따라 중국에 온대. 아직 북한 에서 왔다는 말 못했어."

메이는 자기가 하는 말이 서러워서 눈물이 났다. 항상 메이 주위 에는 사랑해 주는 사람은 있었지만 그녀를 이해해 주는 사람은 없 었다. 해서는 안 되는 일을 말해 주는 사람은 있어도 하고 싶은 일 을 하게 놓아두는 사람은 없었다. 메이가 누리는 것에 상응하는 의 무는 항상 그녀의 일상이었다.

사랑도 의무가 주어질 것이라는 생각이 들기 시작한 뒤로는 사랑하는 것도 두려웠다. 모든 것에서 적당한 거리를 유지하며 지내는 것이 가장 안전했다. 당에 대한 의무에서도, 부모에 대한 의무에서도 그리고 자신의 감정과도 거리감을 유지하는 것에 익숙하게 지내고 있었다.

무엇 때문일까. 이런 익숙한 거리에 안주하려는 자신이 비겁하게 느껴지기 시작했다. 뭔가의 뒤편에 숨어 있다가 잔칫상이 다 차려지면 나와 주인행세를 하는 부잣집 막내 도련님 같은 미운 모습이 자신일 거라는 생각을 했다. 그녀를 칭찬하는 말 속에는 비난과 조소가 섞여져 있었다. 다니엘이 그녀에게 다가오며 이런 모든 것이 수면 위로 떠올라 메이의 마음에서 가라앉으려 하지 않았다.

메이는 서영이 자신을 이해할 수 있으리라고 믿지는 않았지만 그래도 지금은 말하고 싶었다. 자기가 왜 우는지 다 알지 못해도 지금은 그녀를 서영만큼 이해해 줄 사람은 주위에 없었다.

"메이야. 너는 다니엘을 어떻게 생각해. 사랑하니?"

"나는 사랑이 두려웠어. 사랑하게 될 줄도 몰랐고. 다니엘이 나를 사랑한다고 말하는데 그 말이 감당 안 돼. 사랑의 감정이 무엇인지도 모르겠어."

"사랑하는 마음은 본능이다. 누구에게서나 느끼는 감정이 아니야. 다니엘이 너에게 사랑한다고 했다면 너에게만 그런 감정을 느끼고 있다는 의미야. 언니는 그래서 사랑은 운명이라고 생각하지. 너희들의 사랑이 운명이라면 피할 수 없을 거다.”

메이는 서영의 사랑에 대한 운명론에 대해서는 긴가민가하면서도 태어난 장소와 부모의 선택권이 없는 것에 대한 운명을 설명하는 데는 수긍할 수 있었다. 서영은 운명을 부정적으로만 생각할 필요는 없다는 말도 했다. 두 사람의 운명이 다른 사람에게 도움을 주고 영향을 주는 운명일 수도 있다고 했다. 만약 서영과 경국의 만남이 운명이라면 그 운명은 부정적인 운명이 되겠지만 메이와 다니엘의 만남은 아직은 부정적일지 긍정적일지 알 수 없는 일이라고 여운을 남겼다.

“다니엘이 북한까지도 따라 올수 있을까?”

“그건 모르는 일이지. 다니엘의 선택에 달렸어.”

“다니엘에게만 그런 선택을 맡기는 것은 공평하지 않아? 내가 할 수 있는 일이 없다는 것이 서러워. 언니, 운명은 공평해야 되는 것 아냐?”

“경국 씨가 그러더라. 운명은 원래 공평한 것이었는데 에덴동산에서 사람들이 선악을 알게 하는 과일을 따 먹은 후로 더 이상 인간에게 공평한 것이 아닌 것이 되고 말았다고. 원래는 사람이 선악이 무엇인지 몰랐는데 선악과를 먹은 후로 인간 스스로 선과 악을 선택해야 하는 운명에 처하게 되었다고 하더라. 성경에 나오는 이야기지.”

메이에게는 생소한 말이었지만 서영의 말이어서 듣고 있었다. 경국은 서영에게 다른 말도 했다고 했다. 선악과를 에덴동산에 심어 둔 하나님은 원래 불공평하게 느껴지는 운명을 없애기 위해 그랬다고. 그 열매에는 하나님의 선한 성품과 죄를 구별하는 성품이 들어 있었던 것 같았다고 했다. 열매를 먹은 인간은 죄가 무엇인지 구별할 수 있게 되었고, 죄를 깨닫게 되자 열매를 따먹은 것이 잘못된 것임을 알게 되었다고 했다.

죄를 짓게 되면 죄의 악한 성품에 기울어져 왜 그 열매를 에덴동산에 심어두고 따 먹게 한 후에 괴롭히는 것이냐고 불평하며 대적하는 다른 선택을 통해 자신의 행동을 합리화하기 시작한다고. 그래서 죄의 성품은 자기합리화의 욕구가 가장 강한 것이라고. 만약 경국이 서영을 선택하고 그 사랑을 운명이라고 말한다면 자기합리화 과정을 말하는 것이라고. 그 후로 이런 생각을 하게 된다고. 하나님은 왜 선악과를 심어 놓은 거냐고. 심은 사람 잘못이지 따먹은 사람 잘못이 아니라고. 하나님이 죄를 짓게 하여 죄를 지은 것이라고 말하고 싶어 한다고.

서영은 경국과 사랑을 선택하게 되면 선악과를 따먹는 것과 같다고 말했다. 선택한 사랑을 합리화하기 위해 자기 혼자만이 이런 선택을 하는 것이 아니라는 생각을 하기도 하고 절대자가 이런 선택을 하게 한 것이지 자신이 한 선택이 아니라고 말하고 싶어 한다고.

메이가 서영의 눈에 맺히는 눈물을 보며 같이 울음을 터뜨릴 것 같은 순간에 노크 소리가 들렸다.

"Who is it?"

누구세요.

"경국입니다."

집안으로 들어온 경국은 착 가라앉은 분위기를 느낄 수 있었다. 서영과 메이는 경국임을 확인하자 그 무거운 분위기를 바꾸려 하지 않은 채 그대로 있었다. 무슨 일이 있느냐는 경국의 말에 서영은 어쩐 일이야고 되물었다. 그냥이라는 경국의 대답에 메이는 아저씨가 언니 보고 싶어 왔는데 그런 질문하면 어떻게 하냐고 퉁퉁거렸다.

"우리 지금 심각한 얘기 나누고 있어요. 지난번 우리가 나눈 사랑의 운명론에 대해 말하고 있는 거예요. 마침 설명이 점점 어려워지고 있는데 나머지는 경국 씨가 설명해요. 메이가 고민이 많아요. 다니엘이 중국까지 따라오겠다나 봐요."

서영이 경국에게 가라앉은 분위기를 설명하며 좋아하는 커피를 갖다 주겠다며 부엌으로 향했다. 경국은 메이와 마주보고 식탁에 앉았다.

"아저씨, 언니와 사랑의 운명과 선택에 관한 말을 했다는데 그 얘기 좀 자세히 들려주면 안 되나요?"

경국은 멋쩍은 기분이 들기는 했지만 설명해 보기로 했다. 사랑은 운명적인 선택을 해야 하는 속성이 있는 것이 다른 운명과 다른 점인 것 같다고 했다. 인간이 운명을 선택할 수 있다는 말은 자유의지를 가졌다는 말이 될 것이다. 자유의지를 통한 운명의 선택을 설명하다보니 자연스럽게 서영과의 관계를 말하게 되었다.

"서영과 내가 똑같이 사랑의 감정을 확인했다고 하자고. 그래도 사랑이 이루어지는 것이 아니야? 나도 서영도 결정할 일이 남아 있어. 남녀 사이의 사랑은 정신적인 감정 못지않게 육체적인 사랑이 중요해. 그런데 정신적인 사랑은 선택할 수 없는 운명처럼 우리에게 다가오지만 육체적인 사랑은 스스로 선택할 수 있는 속성이 강하다고 생각해."

경국은 커피를 가지고 와 식탁에 놓으며 메이 옆에 앉은 서영을 의식하며 계속 말을 이었다.

"문제는 특히 육체적인 사랑의 선택은 한 번으로 제한된 것이라고 사람들은 생각하고 있어. 그 이유가 종교적인 것이든, 사회 윤리적인 것이든, 법적인 것이든, 어쨌든 우리는 한 번의 육체적 선택을 해야만 해. 만약 이 자유의지를 어떻게 선택하느냐에 따라 운명이 아름다워질 수도 있고 불행해질 수도 있는 거야. 얼마 전 나는 이 불행해질 수 있는 선택을 하려다 서로 잘 참았어. 서영한테 고맙기도 하고."

경국은 서영의 눈치를 살폈다. 서영은 사랑스런 미소를 경국에

게 보내고 있었다. 그 미소가 힘이 되어 차분한 목소리가 더 굵직
해졌다.

"쉽게 말하면 언니와 나는 지금 육체적 사랑의 선택을 해서는 안
된다는 거야. 우리가 만약 그런 선택을 했다면 지금 훨씬 불편해졌
을지도 몰라. 나는 아내 앞에서나 아이들 앞에서도 더 이상 떳떳한
모습이 될 수 없어. 서영도 마찬가지였을 거야?"

메이가 서영을 바라보자 서영이 고개를 끄덕였다.

"그러면 정신적인 사랑만으로 서로 사랑한다고 말할 수 있어요?"

메이는 서영과 경국을 번갈아 쳐다보면서 누군가 대답을 해보라
는 식이었다. 그녀의 목소리에는 그게 무슨 사랑이냐는 조소가 묻
어 있었다. 경국은 서영이 답변해 주었으면 했지만 그녀는 고개를
좌우로 흔들며 경국이 대답하라는 신호를 보냈다. 경국이 할 수 없
이 말을 이어 나갔다.

"무엇이 완전한 사랑이냐는 질문인 것 같아. 육체적인 사랑 없이
완전한 사랑이라고 할 수 있는가? 하는 질문이 되는 거지?"

"그래요."

"주관적인 생각일 수 있지만, 거꾸로 생각하면 더 복잡해지기도
하고 해답을 찾을 수 있기도 해. 만약 육체적인 관계만으로도 사랑
이라고 말할 수 있느냐 하는 점이야. 누구도 그런 관계를 사랑이라
고 말하지 않아. 그런 행위는 동물적인 쾌락이라고 치부할 수 있지.

이렇게 반박하기도 하겠지. 그래, 인간도 동물이다. 동물적 속성이 있는 인간이 동물적 본능의 행위를 하는 것이 뭐가 문제냐고.

그런데 인간은 생각하는 사회적 동물이라는 점에서 그런 생각은 모두가 배격하는 거야. 그래서 운명적으로 다가오는 정신적인 사랑과 자유의지로 선택하는 육체적인 사랑의 조화가 완전한 사랑이 아닐까?"

경국은 설명을 하고도 뭔가 부족한 기분이 들었고, 메이의 반응도 수긍하면서도 아직 부족하다는 눈빛이었다. 잠잠하던 서영이 끼어들었다.

"운명으로 다가오는 사랑이 꼭 하나가 아닐 수도 있어. 그리고 경국 씨가 말하는 정신적인 사랑이 운명의 성격을 더 강하게 내포하고 있다면 운명적인 사랑은 같은 것일 거야. 내가 메이를 생각하는 마음이나 경국 씨를 생각하는 마음이나 전 남편을 생각하는 마음은 다른 것이 없는 것 같아. 단지 육체적인 사랑을 나누는 관계로 발전할 수 있는 남녀 간의 사랑만이 더욱 선택적인 것 같아. 이 육체적인 선택을 하게 되면 주관적인 것이 되고 마는 거야. 더 이상 사회적인 사랑이 아냐. 개인적인 사랑이 되는 거야. 그것이 육체적인 사랑의 한계일 거야."

"나도 그런 생각을 많이 했어. 서영 씨 말이 무슨 뜻인지 알 수 있을 것 같아. 우정도 사랑이고 부모와 자식 사이의 정도 사랑인 거야. 나라를 생각하는 마음도 사랑이고 자기가 추구하는 진리에 대한 생각도 사랑이라고 말할 수 있어. 내가 서영과 지금과 같은 사랑을 하면 우정이라든가, 친구라는 이름을 가진 사랑으로 문제될 것이 없겠지. 이런 일반적인 운명으로 사랑은 우리에게 찾아와 선택을 강요하여 구체적인 사랑의 개념으로 탈바꿈하게 되는 건가봐. 그러나 더 발전해 버리면 개인적이고 이기적인 성격이 끼어들게 되어 문제가 되는 거야. 더 이상 제삼자가 끼어들 수 없는 사랑이 되는 거지."

"경국 씨가 말을 못하는데. 내가 만약 경국 씨와 더 깊은 육체적인 관계로 발전하면, 내가 경국 씨 부부의 운명적 사랑에 방해자가 되고 파괴자가 되는 거야. 그래서 우리는 친구 하자고 했어. 메이너, 알아듣겠어?"

경국이 거들었다.

"우리가 하는 선택에는 책임이 뒤따르게 되어 있어. 그것이 본인에게는 사랑의 선택이라 할지라도 사회나 국가는 우리에게 개인의 선택에 따른 책임을 강요하게 되는 거지. 내가 서영과의 사랑을 선택하게 되면 서영에 대한 사랑을 책임져야 하지만, 또 다른 한편으로는 지금 내가 선택했던 아내와 자녀에 대한 사랑의 선택에 책임을 져야 하는 거야. 그래서 자유의지를 바탕으로 한 인간의 선택과 책임은 동전의 양면과 같이 항상 붙어 다닌다고 생각해."

메이는 생각에 잠겼다. 언니와 아저씨 말대로라면 다니엘과의 만남은 일반적인 운명이었다. 이제 메이의 선택으로 다니엘과 메이 두 사람만의 또 다른 선택적 운명의 사랑으로 진입하게 되는 것이다. 그리고 그 선택에는 책임이 뒤따르게 되어 있다. 태어난 곳이나 부모와 같은 선택이 필요 없는 운명은 책임이 주어지지 않지만 선택적 운명은 책임이 주어지는 것이 달랐다. 다니엘의 사랑한다는 말은 이미 그 선택을 했다는 뜻이 되겠고, 이제 메이의 선택을 기다리고 있는 상황으로 해석하면 될 듯 싶었다.

언제까지나 이렇게 살아갈 수 있는 것은 아니었다. 선택의 시간이 메이에게 다가오고 있었다. 헤어지든가? 지속하든가? 아저씨와 언니는 이미 선택을 마친 사람들이어서인지 자신의 얘기를 남의 얘기하듯 담담하게 잘도 하고 있다는 얄미운 생각이 들기도 했다. 고향 생각이 났다. 부모님 생각도 났고, 메이에게 의무를 안겨준 북조선과 당이 떠올랐고, 가슴에 달아야 할 김일성 수령의 배지가 손에 잡히는 느낌이 들었다.

20

힐 교수의 마지막 강의를 듣기 위해 모두가 기다리고 있었다. 지난 두 주간 있었던 각 조별 발표는 큰 흥미를 불러내지 못한 상태로 진행되었다. 그도 그럴 것이, 확실한 해답을 주는 해법을 어느 조도 가지고 있지 못했다. 북한의 핵보유 포기가 핵심이라는 전반적인 의견 가운데 특히 미국과 중국의 태도가 결국 한반도 통일에 가장 큰 변수가 될 것이고 일본과 러시아는 미국, 중국의 핵심역할에 국가 이익이 부합되는 결정을 그때그때 하게 될 것이라는 의견으로 요약되는 발표였다.

또한 남북 당사자의 강한 통일 의지의 합의가 가장 좋은 방법이고 통일 논의에 시작이 되어야 방향이 잡혀갈 것 같다는 의견에 경국은 동감했다. 아무리 강대국이라도 분단초기와 같은 한반도 정세가 지금은 아니고, 국제사회에서 남한의 위상이 향상된 현 상황에서 당사자의 의견을 무시한 국제적 결정 같은 것은 불가능한 환경이라는 것이다. 이런 결론에도 도처에 예측할 수 없는 일들이 숨겨져 있는 것 같아 조마다 개념적인 의견을 제시했을 뿐이다.

힐 교수는 마지막 강의 시간이 되면 항상 부족했다는 생각과 아쉬운 생각이 든다고 말하더니 처음 강의 시간에 했던 것처럼 칠판에 S : South Korea, N : North Korea, A : America, C : China, J : Japan, R : Russia를 적어 나갔다. 첫 시간에는 각 나라 이름을 괄호 안에 넣었던 것을 그 괄호 밖으로 꺼내어 풀어 썼다. 힐 교수는 다시 강단으로 와서 혹 통일에 대한 공식을 생각해 보았느냐고 물었다. 지난 조별 토의에서는 공식을 언급한 조가 없어서 아쉬웠다고 하면서.

우리 조 조장이었던 미국을 담당한 로버트가 손을 들더니 교수의 눈짓에 손을 내리며 말했다.

"저는 수학의 일차방정식이 떠올랐습니다."

"로버트 군이 칠판에 그 공식을 적으며 설명해 보시겠습니까?"

"네."

로버트가 앞으로 나가 칠판에 공식을 적었다.

$$ax+b=0$$

"여러분도 알다시피 일차방정식의 정의는 미지수인 x의 값이 일차인 것을 의미합니다. a와 b는 상수입니다. 한반도 통일에 영향을 미치는 여섯 나라를 이 식에 대입해 보겠습니다."

$$SA+J=NC+R$$

"남한과 미국과의 동맹은 곱하는 관계로 북한과 중국과의 관계도 곱하기 관계로 대칭되며, 일본과 러시아는 서로 상수로 존재하는 공식입니다. 이 공식의 값이 동일한 하나의 값이 될 때 한반도는 통일이 이루어질 것입니다."

경국은 로버트가 무엇을 설명하려는 것인지 쉽게 이해할 수 있었다. 한반도 통일에 있어 한국과 미국이 결속한 힘과 북한과 중국이 결속한 힘의 이해관계가 등가를 이룰 때 가능하다는 설명이었다. 상수로 존재하는 일본과 러시아는 자체 값이 플러스 값일 때는 통일에 도움이 되지만, 마이너스 값으로 존재하게 되면 통일에 방해가 되는 나라들이 될 것으로 해석되는 공식이었다.

로버트가 설명을 마치고 들어가자 힐 교수는 만족한 미소를 지으며 훌륭한 접근이었다고 그를 칭찬했다. 다른 의견이 없느냐는 질문이 이어졌다. 경국은 순간 아인슈타인의 상대성이론 공식이 떠올랐다. 한반도 통일공식이라면 현 시점에서는 그 공식이 더 설득력이 있을 것 같았다. 그래도 순간 떠오른 생각을 설명하기가 쉽지 않을 것 같아 그냥 앉아 있었다.

힐 교수가 칠판에 다시 가더니, 로버트 공식 옆에 상대성이론 공식을 적고 있었다.

$$E=mc^2$$

"이 공식이 그 유명한 아인슈타인의 상대성이론 기본공식입니다. 여기서 E는 에너지, 곧 힘을 의미하고, m은 질량, c는 속도를 의미합니다."

경국은 물리학을 공부하던 시절이 생각났다. 힘이 무엇인지 규명하면서 뉴턴의 힘의 역학에서는 속도가 빠르지 않은 영역에서 적용되었지만, 속도가 빛의 속도까지 빨라지면 그 고전적 법칙은 적용이 어렵다고 배웠다. 아인슈타인은 그런 점에 의심을 품고 속도가 빛의 속도에 가까울 때도 적용할 수 있는 포괄적인 에너지 법칙을 고안하게 되었는데 그것이 칠판에 적힌 상대성이론 원리인 것이다.

"자연과학에서는 이론은 가장 보편적인 상황에 적용되는 지식체계이고, 법칙은 일반적인 상황이 아니라 특수한 상황에서 적용되는 원리라고 해석합니다. 이 상대성이론 공식을 이렇게 한번 써 봅시다."

$$KA^2+J \ = \ NC^2+R$$

"이 식은 일차방정식 공식 모양에 상대성이론 공식이 결합된 모습입니다. 이 공식으로 한반도 통일을 설명해 보는 것으로 전체 강의를 마치려 합니다."

힐 교수는 상대성이론 공식에 대입한 통일공식은 수학적인 의미보다는 통일을 쉽게 이해하고 정리해보자는 의미가 강하다고 설명하면서 공식이 의미하는 상징성을 칠판에 적어 내려갔다.

1. 통일은 남북한과 이를 지지하는 주변 당사국 사이에 힘의 균형이 이루어진 상황에서 이루어지는 것이 바람직하다.
2. 남한과 북한은 통일에 있어 변함없는 상수 값으로 존재한다.
3. 공식에서 미국과 중국의 역할이 크게 강조되어 있지만 상수로 존재하는 남북한의 입장에 크게 좌우된다. 상수가 0이 되는 경우, 즉 당사자들이 통일을 원하지 않는 경우는 일본과 러시아 값만 존재하게 되는데 이 값은 통일의 영향을 미치는 값이 아니다.
4. 일본과 러시아는 미국과 중국의 역할에 공조하는 값으로, 때로는 한국과 북한을 지지하는 값으로 존재할 확률이 높다.
5. 당분간 통일이 이루어지지 않고 남북한 당사자들의 국력이 강해지게 되면 미국과 중국은 상수로서 역할을 하게 될 것이고, 통일에 대한 주도적인 역할은 남북한이 c의 제곱 값으로 존재하게 될 것이다. 지금 상황으로는 미국과 중국의 역할이 남북한의 통일의지 못지않게 중요하다는 점을 강조해도 무리는 없을 것 같다.

힐 교수는 강단으로 돌아와 통일에 관련된 당사국의 입장과 현

상황을 설명하다 보니 상대성이론 공식으로 설명해 본 것일 뿐이라는 말을 다시 강조했다. 공식을 벗어나 설명하자면 이미 강의와 조별 발표에도 계속 언급된 바와 같이 북한의 핵 개발 정책과 장거리 미사일에 대한 태도 변화가 통일에 가장 큰 이슈가 되고 있다는 점을 강조하고 싶다고 했다.

북한이 핵 개발 정책을 포기하고, 중국이 통일에 적극 나선다면 통일은 빨라지겠지만, 북한이 남한에 대한 군사적 행동을 불사하겠다는 태도를 유지하며 미국과의 직접 대화를 이끌어 한국의 입지를 좁히려는 전략을 계속 추구한다면 크고 작은 일들이 반복되는 답보적인 통일주장들과 협상이나 대치 상태를 당분간 계속 유지하게 될 것입니다.

이런 답보상태가 계속 유지되면 남북한 이질성이 더 커지게 되고, 다음 세대에게 통일을 맡겨야 하는데 다음 세대에서 통일 논의가 어떤 형식으로 변할지 예측하기 어렵습니다. 한 가지 고무적인 변화를 느낄 수 있다면 과학기술의 발달이 통일에 크게 영향을 미칠 것이라는 전망입니다. 남한의 IT 산업은 세계에서 가장 앞서가고 있으며 이에 상응한 문화가 신속하게 발전하고 있습니다. 북한이 현재는 여러 방법으로 북한 사람들이 남한문화 접근을 차단하려 하고 있지만 시간이 흐를수록 한계에 다다를 것이라 믿어집니다.

어쩌면 독일이 통신망 개방을 시작으로 통일이 급진전된 것처럼 한국에서의 통일은 한류로 불리는 남한 문화가 IT 기술과 함께 접목되어 북한에 영향을 미치는 시기가 온다면 우리가 한 학기 연구한 내용이 큰 의미가 없는 방법으로 통일이 이루어질 수도 있을 것입니다. 최근 탈북자들의 증언을 들어보면 남한의 문화가 이미 북한에 영향을 주는 계층도 있음을 알 수 있습니다.

그러나 남한 문화의 급속한 북한 보급이 위험한 점도 있습니다. 기득권을 가진 지배세력이 자체붕괴를 막기 위해 군사적 행동이나 돌출행동을 할 수 있는 여지는 한반도를 공부한 사람은 쉽게 예측할 수 있는 일입니다. 강의를 마치면서 확실한 결론을 맺지 못하고 문제점만 던지는 것 같아 미안합니다. 그러나 바로 이 점이 한반도 통일에 대한 현실이라는 점을 이해해 준다면 이 과목이 할 수 있는 일은 다한 셈입니다.

경국은 적은 학생 수였지만 한반도 통일에 대해 관심을 가진 세대가 이어지고 있다는 점도, 통일에 대한 의견 가운데 문화적인 접근 방식이 거론된 점도 인상적이었다.

경국은 대학시절 마지막 강의를 듣고 나면 이제 또 한 과목이 끝났구나 하는 후련한 마음을 감추지 못했었다. 하지만 이번 강의는 그렇지가 않았다. 메이 쪽을 보았다. 어두운 얼굴이었다. 다니엘을 보았다. 마찬가지였다. 다니엘이 메이에게 다가가고 있었다. 경국도 그들에게 다가갔다.

"아저씨, 우리 파티해요? 책거리한다고 하던가?"

"그게 무슨 파티야?"

메이의 말을 다니엘이 되물었다. 경국은 영어로 다니엘에게 종강 파티라고 설명하며 서영과 상의해 보자고 했다.

파티를 어디서 어떻게 하느냐로 옥신각신했다. 다니엘과 메이는 공원에 가 고기를 구워먹자는 쪽이었고, 서영은 그냥 아파트에서 먹자고 했다. 경국은 이것도 저것도 아니었다. 농장을 출발할 때부터 만일을 대비해 준비하고 온 마음을 털어놓았다. 좀 멀리 가서 얼마 남지 않은 시간들을 기억할 수 있는 곳으로 가보자고 했다.

"오늘은 내가 한턱 쏠게. 내가 가자는 곳으로 가자. 지난번 우리 갔던 홈스테드로 드라이브 가서 노천 온천에서 온천도 하고 스테이크도 먹고 오는 거야. 노천 온천 맞은편에 고풍스런 작은 모텔이 있는데 우리 거기서 실컷 놀다오는 거다."

경국의 파격적인 제안에 세 사람의 반응은 침묵이었다. 다니엘이 좋다고 먼저 입을 열자, 메이는 그래도 되느냐고 했다. 서영은 말은 없었지만 농담이라 여기는 눈치였다. 경국은 아내에게 전화를 걸었다. 그리고 오늘 종강파티를 노천 온천이 있는 윔스프링에 가서 하고 내일 들어가겠다고 했다. 남북통일을 위해 오늘은 당신 혼자 지내야겠다고 했다. 아내는 자세한 내용은 집에 와서 설명하라고 하며 경국의 의견을 존중해 주었다.

경국은 야윈 서영의 얼굴을 보았다. 그녀를 야위게 한 주인공이 경국일지도 모른다는 생각이 불쑥 스치며, 이 공간에서 비난받아야 할 사람이 있다면 경국 자신이라는 생각이 들었다. 경국은 갑자기 모든 사람으로부터 비난받는 대상이 되어 버리는 것은 아닌가 하는 생각을 했다. 아내에게도, 서영에게도, 미스터 강에게도, 다니엘과 메이에게까지도.

서영이 경국에게 대들 듯 말했다.

"종강파티한다고 하면서, 아내에게 남북통일 운운하는 건 우습네요. 대답해 보세요?"

"힐 교수 강의를 종합하면 별거 없어. 사소한 일로 서로 정이 들어야 하나 될 수 있다는 거였어. 큰일을 먼저 해결하려다가 통일이 지연되고 있는 거라는 거야. 그래서 우리 사소한 일로 서로 하나 되는 일을 해보려고."

"설마 교수가 그런 말을 했겠어요. 꾸며낸 얘기죠?"

"교수의 강의 의도가 어쨌든 이번 학기 내내 내가 생각한 통일에 대한 접근 방법이야. 통일은 만나는 사람마다 하나 되려고 노력해야 할 것 같아. 그런 심각한 얘기는 나중에 하고 종강파티나 즐겁게 하자."

서영이 계속 망설이자 옆에서 메이가 그러자고 졸라댔고 네 사람은 필요한 준비를 하기 시작했다. 사실 경국은 이미 오래 전에 한 생각이었고 아내에게 언질을 하고 나온 상태였다. 경국은 노천 온천에서 입을 옷을 준비하라고 했다. 수영복이 좋지만 자신 없는 사람은 수영복이 아니어도 관계없다고 하자 세 사람이 서로를 바라보며 어리둥절해했다.

웜스프링의 시골 모텔은 산기슭에 본체와 별체로 구별되어 고목들과 어우러져 있었다. 모텔이 마치 고목나무 우산을 받고 있는 것 같았다. 모텔 로비에 들어가도 아무도 보이지 않았다. 작은 탁상용 종이 있어 몇 번 쳤다. 오래 묵혀 저려진 탱탱한 소리를 냈다. 로비는 잘 꾸며지거나 화려한 분위기를 일부러 없애버리려는 듯 전문 인테리어가 손을 댄 흔적이라고는 찾아 볼 수 없었다. 주인이 잡은 건지 곰 머리가 박제되어 한쪽 벽에 걸려 있었고 8개 뿔이 난 큰 사슴 머리도 반대편 벽에 걸려 있었다. 경국은 사슴 눈을 바라보았다. 사슴이 경국을 내려다보는 것 같았다. 농장에 나타나는 사슴도 저 정도 크기는 될 것 같았다. 앞집 미스터 킹이 잡기 전에 내 손에 그 사슴이 잡아야 할 텐데 하는 생각을 했다.

주인아줌마가 나왔다. 텃밭에서 일을 하다 말고 온 모습이었다. 더 이상 감추고 살 나이가 아니라는 것을 말하고 싶은 건지 가슴은 다 드러나 있었고 바지도 짧기는 마찬가지였다. 경국은 주인아줌마

가 실내장식도 했을 거라 짐작했다. 옷을 입은 분위기며 누릿한 냄
새가 로비에서도 그녀에게서도 풍겼다.

경국은 일부러 별채로 두 개의 방을 정했다. 별채라고 하지만 전
체 방이 8개뿐이었다. 작은 별채는 계곡 쪽에 박혀 있어 조용하고
다른 손님이 투숙하지 않아 좀 떠든다고 문제될 것이 없어 좋았다.
경국과 다니엘이, 서영과 메이가 같은 방에 짐을 풀고, 길 건너 있
는 노천 온천으로 바로 갔다.

노천 온천은 해가 지기 전에, 그것도 한 시간 이상 온천욕을 할
수 없는 곳이었다. 경국과 다니엘은 수영복에 가벼운 셔츠를 입었
고 서영과 메이는 수영복을 입은 위에 긴 셔츠를 걸치고 나왔다.
서영과 메이는 최대한 몸을 감추려 하는 동작을 취했지만 그 동작
에는 경국과 다니엘의 눈이 뜨겁게 바라보기를 바라고 있었다.

노천 온천은 남자와 여자가 따로 들어가게 되어 있었다. 그것도
말을 해서는 안 되는 규정도 있었다. 경국은 전에도 와본 경험이
있어 엉뚱하고 까다로운 규정을 설명하며 서영과 메이를 여탕에 먼
저 들여보내고 다니엘과 남탕으로 들어갔다. 다행히 남탕에는 아무
도 없어 소곤거릴 수 있어 좋았다.

다듬어지지 않은 송판을 이어 팔각형으로 벽을 가리고 있었지만
듬성듬성 구멍 난 곳이 많아 밖에 나무들이 보였고 산자락이 안으
로 비집고 들어와 수면에 어른거렸다. 천장은 중간이 역시 팔각형

으로 텅 트여 푸른 하늘이 보이다가 구름에 가리기도 했다. 경국이 아내와 이곳을 처음 왔을 때는 초겨울이었는데 눈발이 날려 천장에서 내려오는 모습을 감상하며 온천을 즐겼었다.

"아저씨, 서영이 누나 좋아해요?"

"……. 응. 좋아하지."

"이혼하려고요?"

다니엘이 평상시에도 경국과 서영을 보며 걱정스런 느낌을 떨치지 못하고 있었던 것 같았다. 가정을 가진 사람은 조금만 행동을 잘못해도 쉽게 오해 살 수 있다는 생각은 했지만 다니엘까지 그렇게 생각하리라고는 예상하지 못했다.

"이혼이라니, 통일 공부하러 와서 이혼하면 되겠니……. 농담이고, 우리 친구하기로 했다. 너희들도 애인 말고 이성 친구들 있지 않니?"

"알아요. 그래도 결혼하고도 이성 친구 가질 수 있어요?"

"다니엘, 생각보다 보수적이구나. 쉽지 않은 일이지. 그런데 서영 씨와는 이번 학기 끝나면 계속 만날 수 있는 사람이 아니니 그렇게 할 수 있을 거야. 그건 그렇고, 너 메이 좋아하니?"

"Yes. I love her."

예. 그녀를 사랑해요.

다니엘의 대답은 간단명료했지만 변하지 않을 거라는 각오를 표현하고 있었다. 경국은 좋아한다는 말과 사랑한다는 말을 어떻게 구별하느냐고 물어보았다. 다니엘은 자기 생각으로 좋아한다는 말은 여러 사람에게 쓸 수 있는 말이지만, 사랑한다는 말은 한 사람에게만 할 수 있는 말인 것 같다고 했다.

"다니엘 말대로라면 나는 서영 씨를 좋아하는 거야. 아니, 사랑하는 것과 좋아하는 것에 중간쯤인 것 같다고 해 두자. 다니엘은 메이가 중국으로 가면 어떻게 할 건데?"

"중국에 갈 거예요. 중국에 가 영어도 가르치고, 컴퓨터도 가르칠 거예요."

"부모님이 메이에 대해 알고 계셔?"

"아니오. 말씀드릴 거예요. 메이도 졸업하자마자 바로 중국으로 가는 것이 아니고 뉴욕에서 좀 머물다 갈 거래요."

"만약 메이가 중국에서 사는 것이 아니라 다른 나라에 산다면 어떻게 할 건데?"

"결혼해서 같이 다니려고요."

"메이와 상의해 봤어?"

"아니오. 지금은 무조건 안 된다고 할 거예요."

경국은 아찔했다. 다니엘은 지금 자기가 무슨 이야기를 하고 있는지 모르고 있는 것 같았다. 경국은 두 사람 사랑에 도움을 줄 수 없다는 사실이 안타깝기만 했다. 더 이상 메이에 대해 이야기하는 것도 주제넘게 느껴졌다.

　경국과 다니엘이 먼저 밖에 나와 기다리자, 잠시 후에 서영과 메이도 나왔다. 따뜻한 온천물에 있다 나와서인지 몸이 움츠러들었다. 서영의 얼굴이 벌겋게 달아올라 있다가 식어가기 시작했다. 몸에서 김이 피어올랐다. 경국은 걸치고 있는 긴 타월을 서영의 어깨에 걸쳐주었다. 평상시 드러내지 않았던 피부들이 햇빛을 퉁겨내고 있었다. 다니엘도 경국을 따라 메이에게 타월을 걸쳐주며 손을 잡고 모텔로 종종걸음을 쳤다. 어색했지만 경국도 다니엘 행동을 따라 서영의 손을 잡고 그들의 뒤를 따랐다.

　저녁은 가지고 간 라면에 만두를 넣어 먹었다. 그리고 약속이나 한 것처럼 경국과 서영이, 다니엘과 메이가 서로 다른 시골길을 산책했다. 낯선 길이었고 산 그림자가 어두움을 재촉하여 곧 뒤돌아서야 했다. 경국과 서영은 모텔 가까운 작은 언덕에 앉아 시간가는 것을 아쉬워하고 있었다.

　경국은 자수성가한 사람들에게서 보이는 공통적인 성품을 가졌다는 생각이 들 때마다 자신 앞에 일어나는 모든 일을 감당할 줄 안다고 생각하며 스스로 대견스럽게 여기기도 했다. 맺을 줄도 알았고, 끊을 줄도 알았고, 해야 할 일이라면 겁 없이 했던 것 같다. 경국에게 성실함은 무기요 천성이라고 여겼다. 그런데 서영 앞에서는 이 모든 것이 무너져 내린 것이다. 장남이 장남의 의무를 다하며 살다가 그만두고 싶어지는 순간이 있듯이 경국은 소중하다고 느껐던 것을 놓아 버리고 싶은 충동에 흔들리고 있었다.

"다니엘과 메이랑 같이 오길 잘했어."

"왜요. 둘만 왔으면 더 이상 친구 못했을 것 같아서……."

"알아요. 부끄러웠지만 경국 씨 앞에서 수영복을 입어보고 싶었어요. 저는 자수성가한 여자가 아니에요. 부모 밑에서 사랑받으며 아무것도 모르고 철없이 자라다가 어쩌다가 독한 여자처럼 보이게 되어 버렸어요. 그렇게 세상이 나를 한번 바라보기 시작하니 모든 사람이 저는 여자도 아니고 투쟁적인 피가 흐르는 혁명가 정도로 취급하더라고요. 저는 다른 사람들이 생각하듯 이념이 투철한 여자도, 공산주의에 물든 여자도 아니에요. 세상이 나에게 상처를 주고 이상한 색의 옷을 입혀놓고 감상하며 즐기는 것 같아요, 제가 세상에 피해를 주는 것이 아니라 세상이 저에게 피해를 준 거예요. 경국 씨 앞에서 그 색을 지워 버리고 옷을 벗어 버리고 싶었어요. 볼품없는 몸이었겠지만……."

산등성이로 다 부풀어 오른 달이 떠오르고 있었고 달빛에 비친 서영의 얼굴이 서글프게 느껴졌다. 경국은 서영을 끌어안았다. 그리고 입술을 덮었다. 서영도 아무 저항 없이 경국에게 말려들어갔다. 서영이 눈에서 눈물이 계속 흘러내렸다. 경국도 수컷의 본능과 연민이 범벅된 감정을 자제하지 못하고 있었다. 서영이 몸을 풀면서 경국에 무릎에 고개를 묻고 비스듬히 누워버렸다.

“저 그 영화 봤어요.”

“무슨 영화?”

“<메디슨 카운티의 다리> 말이에요. 그 영화 보는데 계속 눈물이 나 한참 울었어요.”

“나는 이제 그 영화 다시 못 볼 것 같아. 서영이 생각을 시간이 흐르며 잊어야 할 것 같은데…….”

“서로 잊도록 해요. 잊도록 노력하지도 말고 잊히기를 기다려요. 잊어도 우리는 서로에게 미안하지 않은 거예요.”

서영이 말라가는 눈물을 닦으며 일어나 다시 경국에게 안겼다. 경국은 커버드 브리지에서 서영의 아픔을 들은 후로 싹튼 생각을 말하고 싶었다. 왜 그런 생각을 하기 시작했는지 몰라도 경국이 서영한테 군인을 대신해서 용서를 구하고 싶어졌던 것이다. 경국이 그럴 이유도 자격이 없다는 것도 충분히 알면서 그 마음을 버리지 못하는 것은 그렇게라도 해서 서영의 마음이 가벼워졌으면, 그녀가 용서할 사람들을 용서하고 여생을 새롭게 시작하게 할 수 있다면, 무릎이라도 꿇고 용서를 빌고 싶은 마음이 진솔하게 자리 잡고 있었다.

“서영 씨. 지금부터 내가 무슨 말을 해도 비웃지 말고 들어주고 받아들이면 안 될까? 내가 당신에게 주고 싶은 선물이고 이건 당신을 위해서라기보다 나를 위해서 하고 싶어서 그래.”

"더 이상 우리가 할 수 있는 게 뭐가 있겠어요. 내게는 선물이고 당신에게도 좋은 일이라는데 저도 들어주고 받아주는 걸로 선물하죠."

서영은 재미있을 것 같다는 표정과 호기심이 가득한 표정으로 경국을 빤히 올려다보고 있었다. 경국은 서영을 일으켜 세웠다. 그리고 경국이 무릎을 꿇을 거라고 했다. 무릎을 꿇고 하는 경국의 말을 끝까지 들어 주어야 한다고 했다. 의외의 제안에 서영은 땅에 덜렁 주저앉아 버렸다. 다시는 일어날 기세가 아닌 서영을 겨우 설득해 일으켜 세웠다. 어색하고 엉거주춤하게 서 있는 서영 앞에 경국은 무릎을 꿇고 고개를 숙였다. 그리고 눈을 감았다.

"서영아, 사랑해서 미안해. 우리 사랑은 이 정도로 하자. 내가 당신을 사랑하는 것을 느끼면서 한 가지 더 미안하게 생각된 것이 있어 힘들었어. 내가 한 일은 아니지만 오빠와 남편에게 군인들이 한 일을 대신 용서받고 싶어. 나이가 들어가며 용서하고 용서받지 못하면 행복해질 수 없다는 것을 나는 무겁게 느끼고 살아. 당신이 나를 생각하는 마음이 옛날 상처 준 사람들을 잊는 계기가 됐으면 좋겠어. 이제 나는 아내에게 용서를 비는 일은 하지 않아야겠고, 당신도 더 이상 과거의 상처를 붙잡고 있지 않았으면 해. 그래야 우리는 같이 행복해질 수 있고, 우리가 할 수 있는 사랑의 선택이야. 서영아, 이렇게 부르니 더 좋구나. 사랑해서 미안하고, 용서하고 살자."

서영이 그대로 경국 앞에 주저앉아 울음을 다시 터뜨렸다. 경국도 눈물이 맺혔다. 경국은 자세를 바로잡고 서영을 다시 안았다. 감정을 정리하는 시간이 흐르는 가운데 달빛에도 낙엽은 떨어지고 있었다.

"나뭇잎은 새로 시작하려고 스스로 물들어 떨어지는 거야. 겨울은 더 굳은 나이테 하나를 만들려고 오는 것이고. 우리 만남이 새로운 시작이 되고 더 굳어졌으면 좋겠다."

"경국 씨, 참 잔인하다. 이렇게 감동을 주며 정신 차리자고 그래요? 서로 용서받을 일은 만들며 살아서는 안 되죠. 처음 경국 씨 만났을 때, 군인들이 싫다고 했지만 그게 어디 군인들의 잘못이겠어요. 그런 일을 하게 한 사람들이 문제지. 용서할게요. 원망하며 살기도 했지만 결국 나만 힘들었어요. 경국 씨가 준 선물 오래도록 간직할게요. 저도 이 약속이 경국 씨에게 드리는 선물이에요. 이제 엄마한테 돌아가 효도도 해야겠어요. 얼마 전 아버지가 돌아가셨다는 소식을 듣고도 못 갔거든요."

경국은 싫다는 서영을 등에 업고 모텔로 향했다. 모든 무게를 경국에게 쏟아 붙는 서영이 점점 가볍게 느껴졌다. 등으로 느껴지는 물컹한 감각이 경국의 손을 조였다.

메이는 다니엘이 자꾸 깊은 곳을 파고들어 오는 것을 받아들이

다가 정신이 들었다.

"다니엘, 자꾸 이러면 모텔로 갈 거야. 아저씨와 언니가 기다리겠다. 우리 그만 가자."

"싫어. 나 오늘 아저씨한테 다 말했어."

"뭘?"

"앞으로 메이와 결혼할 거라고. 메이, 졸업하면 우리 집에 가서 부모님께 인사하자."

메이는 할 말을 잃었다. 아름답게 느껴지는 달도 나무들도 시야를 흐리게 하고 있었다. 다니엘이 자기를 좋아한다고 생각은 했지만 결혼과 연결시켜 생각해 본 적이 없었다. 남자들 생각이 항상 저렇게 앞서가는 건지 다니엘이 철이 없어서 그런 건지 당혹스러웠다. 메이는 다니엘을 설득하려 했지만 다니엘도 물러서지 않았다. 옥신각신 한동안 말다툼을 하다가 그만 모텔로 가자고 메이가 서둘렀다.

다니엘이 메이를 업어주고 싶다고 투정을 부렸다. 다니엘은 메이를 업지 않고는 모텔로 가지 않겠다는 거였다. 메이는 같이 있을 동안이라도 잘해 주고 싶은 마음이 다시 고개를 들었다. 메이는 다니엘 등에 업혔지만 가슴을 등에 밀착시키는 것이 겁났다. 다니엘이 등에 몸을 붙여야 힘이 덜 드는 거라고 투덜댔다. 메이는 살며시 다니엘 등에 가슴을 댔다. 다니엘 손이 죄어들었다.

21

딱딱~ 딱딱~, 딱따구리가 뒤뜰의 나무에 붙어 벌레를 찾고 있다. 빨간 머리가 앞뒤로 연신 오가며 주둥이를 나무껍질 속으로 처박았다 다시 빼는 동작을 반복하며 내는 소리가 오늘따라 서글프게 들렸다. 저 작은 배를 채우려 이른 아침부터 버둥대는 모습이 힘들어 보여서였다. 염소는 아침을 먹으려고 한 마리가 앞장서 움직이자 다른 염소들이 뒤를 따라 우리를 나서고 개들이 염소를 보고 여느 때처럼 짖어 댔다.

하루가 다르게 낙엽이 떨어지고 경국의 마음처럼 가을은 자꾸만 쓸쓸해지고 있었다. 경국은 원래도 가을 탔다. 그런데 금년 가을이 지나면 더 그럴 것 같았다. 다른 사람이 아름답게 보는 보름달이 슬퍼질 것 같았고 떨어지는 낙엽을 보는 가을은 더 이상 예전의 가을이 아닐 것만 같았다.

경국에게 두 가지 일이 남아 있었다. 이 일만 끝내고 가을을 보내고 겨울잠에 취해 버리자고 생각했다. 미스터 강을 만나 마지막 보고 같은 것을 해야 했고, 성구가 미국으로 부임하여 온 가족이 농장에 다녀가기로 한 것이 남아 있는 일이었다. 어차피 성구 식구들이 농장을 방문할 때 미스터 강 가족도 초청을 하게 됐다. 아내가 그러자고 해서다. 하지만 그날 미스터 강과 업무 얘기를 하고 싶지도 않았고 그 전에 마무리하고 싶었다. 하루라도 빨리 모든 것을 정리하고 홀가분해지고 싶었다.

미스터 강을 만나기 전에 스파이용품을 파는 가게에 들렀다. 타이슨코너 쇼핑몰은 연말이 되어 아침부터 사람들이 평소보다 많았다. 주인은 거의 4개월이 넘어 다시 보는 경국을 알아봤다. 그때 사간 MP3는 잘 쓰고 있느냐고 물었다. 경국은 성능에는 문제가 없는데 더 이상 필요 없게 되어 가지고 왔다고 했다. 다시 사지 않겠느냐고 물어보았다. 그는 머뭇머뭇 하더니 가격을 잘 쳐 주지는 못한다고 했다. 알고 있다고 했다. 200불을 주겠다고 해, 250불을 달라고 해 보았다. 220불 이상은 안 된다고 했다. 그러자고 했다. 어차피 안 산다고 하면 버릴 참이었다. 그는 돈을 건네며 또 필요하거나 다른 물건이 필요하면 언제든지 다시 오라고 느물거렸다.

쇼핑몰은 점심시간이 다가오며 더욱 붐비기 시작했다. 미스터 강을 만나기로 한 쇼핑몰 음식 코너로 가면서 가게마다 진열된 상품

들을 구경하며 시간을 조금은 더 보내야 했다. 보석상이 화려한 불빛과 조명으로 보석을 비치며 손님들을 유혹하고 있었다. 무심코 가게에 들어갔다.

분위기에 맞는 화장과 복장을 한 여종업원이 반겼다. 누구에게 줄 선물이냐고 물었다. 아내에게 줄 것이라고 했다. 220불에 맞는 진주 귀걸이를 사고 싶다고 했다. 종업원은 상냥하게 웃으며 진열대 열쇠를 풀었다. 그녀가 참 편한 손님도 다 있다고 속으로 중얼거리는 것 같았다. 200불에서 300불대 가격이 붙은 귀걸이 세트를 몇 개 진열대에 올려놓았다. 249불 99센트 가격표가 붙은 귀걸이가 맘에 들었다. 크지 않았지만 귀에는 가장 잘 어울리는 앙증맞은 크기라는 생각이 들었고 그 속에 순수하게 굳은 세월이 잘 녹아져 있을 것 같았다. 앞으로 더 이상 변할 수 없는 크기와 색깔이라는 생각을 했다.

220불에 달라고 해보았다. 안 된다고 했다. 경국은 그러면 살 수 없을 것 같다고 하며 돌아섰다. 종업원은 짧은 말끝에 행동하는 경국을 멋쩍게 보다가 매니저에게 물어보겠다고 했다. 경국이 뒤돌아 잠시 그녀를 보았다. 매니저가 경국을 미소를 띠며 바라보면서 종업원의 설명을 듣고 있었다. 종업원이 오더니 매니저가 승낙했다고 했다.

보석을 직접 산 것도 처음이었고, 미국에서 물건을 사며 가격을 흥정해 보기도 처음이었다. 괜히 MP3가 서영과 메이에게 미안한 물건이 되었다는 생각을 하기 시작하면서 짜증을 부리다가 결국 처분하게 된 것이고 보석을 살 것이란 생각도 즉흥적인 것이었다. 경국은 그렇게 MP3를 되팔아 아내 크리스마스 선물을 샀다.

미스터 강과 구석자리에 앉았다. 간단한 샌드위치와 햄버거를 주문하고 감자튀김을 추가로 시켰다. 경국은 감자튀김에 소금을 치지 말라고 했다.

"선배님, 도와주셔서 감사했습니다. 일을 떠나 선배님을 만나게 되어 기뻤습니다. 그동안 제가 활동비를 좀 드리려 했는데 기회를 놓쳤습니다. 얼마 되지 않지만 넣어 두십시오. 거절하셔도 제가 쓸 수 있는 돈이 아닙니다. 사모님께 선물이라도 하나 사 주십시오."

경국은 절대 받을 수 없고 받고 싶지도 않다고 했지만 그러면 농장에 가서 아내에게 줄 수밖에 없다고 하는 바람에 봉투를 받았다.

"선배님 힘드셨던 것 다 압니다. 저희들 하는 일이 당장에 무엇을 들춰내려 하거나 개인적인 일을 알고자 하는 것도 아닙니다. 흐름과 움직임을 알고 있어야 하기 때문에 활동하고 있는 것입니다. 지금은 표가 안 날지 몰라도 선배님이 한 일이 통일에 도움이 되리라 믿습니다."

"미스터 강, 한 가지 물어봅시다. 통일에 대해 미국 대학에서 어떻게 강의하는지를 알고 싶어서 나를 끌어들이지는 않았을 것 같은데,

무슨 다른 이유라도 있는 거요? 있다면 그것을 말해 줄 수 있소?”

미스터 강은 망설이고 있었다. 그러더니 상체를 앞으로 내밀면서 말했다.

“선배님도 짐작하고 있을 것입니다. 강의 내용은 요약해서 주신 정보로 충분합니다. 메이 같은 학생이 앞으로 북한에 가서 어떤 일을 할지 몰라도 남한의 다양한 사람들을 접촉케 하여 친근감을 주고 남한 계층을 이해시킬 필요가 있어서였습니다. 선배님은 나이로나, 과거 직업으로나, 종교적으로도 짧은 기간에 많은 것을 무언중에 전달했습니다. 이런 접촉과 노력 없이 정책적인 통일로만은 어렵습니다. 서로 신뢰할 수 있는 기반을 키워가는 것입니다. 서영 씨도 그렇습니다. 우리 정책의 실패로 힘들어하는 사람을 끌어안아야 되는데 상처를 준 당사자가 끌어안으려 한다고 되겠습니까? 선배님이 서영 씨에게도 좋은 영향이 되었으면 얼마나 다행일지요.”

경국은 미스터 강 입에서 서영 이야기가 나오자 거짓을 숨기고 있다가 들킨 것 같은 섬뜩한 기분이 밀려왔다. 미스터 강의 말로는 어디까지 알고 있는지 전혀 알 수 없어서 더 그랬다.

“서영 씨가 어떤 사람인지 아나요? 지금은 어디 있는지도……”

“주요 관찰 대상은 아닙니다. 최근 들리는 말로는 한국에 들어갈 것 같습니다. 좋은 일이지요. 꼭 연락처를 알고 싶으시면 알아볼 수는 있습니다. 선배님이니 말씀드리는 것입니다. 그건 그렇고, 혹 메이가 사귀는 남자는 없었나요?”

이제는 경국이 망설일 수밖에 없었다. 그래도 지금 그런 눈치를 보여서도 안 되고, 더구나 대답을 지체하는 것은 거짓말을 하는 것으로 오해할 것이라는 생각이 들었다. 그렇다고 싹 잡아떼다가 미스터 강이 뭔가 알고 있으면 그것도 문제인 처지였다. 이럴 때는 외교적인 답변이 필요했다. 책임회피성 발언만이 최선이었다.

“다니엘인가 하는 2세 학생이 좋아하는 것 같았는데 졸업하고 다 떠났으니 그 뒤로 어떻게 되었는지 알 수 없는 일 아니겠어. 혹, 들리는 얘기라도……”

“아닙니다. 사소한 일이라도 보고서에 언급을 하면 안전해서 그렇습니다.”

경국은 미스터 강과 헤어져 농장으로 오면서도 맘이 개운치 않았다. 속병이 나 화장실에 갔다 온 후에도 계속 뱃속에서 우글거리고 거북한 그런 기분이 들었다. 아내가 말없이 운전만 하는 경국을 보며 어디 불편하냐고 물었다. 두통이 좀 있다고 둘러댔다. 차를 갓길로 세우라고 했다. 아내가 운전할 테니 조금이라도 눈을 붙이라고 하면서. 경국은 아내 말대로 차를 세웠다. 아내는 차라리 뒷좌석에 편히 앉으라고 했다. 뒷좌석에 앉아 눈을 감았다.

잠시 후 경국은 자신이 잠들고 있다고 느꼈다. 그리고 지금 꿈을 꾸기 시작한다는 생각도 했다. 서영이 분명히 경국 앞에 서 있었다. 눈이 펑펑 내린다고 생각하는데 벚꽃이 떨어지는 거였다. 가슴이 거의 드러난 수영복을 입고 바다에 가자고 했다. 따라가려는데 발이 움직이지 않아 애를 썼다. 낙엽이 떨어지고 있었다. 보름달이 경국의 얼굴에 커다랗게 다가오며 서영이 경국이 앞에 무릎을 꿇고 있었다. 서영이 울며 뭐라 말하는데 들리지 않았다. 경국은 자기가 무릎을 꿇고 했던 말을 한다고 생각했다.

달이 자꾸 멀어지며 어두워지기 시작했다. 경국은 어두워지기 전에 돌아가야 한다고 서영을 일으켰다. 서영이 너무 가볍게 일으켜져 소스라치게 놀랐다. 어디 아프냐고 물었다. 서영은 시간은 모든 것을 가볍게 할 거라고 걱정하지 말라고 오히려 경국을 위로하기 시작했다. 서영을 가볍게 끌어안으려 했다. 서영이 아무 표정도 없이 빠져나갔다. 민망해진 경국이 다시 끌어안으려 했지만 마찬가지였다.

차가 흔들리는 것 같더니 멀리서 총소리가 들렸다. 집에 가까이 오는 것이라는 생각이 들었다. 꿈을 꾸는 것이라 생각하며 깨어나야 하겠다는 생각을 하면서도 꿈이 계속 꾸어졌다. 서영이 경국 손을 잡아 올리더니 다친 손의 상처는 아물었느냐고 물었다. 경국은 서영에게 손을 보여주며 그 영화를 다시 보았느냐고 묻고 있었다. 서영이 고개를 끄덕이더니 많이 울었다고 했다. 경국이 상처 난 손을 내밀어 눈물을 닦아 주려는데 손이 미치지 않았다. 그녀의 볼이 만져질 듯 하면서 자꾸 멀어져만 갔다. 어디로 떨어지는 느낌이 심하게 들었다. 집에 다 와 간다고 정신 차리라는 아내의 말이 어렴풋이 들리는 것 같았다. 힘을 주어 가늘게 눈을 열었다. 집으로 가는 언덕을 내려가는 중이었다.

경국은 비장한 마음으로 몸을 추스르려 했지만 그대로 몸을 가누지 못한 채 삼일을 몸져누웠다. 시간이 지나며 일어나고자 하는 의욕도 사라지기 시작했다. 분명하지도 않은 꿈을 자주 꾸었지만 무슨 꿈을 꾸고 있는지도 알 수 없었고 알고 싶지도 않았다. 영웅의 꿈을 꾸던 시절과 비슷하면서도 새로운 꿈들이었다. 철책선에서 근무하는 꿈도 꾼 것 같고, 통일이 되어 메이를 만나겠다고 서영과 같이 평양을 갔다 오기도 한 것 같다. 다니엘이 메이에게 언제 그랬냐는 듯 메이를 잊고 지내는 꿈도, 메이가 다니엘을 만나고 싶어 애타게 기다리는 꿈도 꾼 것 같다. 아내는 평생 이렇게 아프지 않던 사람이 이상하다며 병원에 가자고 졸랐지만 곧 일어날 것이라고 버텼다.

몸이 완전히 회복되지 않은 토요일에 성구 가족과 미스터 강 가족이 다녀갔다. 아내의 지극한 대접에 이들은 만족해했고 경국도 힘이 나기 시작했다. 특히 유진이 아빠가 옴으로써 문제를 일으킨 사춘기 소녀였을 것이라는 생각을 할 수 없을 정도로 안정을 찾았다. 유진 엄마의 얼굴에서도 수심이 사라져서인지 훨씬 건강하고 미인이라는 생각이 들었다. 성구가 무슨 얘기를 아내로부터 들었는지 단둘이 있을 때마다 고맙다는 이야기를 여러 번 했다.

미스터 강은 미국 근무기간이 다음 달로 만료되어 귀국하게 되어 섭섭하다는 말을 했다. 후임자가 오는데 선배님을 소개해 주려고 한다는 말에 경국은 그러고 싶지 않다고 했다. 지난 몇 달 동안 농장 일에 소홀해서 농장이 엉망이라며 믿지도 않을 말로 둘러댔다. 한국에 오면 연락하라는 미스터 강 말도 성의 있게 대답하지 않았다. 성구와는 자주 연락하고 놀러오라는 인사를 하며 그들을 보냈다. 큰 폭풍이 열병을 몰고 와 쓸고 지나가 폐허가 된 곳에 덜렁 홀로 서 있는 것 같았다. 연필 촉이 다 달아 나무에 붙어 버려 다시 깎지 않으면 더 이상 글씨를 쓸 수 없는 연필이 된 기분이었다.

숨이 막힐 듯 답답해지기 시작했다. 차가운 바람이라도 쏘이면 나을 것 같아 밖으로 나갔다. 차가운 바람에 몸이 움츠러들면서 예민해지려던 생각이 둔해지는 것 같았고, 사람에게는 의식주의 해결이 먼저라는 일차적인 생각이 자리 잡았다. 추위를 느끼기 시작하며 집 안으로 들어오려는데 멀리 사슴이 보였다. 그것도 뿔 달린 놈이었다.

망원경과 총을 가지고 나왔다. 망원경으로 사슴을 끌어당겼다. 사슴이 평상시에 비해 경계하는 동작을 반복했다. 누군가가 자기를 향해 위협을 주고 있음을 어렴풋이 느끼고 있는 것 같았다. 떡갈나무를 바라보았다. 나무에 달린 의자에 앞집 킹이 앉아서 사슴이 좀 더 가까이 접근해 오기를 기다리는 것 같았다. 순간 경국은 잠시 후 총성이 들릴 것이고 그 소리에 가쁜 사슴의 숨소리가 섞여 퍼질 것 같았다.

다른 사람이 내 땅에서 총을 쏘는 것이 싫어졌다. 더 이상 내 땅에서 다른 사람이 마음대로 총을 쏘게 하고 싶지 않았다. 그래도 이미 총을 쏘아도 좋다고 무심결에 약속한 것 때문에 지금 와서 쏘지 말라고 할 처지도 아니었다. 약속할 때는 경국의 손에 총이 없었지만 지금은 총이 쥐어져 있었다. 사슴을 잡아 볼까 하는 마음으로 총을 가지고 나왔지만 그 마음이 사라졌다. 내 땅에서 다시는 사슴이 죽는 것을 보고 싶지 않았다.

경국은 실탄을 약실에 장전했다. 노리쇠를 앞으로 전진시키고 안전장치를 풀었다. 텃밭에 야생토끼들이 들어와 있었다. 토끼에 조준하지도 않고 방아쇠를 당겼다.

총성이 울려 퍼졌다. 개가 짖었다. 토끼는 정신없이 뛰어 측백나무 밑으로 숨어 버렸다. 하늘에는 새들도 놀라 방향이 잡히는 대로 날아가고 있었다. 안전한 곳을 찾아서.

경국은 일부러 사슴이 있었던 곳을 바라보지 않았다. 텃밭을 돌아보는 척 하다가 집 안으로 들어와 버렸다. 그 뒤로 총소리는 들리지 않았다.

22

경국은 인생을 준비하는 나이가 아닌 살아가야 할 나이였다. 아내와 시골에 박혀 '오래오래 행복할 준비를 마쳤습니다.'라고 보고하려 할 때에 둘만이 느끼는 만족감이 행복이 될 수 없다고 말해 주려했던 천사들이 다녀간 것 같았다. 항상 해야 할 일은 남아 있는 것이고 그것은 자신만을 위한 일과 더불어 이웃을 위해 해야 할 일이 섞여야 아름다워질 수 있다는 것을 배운 가을이었다. 그 더불어 생각하고 해야 할 일 중에 그동안 뉴스기사로만 여기던 통일이 중심에 있음을 알게 한 가을이었다. 이 가을에 만난 사람들로 인해 경국이 더 힘들어지고 있는 것이 아니라 더 행복해지고 있다는 생각이 서서히 들기 시작했다.

겨울은 준비 없이 맞으면 더 추위를 타게 되어 있었다. 겨울은 시작되었고, 보낸 겨울보다 남은 겨울이 더 길지도 모르는 그런 시점에서 경국은 창밖을 보며 커피를 마셨다. 핸드폰이 울렸다. 전화벨 소리에 미스터 강이 귀국했는데도 미스터 강일지 모른다는 생각을 하고 있었다. 이번에는 다니엘로부터 온 전화였다. 그들이 떠나고 다니엘에게서 처음으로 전화가 온 것이다.

"아저씨, 나, 다니엘. 나 아저씨 만나러 농장에 온다."

경국은 다니엘이 아직도 '온다', '간다'를 구별하지 못하는구나 하는 생각을 했다. 그가 갑자기 오는 것이 한편으로 반갑고 다른 한편으로 무슨 일일까 궁금했다. 그래도 불안하기보다는 더 이상 잃을 것도 없을 것 같았고, 다니엘이 앞으로 어떻게 할지 알고 싶었던 차라 반가운 생각이 앞섰다. 농장에 다 와서 전화를 한 탓에 차 한 대가 농장 입구로 꺾이는 것이 보였다. 다니엘 차였다. 차가 내리막길에서 잠시 서더니 그대로 잠시 멈추고 움직이지 않았다. 경국이 밖으로 나갔다. 다니엘이 손을 흔들며 소나무 숲을 가리켰다. 사슴들이 풀을 뜯고 있었다. 경국은 어서 오라는 손짓을 했다.

다니엘은 겨울이 되어 농장이 더 쓸쓸해진 것 같다고 했다. 그동안 잘 지냈느냐는 경국의 말에 할 말이 많은 듯싶었다.

"아저씨, 메이가 북한에서 온 것 알고 있었어요?"

경국은 대답 대신 언제 알게 되었느냐고 물었다.

"메이 2주 전에 중국으로 갔어요. 당분간 중국에 머물다가 북한에 들어가게 된다고 했어요. 저도 중국으로 가요. 그래서 인사드리려고 왔어요."

“메이가 북한으로 가면.”

“북한으로 갈 거예요. 그곳에서 영어와 컴퓨터를 가르칠 거예요.”

“메이한테 그렇게 말했어?”

“Yes, I did.”

예, 했어요.

“메이가 뭐래?”

“메이와 자주 못 만났어요. 서영이 누나 때문에 몇 번 감시하는 사람을 피해 만났는데, 절대 그래서는 안 된다고 하며 많이 울었어요.”

경국은 서영이라는 말에 가슴이 뭉클했다.

“서영이 누나는 지금 어디 있는데?”

“메이 중국 가고, 다음날 서울로 갔어요. 서영 누나 나 여기 온 줄 알아요. 내가 공항에 데려다 주면서 중국 가기 전에 여기 올 거라고 했어요. 누나가 메이 중국 주소도 다 알게 해 주었어요. 한국 이름도 알아요. 김영실이라고 했어요.”

“서영이 메이 따라가래?”

“처음에는 반대했는데, 하도 졸라대니 알아서 판단하라고 했어요. 아저씨가 그랬다면서요? 사랑은 많은 선택을 하게 하는 것 같다고. 그 선택 중에는 어려운 것, 하기 싫어도 해야 하는 것도 많은 거라고.”

경국은 할 말을 잃었다. 다니엘 선택을 존중해야 할 것 같았다. 부모님이 동의하셨느냐는 말을 물어 보려다가 그만두었다.

"지금 마음 변하지 않을 자신 있겠니? 어려움이 많을 텐데."

"어른들은 참 이상해요. 젊어서 고생해야 한다. 젊어서 어려운 일 경험하지 못하면 나이 들어 고생한다는 말은 많이 하면서, 힘든 일을 해보려 하면 하지 말라고 해요. 왜, 사서 고생하려 하느냐고. 내가 아는 형도 북한에 가서 영어 가르치고 온 적 있어요."

"그래, 고생은 하겠지만, 어른들이 못하는 일 너희들이 하는구나. 남한이 영어를 배우는데 국력을 쏟는데 북한도 영어를 배워야지. 그런 일이 통일에 크게 기여할 수 있을지 누가 아니? 다니엘이 한 선택이 많은 사람에게 기쁨을 주었으면 좋겠다. 메이와 진짜 결혼하고 싶어?"

"예스! 예스! 예스! 그럼요."

"다니엘, 중국 갈 때 메이 선물 사가지고 가니?"

"아직 잘 몰라요."

"내가 선물 하나 줄 테니, 다니엘이 준 것처럼 전해주면 안 될까?"

"아니, 왜 그렇게 해요. 아저씨가 줬다고 할게요."

경국은 겨우 다니엘을 설득해 아내를 주려고 샀던 진주 귀걸이를 꺼내 주었다. 경국은 크리스마스를 맞아 귀걸이를 아내에게 주려다가 갑자기 망설이게 되었고, 지나쳐 버렸었다. 아내가 그 귀걸이를 걸고 다닐 때마다 서영 생각이 날 것 같아서였다. 그래서 미스터 강이 준 활동비를 대신 주면서 사고 싶은 것 사라고 하며 귀걸이 대신 선물을 했었다.

다니엘은 귀걸이를 한번 보고 싶다고 해 열어 보고 나중에 포장을 다시 하라고 했다. 다니엘은 너무 예쁜 귀걸이라며 메이가 좋아할 것 같다고 했다. 그러면서 자신이 더 기뻐하는 것 같았다. 경국은 다니엘이 기뻐하는 모습이 앞으로도 계속 되기를 속으로 빌었다.

빠르게 흐르던 시간이 느릿하게 게으름을 피우며 흘러가고 있었다. 다니엘이 중국으로 간다는 날짜가 지난 후로 농장 상공에 실구름을 뿜으며 서쪽으로 날아가는 여객기를 볼 때마다 스치는 얼굴들이 있었다. 오늘따라 농장 상공으로 여객기가 줄지어 날고 있었고 실구름이 바로 없어지지 않고 넓게 퍼지며 구름처럼 흐르고 있었다.

아내가 보는 한국 위성방송의 한 장면이 선명하게 경국의 눈에 고정됐다. 중국 공항에서 북한으로 들어가는 의료 지원팀들이 고려항공에 탑승하는 장면이었다. 그 얼굴들 뒤편에 다니엘과 메이가 스쳐 지나갔다.

메이의 귀에는 진주 귀걸이가 박혀 있었다.

세계를 향한 책읽기, 사랑을 통해 풀어낸 한반도 통일

이 훈(문학평론가)

1. 되돌아봄

주경로의 『스터디 그룹』은 두 가지 공부에 대한 이야기이다. 작품은 한반도의 통일을 향한 모색을, 사람들이 서로에 대한 편견을 깨뜨리고 서로를 알아가는 과정과 겹쳐놓는다. 통일이라는 거대한 문제는 정확히 개인적인 희로애락의 온갖 감정들이 정돈되어가는 과정 안에 반복된다. 서로를 알아가고 이해한다는 건 쉬운 일이 아니다. 하다못해 가장 가까운 가족 사이에서도 사소한 의견충돌 때문에 부딪히고 오해가 쌓이는 경우를 생각해보라. 다른 경우는 더 말할 필요도 없다. 때문에 작품 안에 등장하는 사람들의 고민과 오해 등등은 남과 북의 분단된 상황을 상징한다. 사람들은 서로를 이해하려 하지 않으며 자신의 방식을 고집함으로써 다른 사람을 향한 마음의 문을 닫아버린다. 『스터디 그룹』은 제목이 말해주는 것처럼 혼자 하는 공부가 아니다. 여러 사람이 모여서 주어진 난관을 함께 극복해나가는 만남의 과정을 말한다. 다른 사람을 이해한다는 건 결국 자기 자신을 이해하는 길로 통한다.

이야기는 미국 대사관 무관으로 일하다 은퇴해서 농장에서 소일하는 경국에게서 시작된다. 그에게 어느 날 한국의 정보기관에서 일하는 미스터 강이 접근한다. 미스터 강은 북한 고위관료의 자녀인 메이를 정탐해 줄 것을 부탁한다. 전화를 받고 경국은 "묘한 감정 속에는 잠재해 있던 내면의 뭔가를 끌어당기는 어떤 유혹"을 느낀다. 그 유혹의 정체는 영웅 심리이다. 경국의 영웅 심리는 가령 "굵고 짧게 살아"가는 공수특전단의 모습이거나 혹은 "북진통일을 꿈꾸며 통일에 큰 공을 세우는 영웅"이 되는 것 등이다. 통일을 위해 뭔가 명시적이고 거대한 일을 하고 싶다는 마음에서 경국은 승낙한다. 여기에서 경국의 마음을 움직인 것은 구체적인 종류라기보다는 공명심에 가까운 감상과 향수 때문임을 기억해야 한다. 처음에 자신이 뭔가 큰일을 하고 싶고, 하고 있다는 마음은 작품의 후반부로 가면 여지없이 깨진다. 그래서 "세상에는 사소한 일로 구성되지 않은 큰일이나 중요한 일은 없다."는 깨달음으로까지 이어진다. 경국은 메이를 정탐하던 일을 통해 결국은 자신을 정탐하는 길에 나선 셈이고 스스로의 잘못된 부분을 알게 된다.

　경국의 공부는 다양한 만남으로 이어진다. 메이를 정탐하기 위해 그녀가 다니는 제임스 메디슨대학에서 남북통일을 주제로 한 수업을 듣는다. 메이와 같은 수업 조에 편성된 경국은 그들과 함께 통일을 향한 한 학기 과제를 수행한다. 자료를 조사하면서 경국은 "자신이 영웅적 행동으로 통일에 일조하겠다는 생각은 통일보다는 통일을 볼모로 잡고 스스로 영웅 되기를 꿈꾸는 것이었을지도 모른다."라고 스스로에게 물어본다. 공부가 시작되면서 반성도 함께 이루어진다. 수많은 정의와 진실이 어쩌면 개인적인 욕심과 욕망을 숨기기 위한 위선일 수도 있음을 말하고 있다. 모든 추악한 행동은 결코 고스란히 자신을 드러내려 하지 않는다. 항상 아름다운 명분과 옷을 입고 등장한다. 때문에 경국의 이 깨달음은 반성을 통해 거짓의 세계를 벗어나 되돌아보는 중요한 첫걸음이 된다.

　미스터 강을 통해 경국은 어릴 적 친구인 성구가 미스터 강과 같은 정보기관에서 일하고 있음을 알게 되고 같이 만난다. 성구는 아내와 아이들이 미국에 있고 그들을 잘 보살펴달라고 부탁한다. 얼마 뒤 경국은 성국의 아내를 만나게 되고 그녀가 지금 어려움에 처해 있음을 알게 된다. 그녀가 딸과 심하게 다투다 경찰에 아동학대죄로 기소당할 처지에 처한 것이다. 여기에서 작품의 제목을 다시 떠올려야 한다. 부모와 자식 간에도 서로에 대한 이해가 부족하면 이렇듯 극한으로까지 치달을 수 있다. 남과 북의 문제도 마찬가지일 터이다. 스터디는 학교 안에서만 이루어지는 게 아닌 것이다.

2. 알아 나가기

작품은 서로 상반된 낯선 사람들과의 만남으로 엮어진다. 경국은 메이의 곁에 항상 그녀를 따라다니는 서영을 만나게 된다. 그녀는 남편과 오빠를 남한의 군사정권 하에서 잃어버린 뒤 반정부활동을 해왔었다. 서영은 군인에 대해 편견을 가지고 전직 군인이었던 경국과 만난다. 마찬가지로 경국은 북한에서 온 메이를 공산주의자의 개념을 가지고 바라볼 수밖에 없다. 또한 통제된 사회에서 생활하던 메이는 미국에서 자유분방하게 자란 다니엘과 만난다. 가장 이질적인 커플들이 어떻게 서로에 대한 이해의 싹을 틔우고 다가서는지는 남과 북의 통일문제를 도출하기 위한 문제의식과 함께 묶여 있다.

작가는 작품 곳곳에 그 대답을 매설해 놓고 있다. 경국의 집 뒤에서 출몰하는 큰 사슴을 보며 "세상에는 기다리지 않고 되는 일이란 없다."고 미스터 강은 말한다. 서로를 향한 굳은 마음의 빗장을 열고 다가서는 데에는 이처럼 시간이 필요하다. 사슴을 잡기 위해 준비와 기다림이 필요하듯 모든 관계는 오직 시간의 흐름 안에서 풀려 나갈 것이다. 때문에 이 작품은 대학교에서 힐 교수와 스터디 그룹들이 조사하는 공식화된 통일논의보다 오히려 사람들이 부딪히고 만들어내는 관계의 문양 안에 더 많은 깨달음을 담고 있다. 사슴을 잡으려는 경국에게 미스터 강은 아이들이 지금 곁에 있으니 삼가는 게 좋겠다고 말한다. 아무 생각 없이 사슴이 나타나자 총을 쏘려던 경국은 크게 반성한다. "자존심이란 할 수 있어도 마음대로 하지 않는 통제력이 있을 때 아름다워지"며 "개인의 자존심이란 더불어 하는 자존심이어야 가치가 있는 것"이라는 깨달음을 얻는다. 경국의 이 깨달음은 이후에 서영과의 사랑을 풀어나가는 하나의 방법론이 된다. 능력이란 그것을 행동할 때가 아니라 언제 어느 순간, 어떤 방식과 형식으로 풀어내느냐가 핵심적이다.

중요한 점은 의미 있는 행동은 개인적인 차원을 벗어나 타인을 함께 만들어가는 데서 진정한 의미를 얻는다는 점이다. 마치 "북한의 핵은 체제 유지에는 도움이 될지 몰라도 한반도 통일에는 도움이 되지 못하는" 상황이 보여주듯이 말이다. 자유로운 행동은 자신의 자유에서는 완성되지 못한다. 주변의 관계 안에서 결정된다. 서영과 경국은 서로에게 점점 다가선다. 서영은 아무에게도 이야기하지 못했던 가족사를 경국에게 털어놓는다. 민주화운동을 하던 오빠를 통해 전 남편을 소개받은 서영은 남편을 군대에서 잃는다. 아픈 현대사의 상처를 고스란히 겪은 서영을 보며 경국은 자신이 누린 자유의 반대편에 많은 사람들의 고통 또한 공존했음을 알게 된다.

　　메이는 사랑받고 싶은 사람이 사랑받지 못하는 아픔과 외로움
이 뭐라는 것을 안다고 느끼며 살았다. 오늘만은 언니가 그 원피
스를 입고 경국 아저씨에게 사랑받고 돌아왔으면 하는 생각이 아
리게 가슴에 스며들었다 …(중략)… 메이는 하찮은 말과 대화에
서 전에 느끼지 못하던 행복한 감정이 일었다. 그동안 여러 땅과
물을 건너 여기까지 온 메이였다. 그녀의 어깨에는 부모님 뒤에
가린 여러 사람들의 요구가 숨겨져 항상 누르고 있었다. 의무였
고 피할 수 없는 운명 같은 것이라고 여겼던 거였다.

―194, 203면

그리고 위에서처럼 서영은 경국을 만나러 갈 때 "평상시 잘 입지
않은 물방울무늬 원피스"를 입고 나간다. 서영은 잔혹한 시대현실
속에서 개인적인 행복과 즐거움을 몽땅 버린 채 침묵의 세월을 견
디어야 했다. 민주화운동투사라는 그녀의 공식적인 모습 이면에는
시대가 강요한 어쩔 수 없는 상처 또한 기록되어 있다. 서영의 모
습을 통해 작가는 약한 개인들이 거대한 사회체제에 맞서 잃어버린
것을 말하고 있다. 아주 개인적인 취향인 물방울무늬 원피스에는
서영이 미처 피우지 못한 여성으로서의 아름다운 삶의 모습과 행복

318

등이 녹아 있다. 마음에 맺힌 슬픔은 풀려서 새로운 삶의 길을 찾아 나서야 한다. 사정은 다니엘과 메이에게도 반복된다. 당과 인민을 위해 살도록 교육받아온 메이에게 천방지축의 다니엘과의 사랑은 지금까지 믿어왔던 것들이 정말 그토록 진정한 가치일 수 있는지를 되물어보도록 한다. 행복은 메이가 언급한대로 "하찮은 말과 대화"에서 나온다. 크고 거대한 게 아니라 우리가 지나치기 쉬운 사소한 일상들에 녹아 있다. 진실은 자신이 스쳐 지나온 것 안에 숨 쉰다.

3. 사랑하기

작가는 이들의 사랑을 통해 "사랑이란 지금껏 간직하며 소중하다고 느끼는 것으로부터 떠남"이라고 규정한다. 사랑이란 편안하게 현실에 안주하던 자신의 모습을 버리는 용기에서 시작된다. 사랑이란 두렵고 낯선 곳을 향해 발 딛는 용기를 받아들이는 태도이다. 다른 말로 하면 낯선 것들과 마음을 열고 만나는 태도이다. 자신과 관련 없다고 느꼈던 것이 어느 순간 다가와 몰랐던 내면의 진실을 말해주는 순간의 마법 말이다. 물론 이 낯선 곳으로 향하는 여행이 순탄하지는 않다. 서영과의 사랑 앞에서 경국 또한 "서영과 메이를 인간적으로 보지 말고 북한에서 온 공산주의자로 보라고" 말하는 또 다른 자신을 느낀다. 순간적인 교감을 통해 깨달은 진실은 바람 앞의 촛불처럼 불안하고도 연약하기만 하다.

세상의 편견 앞에 당당해지는 건 그만큼 어려운 일인 것이다. 마치, 어릴 때 성구의 만두 먹는 방법을 두고 경국이 취했던 비겁한 태도처럼 말이다. 경국은 사실 성구가 자장에 만두를 찍어 먹는 방법이 그렇게 이상하지 않다고 생각했음에도 불구하고 다른 친구들의 말에 아무 생각 없이 동조했다. 세상의 편견에 맞서는 데에는 용기가 필요하다. 그러나 이제 경국은 어떤 것이 중요하고 진실인지를 안다. 문제는 "생각하기 나름"이며 "서로 받아들이고 인정해도 될 것을 괜스레 반대하고 자기 것을 주장하는 경우"에서 갈등이 시작됨을 말한다. 경국은 서영과의 사랑이 점점 깊어지자 심한 심리적 갈등을 느낀다. 그리고 그는 서영과의 사랑을 정신적 사랑의 차원으로 받아들인다.

내가 서영과의 사랑을 선택하게 되면 서영에 대한 사랑을 책임져야 하지만, 또 다른 한편으로는 지금 내가 선택했던 아내와 자녀에 대한 사랑의 선택에 책임을 져야하는 거야. 그래서 자유의지를 바탕으로 한 인간의 선택과 책임은 동전의 양면과 같이 항상 붙어 다닌다고 생각해

—277면

경국은 서영과의 사랑 또한 사랑임을 인정한다. 그러나 그녀와의 사랑을 육체적인 사랑으로까지 연결하려는 것은 책임이 뒤따르는 일임을 또한 받아들인다. 작품은 이 부분에서 진정한 자유에 대해 이야기하고 있다. 자유는 단지 자유롭게 행동하는 게 아니다. 자유는 자유롭게 행동하는 게 현실에서 어떤 제약을 가져오는지를 분명히 알고 선택에 따른 책임 또한 분명히 아는 게 자유이다. 서영과의 육체적인 사랑으로 발전하는 건 아내와 아이에게 상처를 주는 일이기에 경국은 그건 사랑이 아니라고 말한다. 서로에 대한 사랑을 정신적인 차원에서 기억하는 것으로 정리하고 경국과 서영은 각자의 길을 찾아 떠난다.

경국과 서영과의 사랑에는 사회적 책임이라는 결론이 나온다. 서로를 향한 마음의 애틋함, 미처 실현되지 못한 안타까움 등등의 개인적 감정은 오직 현실의 여러 조건으로부터 아무런 상관없이 실현될 수 없다. 때문에 선택에 뒤따르는 책임 앞에 경국과 서영의 사랑이 좌절된 것으로 보면 안 된다. 그들은 자신의 사랑을 현실의 방식으로 새롭게 받아들이는 길을 선택한 것이다. 경국은 아내와 아이들을 향해 그 사랑을 실현할 것이고 과거의 기억으로부터 자유로워진 서영은 새롭고 자유로운 자신의 삶과 사랑을 찾아 나설 것이다.

다니엘은 사랑을 위해 모든 것을 버리고 메이를 따라나서겠다고 결정한다. 미지의 것들에 대한 두려움도 결코 다니엘의 사랑 앞에 서는 아무런 걸림돌도 되지 못한다. 작가는 서영과 메이의 모습에서 두 가지 모두 사랑임을 말하고 있다. 두려움 없이 모든 것을 내던지는 용기를 가지되 현실 안에서 그 사랑을 가꾸어나가는 방법 말이다. 두 커플들의 사랑을 통해 작가는 통일에 대해서도 "사소한 일로 서로 정이 들어야 하나 될 수 있다는 거였어."라고 요약한다. 아인슈타인의 상대성 이론과 수많은 이론들로 통일의 조건과 가능성을 조사했지만 결론은 결국 서로를 향한 작은 배려와 용기, 그리고 주어진 현실의 조건을 보다 의미 있게 바꾸어 나가려는 행동에서 통일의 희망도 보일 수 있음을 말하고 있다.

주경로의 『스터디 그룹』은 사랑의 방정식을 통해 통일을 향한 작은 탐색을 시도하고 있는 소설이다. 정치적이고 이념적인 문제도 결국은 사람들이 엮어 가며 만들어내는 일이기에 중요한 점은 서로를 향해 알아나가겠다는 의지임을 말한다. 무관심의 틀을 깨뜨리고 같이 알아나가는 행동에 나서야 한다. 통일문제는 개인들의 삶과 사랑 안에 해결의 실마리로 잠자고 있다. 우리가 이 망각의 잠에서 깨어나기를 작가는 종용하고 있는 중이다.

스터디 그룹 Study Group

초판 1쇄 발행 2009년 11월 30일
초판 2쇄 발행 2010년 6월 10일

지은이 주경로
펴낸이 최종숙
편 집 권분옥 이소희 추다영 이태곤
디자인 홍동선 이홍주
마케팅 문택주 안현진 심용창

펴낸곳 글누림출판사
주 소 서울시 서초구 반포4동 577-25 문창빌딩 2층
전 화 02-3409-2055(편집), 2058(마케팅)
팩 스 02-3409-2059
등 록 2005년 10월 5일 제303-2005-000038호
홈페이지 www.geulnurim.co.kr
전자우편 nurim3888@hanmail.net

값 10,000원
ISBN 978-89-6327-050-0 03810

 * 잘못된 책은 교환해 드립니다.

이 책은 한국도서관협회가 선정한 우수문학도서로 기획재정부복권위원회의
복권기금을 지원받아 무료로 제공합니다. (참조 : www.for-munhak.or.kr)